Thomas Jonigk

LIEBESGESCHICHTE

Literaturverlag Droschl

ABSCHNITT EINS

erstellt/protokolliert von: Alexander Wertheimer
Seitenumfang: 38 (S.6-43)
Unterabschnitte: 3
vorangestellter/assoziativer Leitgedanke:
»Ich werde dieses Buch, das es noch nicht gibt, für dich schreiben, wenn du es wirklich willst. Aber du musst es wirklich wollen, wollen von mir, und ich werde nie verlangen, daß du es liest.
Ivan sagt: Hoffen wir, daß es ein Buch mit gutem Ausgang wird.
Hoffen wir.«
Quelle: Ingeborg Bachmann (im Folgenden: I.B): »Malina«.

1.

Jetzt, in der Nacht, ist Maria blass, fast unsichtbar. Ich betrachte sie, hingerissen/fassungslos angesichts von soviel Schönheit. Nichts, keine Unebenheit, kein Mal entgeht meinem Blick. Ihre langen, gelbblonden Haare erinnern an Sonnenstrahlen, wie Kinder sie zeichnen; um Augen und Mundwinkel herum sind minimale Andeutungen von Falten zu erkennen und auf der Nase, den Schultern, den Armen und oberhalb des Brustbeins Felder mit winzigen Sommersprossen. Auf den noch immer leicht bläulichen, schmalen Lippen zeigt sich Herpes simplex labialis mit zwei nässenden und einem noch geschlossenen Fieberbläschen im Bereich des Amorbogens. Ihr Zahnfleisch ist rosig und gesund, während die spitz zulaufenden Eckzähne gefährlich wirken.
Ich studiere Maria, ich lerne sie auswendig, will sie fotografieren und in Stein hauen. Ich will sie vorlesen wie eine Gebrauchsanweisung oder ein Gedicht, aber die Verse kommen nicht über meine Lippen: Mir wird klar, wie wenig ich von ihr weiß bzw. wie viel von sich sie vorenthält. Hinter ihren verschlossenen Lidern ist ein Geheimnis, eine sinnlose Entfernung von ihr zu mir, die Fernweh auslöst.
Thailand.
Indonesien.
Indien.
Da liegt sie: schwach/mager, bewegungslos unter dem weißen Laken, das Frau Anwart (mit großer Wahrscheinlichkeit) aus dem Vorratsschrank in Behandlungszimmer 2 genommen hat, und plötzlich muss ich an Anuphap denken und an Sutheera. Ich denke an Sita und an all die anderen, deren Namen ich

vergessen oder gar nicht erst erfahren habe; ich muss an aufgebahrte bzw. aufgeschnittene Körper mit hervorquellenden Organen in Obduktionssälen und Lagerhallen denken, wie der Durchschnittsbürger sie höchstens aus us-amerikanischen Krankenhausserien (oder Horrorfilmen) kennt. Und dann sind da plötzlich diese Bilder, eine Version der Zukunft, die sich merkwürdiger-/unlogischerweise schon jetzt ereignet: Ich blättere in einem dünnen Buch mit vergilbten, schwarz eingerahmten Seiten, die ich auf den ersten Blick für Todesanzeigen halte. Der Schriftsatz ist altmodisch, der Inhalt (selbst für einen literaturaffinen Akademiker wie mich) komplett unverständlich; abgesehen davon irritiert mich, dass das Wort »Maria« auf keiner einzigen Seite auftaucht. Von meinem Namen ganz zu schweigen, und das, obwohl es sich bei diesem Buch offensichtlich um so etwas wie eine Edition unserer Lebensgeschichte handelt.
Die Bilder verschwimmen.
Ich kann mich nicht erinnern, dass (und erst recht nicht wann) ich mich über Maria gebeugt habe, aber offenbar habe ich es getan, meine Arme sind rechts und links von ihr aufgestützt und verhindern, dass mein (leider stark übergewichtiger) Körper auf ihr zusammenbricht. Ich verlangsame, bewege mich in Zeitlupe, fast berührt mein rechtes Ohr ihren Thorax. Ich horche in sie hinein: Ihr Brustkorb hebt und senkt sich, der Herzschlag ist schwach, aber regelmäßig, und beweist, DASS MARIAS GEGENWART KEINE EINBILDUNG IST.
Das Wort »Möglichkeit« fällt mir ein.
FOLGERICHTIGKEIT.
WEITER.
Meine Nasenspitze ist verschwitzt. Sie gleitet langsam über Marias Gesicht, dann über Kinn, Hals und Brustbein. Ich sehe, höre, rieche nichts, bin voll und ganz Tastsinn: Ihre Haut ist weich und bis auf die schorfigen bzw. aufgerauten

Stellen gleich unter dem spitzen Kehlkopf pelzig wie eine sonnengereifte Aprikose/Kiwi. Diese Haut ist Einladung und Verheißung, sie überzieht Maria und ihren Körper wie Folie oder Geschenkpapier, das ich auf der Stelle aufreißen würde, wenn da nicht diese Angst wäre. Die Angst bzw. Erkenntnis, dass ihr Körper nie meiner sein wird, klafft für ein paar Sekunden als Abgrund zwischen uns, ALS UNMÖGLICH ZU ÜBERWINDENDE GRENZE, aber dann wird mir klar, dass es sich bei der Entfernung von ihr zu mir vielleicht nur um einen Katzensprung handelt, schließlich ist die Epidermis maximal 0,03 bis 0,05 Millimeter dick (Anm.: überprüfen/verifizieren!) und hält nicht einmal leichten Schnitten/Stichen stand. Irgendetwas an der Vorstellung finde ich komisch, aber ich unterdrücke mein Lachen, weil viele finden, dass es wie Hundegebell klingt, und ich nicht weiß, ob Maria Hunde mag. Oder Angst vor ihnen hat. Wie einige meiner älteren Patientinnen bzw. meine Sprechstundenhilfe Frau Anwart, für die Rehpinscher oder Zwergpudel den Gipfel an Animalität darstellen. Und deshalb sehen diese Damen in mir oftmals so etwas wie ein Schoßhündchen, hilfsbedürftig/überfressen/verfressen und komplett abhängig von ihrer Fürsorge. Als Praktischer Arzt dieser Patientinnen fühle ich mich verpflichtet, die mir zugewiesene Rolle zu akzeptieren, aber ich empfinde es als Totalabsage an mich als Mann, das Liebesobjekt/der Traumprinz altjüngferlicher Frauen zu sein.
Oder alleinstehender/sitzengelassener Exemplare wie meiner Nachbarin (Barbara Umlauf).
Sie hat gesagt, ich hätte schöne Augen.
Wie Maria.
Meine Wange auf ihrer Haut.
Größer kann Nähe nicht sein.
Ich atme ein.
Ich bin Geruchssinn: Ihr Schweiß erinnert mich an warme

Milch (Katharina vergleichbar), Milch mit Honig, um die Achselgegend herum stellenweise auch ein bisschen holzig. An der Innenseite der Oberschenkel und am Unterbauch herrscht der stechende Geruch antibakterieller Flüssigseife vor, die ich vor weniger als einer Viertelstunde benutzt habe, um das Blut von ihrem Körper abzuwaschen bzw. abzutupfen: Bei zu starkem Druck hätte die Gefahr bestanden, sie zu verletzen, ihr durch eine unbeherrschte Bewegung, einen Tritt, Stoß oder Schlag (oder was auch immer) irreparablen Schaden zuzufügen. Aber ich als Profi (über 20 Jahre Berufserfahrung) habe gleich bemerkt, dass ihre Haut aus Glas ist, aus hauchfeinem, mit bläulichen Adern durchzogenem Porzellan, eine auserlesene Kostbarkeit, ein unbezahlbares Sammlerstück: Ich kann nicht glauben, dass es in meinen Händen ist.
Maria.
Maria Melnyk.
»Meine Kleine« hat DIE BESTIE sie genannt, DIE BESTIE, die mit bürgerlichem Namen Anton Lauterbach heißt. Ohne Punkt und Komma hat dieses widerwärtige Subjekt geredet: linkisch, hysterisch und grammatikalisch fragwürdig. Maria nicht, Blicke, Gesten, mehr war zwischen uns nicht nötig. Und das wenige, was sie gesagt hat, weiß ich auswendig: »Nein«, »Herr Doktor«, und vor allem »Bitte«, immer wieder das Wort »Bitte«, mit gedehntem i und a mit Trema statt e am Ende, weshalb ich gleich vermutet habe, dass sie slawischer Herkunft ist. Für diese (möglicherweise als biologistisch misszuverstehende) These sprechen auch ihre markanten Wangenknochen und die weit auseinanderliegenden Augen, die für den Raum Russland/Weißrussland/Ukraine typisch sind. Ihren Nachnamen habe ich erst später erfahren.
Ich frage mich, wie ihr Vater heißt. Ob sie ihrer Mutter ähnlich sieht. Wie sie lebt. Und noch wichtiger: Wie sie gelebt hat. VOR DER ZEIT MIT DER BESTIE.

VOR DER ZEIT MIT ANTON LAUTERBACH.
DIE BESTIE ist wahrscheinlich Anfang bis Mitte Dreißig, ebenso gewöhnlich wie gefährlich. Seine Höflichkeit, die schmierige Galanterie und widerliche Unterwürfigkeit: alles einstudiert, alles Taktik, schließlich musste er damit rechnen, dass ich ihn und Maria hinauswerfe oder den Behörden melde. Frau Anwart hat (zu Recht) irgendetwas in der Art von mir erwartet. Es hat ihr regelrecht die Sprache verschlagen, als ich sie in ihren widerlichen Tweedmantel befördert und mit höflichen, aber entschiedenen Worten nach Hause geschickt habe. Wie gesagt: Auch sie eine von diesen alleinstehenden Frauen in der zweiten/einsamen Lebenshälfte, die Arbeitszeit mit Intimität verwechselt. Höflichkeit mit Zuneigung.
ICH NICHT.
DIES IST EINE LIEBESGESCHICHTE.

Maria schläft und schläft und schläft. Zu gerne möchte ich wissen, wie es in ihr aussieht, in dem Rückzugsraum hinter ihren Augenlidern. Immer wieder diese Angst, sie könnte entwischt sein, vom Haken gesprungen wie der sprichwörtliche Fisch. Ich beruhige mich erst wieder, als mein Kopf auf ihrer Brust liegt.
Marias Atem.
Zwölfeinhalb Kubikmeter Luft pro Tag.
DA.

01:00 Uhr nachts. Zwei Nitrazepam AL 10: Zuviel für Maria? Sie wiegt vielleicht vierzig, höchstens zweiundvierzig Kilo, wenn überhaupt. Ich werde langsam unruhig, weil sie sich so gar nicht bewegt und das, obwohl ich sie gerade 15 Minuten lang untersucht habe. Eine professionelle Untersuchung, über die ich zu einer extrem alarmierenden Bestandsaufnahme gelangt bin:

– Stark erhöhte Verkrampfung des Schließmuskels, wiederholte, hellrote Blutungen im Analbereich, insgesamt auffällige, rissartige Verletzungen von Haut u. Schleimhaut am After (=Analfissur).
– Bisswunden, Hämatome, Striemen im Vaginalbereich und an der Innenseite der Oberschenkel.
– Überdurchschnittlich starke Dehnung der Vagina (nicht durch Fehlgeburt ausgelöst).
– Hämatome unter 4 Fußnägeln, am linken Schienbein und im linken Kniebereich. Einige in Verbindung mit Quetsch-Riss-Wunden, vor allem oberhalb des Knies.

Sie hat sich bewegt! (01: 44 Uhr)

Marias Körper erzählt von Gewalt und Lebensgefahr. Eine Landkarte von Übergriff und Missbrauch. Ganz offenbar ist sie stark. Stärker als vorgesehen. Sonst hätte sie ihre Geschichte nicht überlebt (vergleiche hierzu: Sita).

Der Terror, nicht geliebt zu werden.

Ihr hochverehrten Herren Richter, Staatsanwälte, Mädchenhändler und Vergewaltiger, ihr sog. Frauenbeauftragten und Saubermänner: Die Tage eurer Machenschaften und selbstgerechten weißen Westen sind gezählt. Zieht euch warm an, ihr habt nicht die leiseste Ahnung, mit wem ihr euch anlegt. Ich jedenfalls weiche keinen Schritt, bis ihr mir Rede und Antwort steht.
ICH WILL DIE WAHRHEIT.
Ich habe das Recht zu erfahren, wer ihr das angetan hat.
ICH WILL WISSEN, WER ANTON LAUTERBACH IST.
Maria nennt ihn »Toni«.

02:06 Uhr. Maria stöhnt. Wirft sich von einer Seite auf die andere. Heftige Stoßatmung. Dann wieder Stöhnen.
Nein.
Kein Stöhnen.
Die Laute klingen wie Schreie, für die ihr die Kraft fehlt.

Maria weint im Schlaf.
Wer hat ihr das angetan?

Laut Strafgesetzbuch begeht Körperverletzung, wer eine andere Person körperlich misshandelt oder ihre Gesundheit schädigt. Den Paragraphen muss ich nicht einmal nachschlagen, den habe ich parat, den kann ich vorwärts und rückwärts zu jeder Tages- und Nachtzeit runterbeten. Und weil der Tatbestand der Körperverletzung im Fall von Maria (Melnyk) und Anton Lauterbach MIT MEHR ALS EINHUNDERTPROZENTIGER SICHERHEIT gegeben ist (siehe Punkte 1-4 meiner vor circa zwei Stunden vorgenommenen und exakt protokollierten Ganzkörperuntersuchung), zeige ich Anton Lauterbach – diesen prototypischen, evolutionsresistenten Neandertaler, dieses gewaltbereite/misogyne Dreckschwein an.
Wegen Körperverletzung.
Und Verdachts auf sexuellen Missbrauch.

Landshuter Allee 32 (Kriminalfachdezernat 2).
Ich öffne die Eingangstür und trete ein.
Der diensthabende Beamte ist jung, hat eine schlechte Körperhaltung und könnte mein Sohn sein. Als ich mitteile, warum ich da bin, rückt er routiniert mit seiner linken Hand (ohne den Rest des Körpers zu bewegen) die Tastatur seines veralteten PCs zurecht und begutachtet mich mit einer Mischung aus Skepsis und antrainierter Sensibilität.

ODER BILDE ICH MIR DAS EIN?
Mein kühler/tadelnder/herablassender Blick löst leider keine Disziplinierung bzw. körperliche Straffung beim diensthabenden Jungbeamten aus, sondern einen langatmigen Vortrag auf Volkshochschulniveau, der mit samtiger Stimme und ohne Punkt und Komma gehalten wird, so dass ich es (trotz verschiedener Anläufe) nicht schaffe, ihn zu unterbrechen. Ich unterdrücke den Impuls, meine Autorität auszuspielen, indem ich z.B. nach seinem Vorgesetzten verlange oder ihn willkürlich zurechtweise, sondern verschränke meine Arme vor der Brust, atme tief durch, wandere mit meinem Blick durch das nächtliche Dezernat und lasse fragwürdige psychologische Allgemeinplätze und Standardstatistiken (die ich – ALS ARZT – selbstverständlich kenne) zum Thema körperlicher Gewalt von überwiegend männlichen Tätern an vorwiegend weiblichen Kindern, Jugendlichen und jungen Frauen über mich ergehen.
MARIA SAGT, SIE SEI VOLLJÄHRIG.
Ich horche erst wieder auf, als sich der sanften, einfühlsamen Stimme des diensthabenden Jungbeamten ein drohender/warnender Unterton beimengt, eine scharfe, geradezu anklagende Nuance, die ich nicht erwartet habe.
ICH BIN ENDE VIERZIG.
Der Jungbeamte fixiert mich. Seine mahnende Stimme erklärt mir, dass sexuelle Gewalt als Thema mittlerweile mindestens genauso gesellschaftsfähig sei wie Raubüberfall, Einbruch oder Diebstahl. Aber ich bin nicht sicher, fährt er (den Blick nicht von mir lassend) fort, ob Sie wissen, dass unsere polizeilichen Statistiken zwar alarmierend sind, aber trotzdem nur die Spitze des Eisberges markieren, weil die meisten Fälle von sexueller Gewalt überhaupt nicht angezeigt werden – aus Scham, Angst, Schuldgefühl oder aus mangelndem Unschuldsbewusstsein des Opfers, zum Beispiel. Oder aus wirtschaftlicher und/oder emotionaler Abhängigkeit.

WARUM ERZÄHLT ER MIR DAS?
Der Jungbeamte sieht mich herausfordernd an. Möglicherweise sogar misstrauisch. Jetzt will er wissen, wie der Name ist. Gegen wen ich Anzeige erstatte.
SCHWEIGEN.
Plötzlich – wie aus dem Nichts – höre ich mich mit überraschend kindlicher Stimme etwas vollkommen Unpassendes/Zusammenhangloses sagen, nämlich dass das Opfer in vielen Ländern grundsätzlich als schuldig betrachtet, aus der Familie, dem sozialen Gefüge insgesamt ausgeschlossen oder sogar umgebracht wird.
Zum Beispiel in Indien, sage ich, einmal und nie wieder, da kriegen mich keine zehn Pferde mehr hin.
SCHWEIGEN.
Indien, horcht der Jungbeamte auf, wieso Indien? Er fixiert mich: Sein Blick ist voller Verachtung, sein Tonfall argwöhnisch. Er lehnt sich zurück und legt genussvoll ein Bein über das andere, genau wie all die Vergewaltiger, Frauenhasser bzw. Massenmörder aus einem dieser deprimierenden/gewaltverliebten Kinofilme, in denen Unschuld nicht die geringste Chance hat.
ES SEI DENN, ICH BILDE MIR DAS EIN.
Irgendwie hat sich jetzt, in diesem Augenblick, irgendeine über mich gewonnene Erkenntnis in seinem Blick manifestiert, der schon wieder von meinem schweißnassen Gesicht über mein Kinn und meinen unförmigen Körper bis zu dem durch meine dicken Oberschenkel fast vollständig verdeckten Geschlechtsbereich gleitet UND MICH MIT HAUT UND HAAR KRIMINALISIERT, statt Anton Lauterbach ein für alle mal unschädlich zu machen.
ICH HABE NICHTS GETAN.
Plötzlich durchfährt mich eine Ahnung bzw. rettende Eingebung. Ich überlege, ob der mich taxierende Jungbeamte eine

(zwei bis drei Jahre) jüngere Schwester hat. Marlene. Tanja. Oder Katharina. Und je genauer ich versuche, mir darüber klar zu werden, was für eine Haarfarbe sie hat, was für einen Körper, wie sie aussieht, wenn sie in Panik gerät, und wie der Klang ihrer Stimme ist, wenn sie schreit, weiß ich plötzlich, DASS ICH MIR DAS NICHT EINBILDE. Es ist eine Tatsache, dass er eine Schwester hat. Spätestens jetzt weist seine Unschuldsweste tiefgraue/blutrote Flecken auf. Darin also besteht seine Schuld: Er hat Marlene, Tanja oder Katharina das Gleiche angetan wie Anton Lauterbach Maria.
Maria Melnyk.
Aber all das sage ich nicht.
Ich sage überhaupt nichts.
Ich weine.
Zuerst versuche ich mir einzureden, dass es Freudentränen sind, die von meinem Kinn über meinen unappetitlichen Körper auf den Praxisboden tropfen, aber was ich wirklich empfinde, ist Hilflosigkeit. Und Abscheu. Vor Maria. Und/oder mir. Ich weiß es nicht. Irgendeine Entzauberung hat sich ereignet: Statt in das Gesicht eines Jungbeamten starre ich in den Spiegel neben der Spezialuntersuchungs- und EKG-Liege, in dem ich keinen Retter sehe, keinen Liebhaber oder schmissigen Rivalen von Anton Lauterbach, sondern glatt gekämmtes, ausgedünntes Haar, Rasurbrand im schlaffen Bereich von Hals, Kinn und Mund und rote, verquollene Augen. Ich sehe jemanden, der offensichtlich versucht hat, sich als Mensch zu verkleiden: als eine weitere, bedeutungslose Variante des gewöhnlichen Mannes. Aber das Kostüm ist entliehen, es passt nicht, reißt an sämtlichen Stellen, und ich sehe, wie Vergeblichkeit aus mir herausquillt. Wie Eiter aus offenen Geschwüren. Oder Blut aus einer Schusswunde.
Vergeblichkeit.
UND DAS STINKENDE GIFT DER HOFFNUNG.

Ich kann die betäubte Maria durch meine Tränen kaum noch sehen.
In diesem Augenblick, jetzt, weiß ich, dass es keine Möglichkeit für uns gibt.
Der Weg von mir zu ihr ist lebensgefährlich.

2.

Gestern Abend.
Frau Anwart hatte auf die für sie typische Weise zweimal kurz an die Behandlungszimmertür geklopft und meinen Behandlungsraum mit säuerlichem Gesichtsausdruck (und ohne meine Reaktion abzuwarten) betreten. Das war der Startschuss.
Draußen ist ein Herr, hat sie gesagt, ein Notfall.
In seiner Begleitung »eine junge Dame«.
WEITER.
Von wegen »Herr« bzw. »Dame«. Die Art, wie Frau Anwart das Duo ankündigte, war voller Herablassung; die Tatsache, dass es sich wirklich um einen Notfall handeln könnte, hat sie nicht einmal ansatzweise beeindruckt. Gleichzeitig schwebte eine vorsichtig formulierte Warnung im Raum.
Eine Vorahnung.
WEITER.
ZURÜCK.
GEGEN DEN ABGRUND ARBEITEN.
Frau Anwart verfügt ganz offenbar über eine extrem gute Menschenkenntnis; als ich Lauterbach kurz darauf zum ersten Mal sah, konnte ich ihren ersten Eindruck nur bestätigen: Seine Vulgarität und Gewalttätigkeit, die manipulative Aura des notorischen Lügners und Egomanen, das Tierhafte an ihm – all das breitete sich mit seinem Auftritt in meinem Behandlungszimmer wie eine ansteckende Krankheit aus. Ich atmete einmal tief und stoßartig ein und versteifte meinen Oberkörper: Erst später, als er längst weg war, habe ich begriffen, dass ich mich (wie soll ich das ausdrücken) in dem Moment instink-

tiv gegen ihn gewappnet habe, gegen die Attacke/den Angriff DER BESTIE.
So kam Anton Lauterbach zu seinem Namen.
Ich muss zugeben, dass das von ihm veranstaltete Theater, als er in meine Praxis kam, mich für einen kurzen Augenblick beeindruckt hat – aber natürlich ist es ihm nicht gelungen, mich als Arzt/Diagnostiker hinters Licht zu führen. Wie auch: Ich habe blitzschnell erkannt, dass seine Auflösung, seine Panik, Tränen, Euphorie, Verzweiflung, Hysterie usw. bewusst eingesetzte Mittel waren, um von einer tieferliegenden Schuld abzulenken. Die Frage war nur, worin diese Schuld bestand und ob er sich dieser bewusst war. Wie aber auch immer, für mich existierte nicht der leiseste Zweifel darüber, dass ich mit einem Täter konfrontiert war. Typ: stolzer Soldat bzw. Alphatier, das seine Kraft daraus bezieht, frei von Selbstzweifel, Tabu und moralischem Skrupel zu sein. Eine Art König der Gosse/der Unterwelt, den ich unter normalen Umständen kommentarlos aus meiner Praxis hinauskomplimentiert hätte.
Ein Notfall.
Und dann (zum ersten Mal) der Name »Maria«.
WEITER.
Lauterbachs Erscheinungsbild war ein einziger Versuch, sein vulgäres Wesen hinter einem sog. tadellosen Äußeren zu verstecken: Sein kariertes Oberhemd war kurzärmelig, aus dem weit aufgeknöpften Ausschnitt wucherten rotblonde Haare, mit denen auch die Oberarme beschichtet waren. Das Hemd verdeckte zum Teil den verwaschenen Kordelzug seiner marineblauen (im Bereich von Knie und Schritt ausgebeulten) Jogginghose, zu der er spitze, dunkelbraune Slipper aus Wildleder trug – offenbar der Versuch, GEPFLEGT auszusehen; an einem normalen Tag hätte er mit Sicherheit zu Sportschuhen bzw. Saunalatschen gegriffen. Im Gegensatz zu seinem letztklassigen Geschmack in puncto Kleidung und Frisur (aus dem

Gesicht gekämmte, gewellte Haare, schmale Koteletten und für einen Dreitagebart etwas zu lange Bartstoppeln), konnte er mit seinen wasserblauen Augen, den kräftigen Nasenflügeln, dem sinnlichen Mund und einem sehr ausgeprägten Kinngrübchen ganz eindeutig punkten. Trotzdem machte er insgesamt einen abstoßenden, schmierigen Eindruck; die Assoziation von Alkohol und schlechter Ernährung lag in der Luft, von Speichelfäden, Achselschweiß und beißendem After Shave.

Ein stolzer Primat.

Ich versuchte zu verstehen, was er sagte. Ich sah, dass die Hand, mit der er sich zwanghaft Haarsträhnen aus der Stirn strich, blutig war, das gleiche galt für seinen linken Oberarm, Teile des Hemdes und der Jogginghose. Immer wieder sagte er etwas von Barzahlung, dass er leider keine Ausweispapiere bzw. Krankenversicherungsnachweise für sich oder Maria dabei hätte, nicht einmal seinen Führerschein, ein »Scheißfehler« (wie er sagte), alles sei so hektisch gewesen, quasi »der komplette Wahnsinn«: das ganze Blut, immer wieder hätte Maria das Bewusstsein verloren, dann wieder »wie am Spieß« geschrien, sein einziger Gedanke sei gewesen, sie so schnell wie möglich zu einem Arzt zu bringen.

Ihr Leben zu retten.

Hier fiel zum ersten Mal das Wort »Schwangerschaft«.

WEITER.

ZURÜCK ZUR FOLGERICHTIGKEIT.

Frau Anwart, die schon seit längerem nichts mehr gesagt hatte, machte Lauterbach mit frostiger Stimme darauf aufmerksam, dass er außerhalb der Sprechzeiten auftauche, die Praxis geschlossen (tatsächlich waren wir ja nur da, um unsere Inventarlisten bzw. Medikamentenverwaltung zu ordnen) und eine Notaufnahme der richtige Ort für ihn und »die junge Dame in seiner Begleitung« sei. Hier gäbe es »beim besten Willen«

keine Möglichkeit zu helfen, schon gar nicht »ohne irgendeinen Nachweis von Identität«. Lauterbachs (wie auf Kommando aktivierten) Hundeblick quittierte sie mit der für sie ungewöhnlich entgegenkommenden Bemerkung, dass sie durchaus bereit sei, einen Krankenwagen zu rufen. Mehr aber sei nicht möglich.

Gerade als ich ihr beipflichten und die absurde Situation beenden wollte, war ein dumpfes Geräusch/ein Poltern aus dem Vorzimmer zu hören. Es klang, als würde etwas Schweres auf den Boden aufschlagen. Parallel dazu war das Splittern von Glas zu hören, verschiedene metallische Gegenstände stießen aneinander.

»Maria«, flüsterte Lauterbach (danach: »Scheiße, tu mir das nicht an!«). Sein hilfesuchender Blick überraschte mich, dann rannte er (dicht gefolgt von Frau Anwart) aus dem Praxisraum in das Vorzimmer.

Zwei Atemzüge später habe ich Maria zum ersten Mal gesehen.

MARIA.

Sie lag auf dem Boden vor Frau Anwarts Empfangstisch, um sie herum jede Menge Stifte, Lineale, das Telefon, verstreute gelblich-weiße Chrysanthemen und diverse Scherben der rubinroten böhmischen Kristallvase, eines Geschenks von Frau Dorothea Weidinger (einer langjährigen Patientin mit chronisch erhöhtem Cholesterin), das Frau Anwart und mir nie gefallen hatte. Trotzdem haben wir es seit fast neun Jahren links neben dem Computerbildschirm platziert und regelmäßig mit frischen, farblosen Sträußen bestückt.

Maria trug ein kurzes, fliederfarbiges Kleid aus T-Shirt-Stoff, ihr Körper lag embryonal verkrümmt am Boden, zwischen den angewinkelten Beinen registrierte ich ein ursprünglich mehrfarbig gepunktetes, jetzt aber fast komplett blutverschmiertes Halstuch, das sie mit aller Kraft an sich presste oder von sich

wegzudrücken versuchte. Das war auf den ersten Blick nicht zu erkennen.
In mir stiegen Abschiedsgefühle auf, ein aus dem Nichts aufgetauchter Trennungsschmerz.
Der Augenblick fühlte sich an, als könnte er unser letzter sein.
WEITER.
Die Szenerie (Marias verzerrtes Gesicht, der leere Blick aus ihrem Augenwinkel, das Blut, DIESE NICHT MENSCHLICH ZU NENNENDEN LAUTE) ließ etwas in mir ansteigen, das sich wie Übelkeit anfühlte.
EKEL.
Vielleicht auch Erregung, obwohl ich weiß, dass Ihr selbsternannten Herren Richter, Rechtsvertreter/Rechtsverdreher, Durchschnittsmenschen und Prinzipienreiter diese Assoziation gegen mich auslegen werdet, weil das Wort missverständlich ist: Aber das schreckt mich nicht, denn ich weiß, dass ich in dem Moment keine sexuellen Absichten gehabt habe, keine Gier auf Maria, ihre Biografie/ihr Leben oder ihren Körper: NICHT EINMAL DEN GEDANKEN DARAN. Ich war einfach nur panisch, habe sie nicht aus den Augen gelassen: Ich war gleichzeitig Publikum und Hauptdarsteller eines mir komplett unbekannten Dramas, eines eigens für Maria und mich geschriebenen Stücks Weltliteratur, und selbst als ich Maria mit Unterstützung von Lauterbach und Frau Anwart auf die fahrbare und rauchgrau gepolsterte Behandlungsliege (auf der sie auch jetzt, hier, direkt vor mir, liegt und schläft) wuchtete, SAH ICH MIR ZU. Ich sah mir zu, wie ich Handgriffe ausübte, nach Worten suchte, Fragen stellte, Anordnungen traf oder ihr das fliederfarbige Kleidchen auszog (ihre Lieblingsfarbe, wie ich später erfahren habe). Ich sah, wie meine Ängste, mein Zögern, meine möglichen Fehlentscheidungen und Zweifel Gegenwärtigkeit und Intensität vorzutäuschen versuchten, obwohl alles, was ich tat, längst abgeschlossen war.

Es ging nicht um richtiges oder falsches Handeln, es ging erst recht nicht um persönliche Befindlichkeiten, SONDERN UM GEHORSAM.
UM FOLGERICHTIGKEIT.
WEITER.
Ich bin kein religiöser Mensch, und an diesen ganzen Vorsehungsquatsch etc. glaube ich nicht. Trotzdem war etwas im Raum, das ich als schicksalhafte Energie, als Vorgabe bezeichnen würde. Oder anders gesagt: Mir war sofort klar, dass die Geschichte von Maria und mir keinen Raum für die Freiheit menschlicher Entscheidungen oder den sog. Freien Willen lässt: Unser Buch ist ein schon vor langer Zeit geschriebenes, an dessen Anfang wir uns in diesem Augenblick befanden und von dessen Ende wir nur hoffen können, dass es (mit I.B. gesagt) eines »mit gutem Ausgang wird«.
Dass es unserer Liebe würdig ist.
HOFFEN WIR.

Frau Anwart hörte nicht auf, mir klarzumachen, dass es unverantwortlich von mir wäre, Maria Melnyk (ohne Ausweispapiere, Krankenversicherungsnachweise usw., blablabla) in meiner Praxis zu behandeln. Das Argument, dass ich mich als Arzt strafbar machen würde, wenn ich meiner Behandlungspflicht nicht nachkäme, ließ sie nicht gelten. Für mich eine Zwangslage. Ein Konflikt, der mir keine andere Möglichkeit ließ, als den bereits zitierten, widerlichen Tweedmantel aus dem Garderobeschrank im Badezimmervorraum zu holen und meine langjährige Mitarbeiterin vor die Tür zu setzen. Ich kenne sie: Der gekränkte Vorwurf wird sich ziemlich schnell erledigen, spätestens dann, wenn ich sie mit einem kleinen Präsent in Form von Champagnertrüffeln (ihre – nach eigener Aussage – einzige Sünde), einer Handcreme oder einer Konzertkarte aushebe. Oder mit guter Literatur (S. de Beauvoir, V. Woolf,

Chr. Wolf, oder dergleichen), irgendeinem intellektuell anregenden Material, das über den üblichen Käse wie Paulo Coelho oder diesen Pseudo-Philosophen Precht oder was sich sonst so in ihrer Handtasche bzw. Schreibtischschublade findet, hinausgeht.

Das viel schwerwiegendere Problem stellte Anton Lauterbach/ DIE BESTIE dar, der auch nach mehrfacher Aufforderung, die Praxis zu verlassen, nicht von meiner bzw. Marias Seite wich. Es war offensichtlich, dass Maria an einer Unterleibsverletzung litt, die starke Blutungen verursachte. Lauterbach versuchte das alles mit einer Schwangerschaft zu erklären. Widerlicherweise nannte er Maria sein »Mädchen«/seine »Kleine«, erwähnte dreimal seinen Wunsch nach einem gemeinsamen Kind bzw. nach männlichem Nachwuchs (»Junior« und noch schlimmer: »Filius«) und dass er Maria möglichst bald heiraten (»über die Schwelle tragen«) wolle. Ich nahm die Option »Schwangerschaft« natürlich zur Kenntnis, hatte zu dem Zeitpunkt aber schon den Verdacht, die Blutungen könnten durch eine Vergewaltigung, das Einführen eines Gegenstandes (als Fetisch oder aus purem Sadismus) in die Vagina oder durch irgendeine andere gewalttätige Perversion DER BESTIE ausgelöst worden sein. Kurzum: Seine Anwesenheit trug nicht gerade zu meiner Entspannung bei, außerdem war klar, dass Maria in seiner Gegenwart niemals sagen würde, was wirklich geschehen war. Sie traute sich ja nicht mal, MICH anzusehen. Als ich sie darüber informierte, dass Frau Anwart nach Hause gegangen sei, warf sie mir einen wilden, hasserfüllten Blick zu, als wenn ich ihr Peiniger wäre und sie meine Beute.

Für einen Moment war ich verstimmt.

Ich fühlte mich ungerecht behandelt, aber dann wurde mir ziemlich schnell klar, dass ihr Hass Lauterbach galt, Lauterbach/DER BESTIE, der direkt hinter mir stand und den sie fast nicht überlebt hätte.

Ich gab ihm zu verstehen, dass er uns allein zu lassen habe. Andernfalls könne ich für Marias Sicherheit keine Garantie übernehmen.
Nein, sagte er.
Auf keinen Fall.
Wenn das so ist, sagte ich, bin ich gezwungen, die Polizei zu rufen.
Was die »Bullen« damit zu tun hätten.
Das, sagte ich, wissen Sie selbst sicher am besten.
SCHWEIGEN.
Er bot an, im Vorzimmer zu warten.
Nein, sagte ich.
AUF KEINEN FALL.
Geben Sie mir Ihre Mobilnummer, sagte ich, und ich rufe Sie dann an.
Wann, fragte Lauterbach.
Ich gab ihm in besonders abgehobener (und ihn einschüchternder) Sprache zu verstehen, dass er keine Uhrzeit von mir erwarten könne. Zunächst einmal hätte ich meine Profession auszuüben und Maria entsprechend einer noch nicht verlässlich getroffenen Diagnose zu behandeln. Das alles brauche seine Zeit. Sobald die Patientin sich außer Gefahr befinde und meiner einhundertprozentigen Aufmerksamkeit nicht mehr bedürfe, könne er sich darauf verlassen, dass ich mich melde.
Ich reichte ihm einen Rezeptblock, auf dem er seine Mobilnummer mit der linken Hand notierte.
Er wirkte kraftlos.
Traurig.
ODER HABE ICH MIR DAS EINGEBILDET?
Sich Sorgen zu machen ist unnötig, sagte ich. Meine Aufgabe ist es, Maria in einen stabilen Zustand zu bringen, und dieser nicht unheiklen Aufgabe, sagte ich, werde ich mich gewissenhaft widmen.

Ich dachte das Wort »Liebe«. Aber es in seiner Gegenwart in den Mund zu nehmen, das wäre Verrat gewesen, Missbrauch, und darum habe ich mir verkniffen zu sagen, dass ich es als meinen persönlichen Auftrag angesehen habe, Marias Überleben sicher zu stellen, um mein eigenes zu gewährleisten. Marias Körper zu berühren, um die Dämonen zu vertreiben, die hinter meiner Stirn, in meinem Brustkorb und diesem widerlichen Geschlechtsbereich hocken und Fantasien erfinden, die ich als psychologisch geschulter Arzt nur als abwegig/pathologisch bezeichnen kann.
THEMENWECHSEL.
Ich habe Lauterbach mit einer Gegenfrage geantwortet. Ob er mir sagen könne, warum er und Maria mich aufgesucht hätten? Nach einem überraschten Schweigen stammelte er irgendetwas von »um die Ecke«, »auf die Schnelle« und »Zufall«, wobei nicht rauszuhören war, ob er und Maria sich zum Zeitpunkt ihres Zusammenbruchs zufällig in der Nähe meiner Praxis befunden hatten oder ob er »aus beruflichen Gründen« in meiner Nachbarschaft gewesen sei. In der Zwischenzeit kenne ich zumindest ein paar grobe Koordinaten der Vorgeschichte: Nach Einnahme der Schlaftabletten hat Maria nämlich erwähnt, dass sie ihren Arbeitsplatz (Anm.: herausfinden, was sie beruflich macht!) fluchtartig verlassen hat, und zwar wegen »superstarker Schmerzen« im Unterleib. Kurz danach haben die Blutungen eingesetzt. Eigentlich wollte sie nach Hause, ist dann aber auf einer Parkbank zusammengebrochen. In dem Augenblick, sagt sie, hat Lauterbach/DIE BESTIE sie angerufen, abgeholt und ist komplett planlos circa zwanzig Minuten mit ihr durch die Stadt gefahren. Und aus »irgendwelchen Gründen« bzw. »zufällig« hat er dann vor meiner Praxis gehalten.
Nicht zufällig.
FOLGERICHTIG.

Aber woher sollte Maria das wissen?
Ich versprach Lauterbach noch einmal, ihn später telefonisch zu kontaktieren, warnte ihn aber, keine Dummheiten zu begehen, weil jedes Fehlverhalten seinerseits eine Gefahr für Maria darstelle. Ich drohte ihm (mindestens drei Mal) mit der Polizei, falls er sich nicht an unsere Abmachung halten sollte. Ich verbot ihm auch, mich von sich aus anzurufen, fragte nach seinen Hobbys und riet ihm (bevor er vorhersehbare Dinge wie »Autofahren«, »Videospiele« oder »Frauen vergewaltigen« auflisten würde), auf eines dieser Hobbys zurückzugreifen.
Er drückte Marias rechte Hand und gab ihr einen Kuss auf die Stirn.
Vorsichtig.
Sie wehrte sich nicht.
Als er sich im Türrahmen noch einmal in ihre Richtung drehte, konnte ich Tränen in seinen wasserblauen Augen erkennen.
Meine Hässlichkeit durchfuhr mich wie ein Blitz.
Trotzdem war ich glücklich.
Ich erinnere mich.
GLÜCKLICH.

Maria sah mich nicht an. Sie antwortete auf keine meiner Fragen. Sie lag zusammengekrümmt auf der rauchgrauen Behandlungsliege, das Laken von sich geworfen, die (wahrscheinlich) geschlossenen Augen nur ein paar Zentimeter von der Wand entfernt. Behutsam redete ich auf sie ein, versuchte herauszufinden, wann die Blutungen bzw. Unterleibsschmerzen eingesetzt hatten, welcher Natur sie waren und ob es stimmte, was Lauterbach/DIE BESTIE behauptet hatte: Dass sie von ihm schwanger sei. Nachdem ich die blutigen, klumpigen, teilweise körnigen Rückstände in dem ursprünglich bunt gepunkteten Halstuch untersucht hatte, ließ sich mit relativer

Sicherheit diagnostizieren, dass er sie tatsächlich geschwängert und sie offenbar einen Abortus incompletus erlitten hatte, bei dem ein Großteil des Schwangerschaftsgewebes bereits ausgestoßen worden war, ein anderer Teil sich aber noch in der Gebärmutter befand. Ich war überrascht, wie leicht es war, die Überreste des Mutterkuchens aus der Gebärmutter zu entfernen: Eine Fingerübung, wie man so sagt. Zwar hatte ich keinen Sauger zur Verfügung, aber als praktischer und in diesem Fall improvisierender Arzt führte ich die Ausschabung eben auf die gute, alte Art und Weise, d.h. mit Kürette, durch, wobei die Tatsache, dass ich keine gynäkologische zur Hand hatte und deshalb eine klassische Ohrkürette nehmen musste, dem Eingriff einen ungewollt anarchistischen Anstrich verlieh. Als alter Profi schaffte ich es aber natürlich trotzdem, sämtliche Rückstände zu entfernen. Komplikationen gleich Null, keine Rückstände im Inneren der Patientin, keine Perforation der Gebärmutter, nichts.
WEITER.
Das Lokalanästhetikum, das ich Maria (gegen ihren anfänglichen/verständlichen Widerstand) an drei Stellen spritzen musste, und die daraus resultierende Entkrampfung ihres Körpers führten endlich dazu, dass sie ihr trotziges Schweigen aufgab und mir ab und zu einsilbig antwortete.
Meinen Blicken begegnete.
Mich zur Kenntnis nahm.
War's das, fragte sie.
Ja, sagte ich.
Sie drehte sich wieder der Wand zu.
Nach einer Weile hörte ich sie schluchzen.
Vielleicht waren es aber auch Laute der Erleichterung.
WEITER.
Später, als die Schlafmittel wirkten, nahm ich mir das verdreckte Halstuch mit den Abort- und Plazentaresten aus ihrer

Gebärmutter vor. Aus rein diagnostischer Neugierde wollte ich alles genau untersuchen, aber dann war ich (zu meiner eigenen Überraschung) nicht fähig dazu. Ich starrte die ganze Zeit auf dieses Gemenge aus Blut, Schleim und etwas, das wie Lymphflüssigkeit aussah. Eine absolut aussagelose Masse, die ebenso Fischabfall, Schlachthofrest oder Katzeninnereien hätte sein können.
Ich dachte an Nagetiere/Weichtiere.
All das war Lauterbach.

Das Mobiltelefon klingelte sechsmal, dann war eine weibliche Stimme/automatische Bandansage zu hören: Die von mir gewünschte Person sei momentan nicht erreichbar, ich hätte aber die Möglichkeit, nach dem Signalton und so weiter und so weiter.
Ich dachte kurz darüber nach, von dieser Möglichkeit Gebrauch zu machen und Lauterbach darüber aufzuklären, dass es der Patientin den unerfreulichen Umständen entsprechend gut gehe, sie sich aber (wegen des operativen Eingriffs und des enormen Blutverlustes) in einem Zustand extremer Schwächung befinde. Dass sie nicht transportfähig wäre und vorerst nicht gestört oder durch irgendwelche idiotischen Anrufe von Lauterbach aus der Fassung gebracht werden dürfe.
Ich atmete ein.
Dann dachte ich darüber nach, wie es wäre, Lauterbach darauf aufmerksam zu machen, dass er die Patientin durch diese verantwortungslose Schwängerung (und seine rückständigen Fantasien von trauter Kleinfamilie usw.) in Lebensgefahr gebracht habe. Nach eingehender Untersuchung durch den behandelnden Arzt, also mich, besteht jedenfalls kein Zweifel daran, dass die Patientin eine Geburt mit hoher Wahrscheinlichkeit nicht überleben würde. Grund dafür sind ihr extrem schmales Becken, IHR KINDERKÖRPER, ihre insgesamt schwächliche/

zerbrechliche Konstitution. Und selbst wenn grundsätzlich immer ein Kaiserschnitt möglich wäre, sei ich nicht bereit, medizinische Details mit ihm, Anton Lauterbach, am Telefon zu besprechen.

Ich zögerte einen Moment, dann überlegte ich zu sagen, dass er sich von Maria fernzuhalten habe. Ich persönlich habe aus medizinischer Sicht zwar nichts gegen einen viertelstündigen Anstandsbesuch oder einen Anruf seinerseits einzuwenden, Maria aber lasse ihm, Anton Lauterbach, ausrichten, dass sie ihn nicht sehen wolle. Ich überlegte, ob es gut sei, den letzten Satz zu wiederholen. Dann überlegte ich, ihn nicht nur zu wiederholen, sondern das »nicht« durch ein gnadenloses »nie wieder« zu ersetzen.

MARIA WILL SIE NIE WIEDER SEHEN.

Ich legte den Hörer auf.

Mein Atem rasselte.

Ich sah, wie der mit jeder nur vorstellbaren Waffe ausgestattete Lauterbach mit Kampfhunden und/oder alkoholisierten Schlägertrupps vor meiner Tür stehen, mich krankenhausreif bzw. halbtot prügeln, ausrauben, randalieren und Maria aus meiner Praxis und meinem Leben entführen würde.

MARIA WILL SIE NIE WIEDER SEHEN, erklärte ich der Wand.

Vorsichtig.

Ich übte.

Erst beim vierten oder fünften Mal war ich halbwegs überzeugt von dem, was ich sagte.

Der Kampf ist eröffnet, schrie ich.

David gegen Goliath.

3.

Maria hat mich angesehen. Neugierig, wenn nicht sogar ehrfürchtig. Wie eine griechische Skulptur/Statue bzw. Maske. Oder eines der beeindruckenden/heroischen/römischen Portraits in der Glyptothek.
ICH.
Jetzt schläft sie.
Ihr Atem geht schwer und regelmäßig.
SAMSTAG, 21.06.2015 / 04:12 UHR.
GEGENWART.

Früher habe ich mich für meine Wünsche/Sehnsüchte geschämt.
Ich schäme mich immer noch.

ERKENNTNIS: Zum ersten Mal in meinem Leben bin ich fähig, Schönheit auszuhalten, d.h. nicht sofort an mich zu reißen. Nichts wäre leichter (gewesen), als den sedierten Körper Marias für sexuelle Zwecke zu missbrauchen. So wie das unter Soldaten oder all diesen prototypischen MÄNNERN/TÄTERN an der Tagesordnung ist. Nein: Mein Bedürfnis ist, Maria zu betrachten. Heute Nacht und jede weitere, die sich uns bietet. Denn jetzt weiß ich, dass zwischen Schönheit und Begierde keine logische/zwingende Verbindung besteht. Schönheit ist. Weiter nichts. So einfach ist das. Kein Vergissmeinnicht blüht, um Aufmerksamkeit zu erregen. Keinem Sonnenuntergang wohnt Wirkungsabsicht inne. Und Maria liegt nicht hier, um zu erregen, sondern um den Betrachter an ihrer Erhabenheit partizipieren zu lassen. An ihrer Unschuld und Schönheit. Sie ist ein menschliches Kunstwerk, dem Friedensengel, Hubert Gerhards Mariensäule, dem (komplett überbewerteten, viel zu protzigen und vor Bettlern und Touristen überquellenden) Taj Mahal oder Berninis »Daphne und Apollo« in gewisser Weise überlegen, denn sie steht auf keiner Prunksäule, ist nicht vergoldet oder aus Marmor. Sie nimmt durch ihre Einfachheit, durch diese komplette Hingabe an den Betrachter für sich ein: Anders kann ich nicht beschreiben, was ihre Einzigartigkeit ausmacht bzw. IHR DIESE AURA VON HEILIGKEIT VERLEIHT.

Ich sehe sie an, sprachlos, fast schon andächtig, spüre aber sofort, dass all diese religiösen Assoziationen komplett unpassend sind und nicht einmal ansatzweise beschreiben, was sich jetzt, in diesem Augenblick, in mir abspielt. Ich suche nach Wörtern aus dem Umfeld von Rausch und Erregung, aber das einzige, was mir einfällt, ist Traurigkeit. Etwas später Leere. Dann Scham. Und Selbsthass, weil dieser widerliche und aus allen Nähten platzende Körper sich – hier, vor Maria – ENTGEGEN MEINEM WILLEN selbstbefriedigt und damit die Heiligkeit des Augenblicks auf Biologie bzw. Neurophysiologie reduziert.

Auf Mechanik.

Sonst nichts.

Während des Aktes wende ich mich von Maria ab.

Danach empfinde ich keine Erleichterung.

Eher das Gegenteil.

Falls es das gibt.

FRAGENKATALOG: Kann das, was man nicht hat, wehtun? PHANTOMSCHMERZ auslösen? Habe ich amputierte Gliedmaßen? Was fehlt mir? Diese ewige SEHNSUCHT, und – wenn ja – wonach? Und was ist das Gegenteil von SEHNSUCHT? Und was passiert, sobald sie sich einlöst?

Sie hat nach einem Glas Wasser verlangt. Ich bin so nervös, dass ich es beim Gehen über meinem Hemd und meiner Hose ausschütte. Die Wasserflecken auf meiner Hose bilden auf kriminalistische Weise ab, was ich während Marias Schlaf getan habe. Ich kann gar nicht sagen, wie sehr ich mich schon jetzt für entsprechende Assoziationen verachte, die sie bei ihr auslösen könnten.

ICH BIN KEIN TÄTER.

Es entsteht kein Gespräch. Mein auf mir lastendes Schuldgefühl erstickt jedes mögliche Thema und verleiht dem Schweigen einen erstickenden/bedrückenden Charakter. Gedanken an meine Stimme und potentielle Wortwahl widern mich an, meine Ausreden, meine triebgesteuerten Handlungen.
ICH WIDERE MICH AN.
Irgendwann teile ich Maria mit, dass sie den Eingriff gut überstanden hat, informiere sie über Details der Fehlgeburt und der Ausschabung.
Sie will wissen, wo »Toni« ist.
Ich sage ihr, dass sie (dank Nitrazepam AL 10) sechs bis sieben Stunden geschlafen hat.
Nitrazepam.
Sie wiederholt den Namen des Präparates wie die überfällige Lösung eines Rätsels, den Schlüssel zu etwas Entscheidendem.
DAS ZAUBERWORT.
Nitrazepam, sage ich (das Wort so dichterisch wie nur denkbar aussprechend), gehe zum Arzneischrank, suche das Medikament hinter den Valiumvorräten hervor und werfe es ihr spielerisch zu. Sie studiert die Verpackung mit übertriebener Vorsicht, dann widmet sie sich dem Beipackzettel. Ihr Gesichtsausdruck erzählt von Entschlossenheit zu höchster Kon-

zentration, aber offenbar ist der komplexe, mit Fremdwörtern angereicherte Text zu viel für sie.
Woher kommst du, frage ich.
Bitte, sagt sie (den Zettel mit ausgestrecktem Arm in meine Richtung haltend), lesen Sie vor.
Und ich lese.
Ich versuche, meiner Stimme einen (wie soll ich sagen) neutralen bzw. fachkundigen Ton zu verleihen, aber als ich sehe, wie gespannt Maria mir zuhört, werde ich emotionaler und spanne immer größere Erzählbögen wie bei einem Märchen oder einer der Abenteuergeschichten, die Katharina als Kind so geliebt hat, dass ich dem kleinen Nimmersatt alles mindestens zehnmal vorlesen musste.
WEITER.
Nitrazepam AL 10, fahre ich fort (obwohl Marias unverhohlene Hilfsbedürftigkeit mir fast den Atem verschlägt), Nitrazepam AL 10 wird zur Behandlung von Symptomen bei klinisch bedeutsamen Schlafstörungen angewendet.
Ich schlafe nicht, fällt Maria mir ins Wort.
UNGEDULDIG.
ANGRIFFSLUSTIG.
Selbstverständlich lasse ich mich durch die irrationale Verhaltensweise dieser unvorstellbar schönen Patientin nicht aus der Ruhe bringen. Niemand überlebt ohne Schlaf, erkläre ich ihr, aber als ich dazu übergehen will, etwas über Physiologie und Funktion der menschlichen Ruhephasen zu erzählen, werde ich unterbrochen. Marias Stimme ist schroff/aggressiv, als sie sagt, dass sie lieber wach ist, als Alpträume zu haben. Und noch bevor ich fragen kann, was das für Alpträume sind, was für Themen usw. (Anton Lauterbach, darüber besteht für mich – als unfreiwilligem Experte auf dem Feld von (sexueller) Gewalt gegen Frauen – nicht der geringste Zweifel), bedeutet sie mir, dass sie nichts hören will.

Sie fordert mein Schweigen ein.
Meine Diskretion.
KEIN PROBLEM.
Wie alt bist du, frage ich.
Weiter, sagt sie.
Nach längerer Verabreichung oder plötzlichem Absetzen des Medikaments, lese ich (einen willkürlichen Absatz auswählend), treten Angst, Spannungszustände, innere Unruhe, Zittern und Schwitzen auf, ebenso Schlafstörungen und gesteigertes Träumen.
Beides gleichzeitig, fragt Maria.
Sie will wissen, wie das gehen soll: nicht schlafen und trotzdem träumen.
SCHWEIGEN.
Marias Blick scheint um Hilfe zu betteln, um Aufklärung; jede Faser ihres blassen, fast unsichtbaren Kinderkörpers strahlt Verstörung aus, vielleicht auch Angst.
Ich frage mich, was sie in mir sieht.
Unwillkürlich muss ich an mein Klassentreffen im Luitpold-Gymnasium denken, als KEIN EINZIGER meiner früheren Mitschüler in der Lage war, den schlaksigen Abiturienten von vor 30 Jahren mit dem übergewichtigen, fetten Sack, der da plötzlich im Raum stand, in Verbindung zu bringen.
MICH MIT MIR IN VERBINDUNG ZU BRINGEN.
Etwas in mir schnappt nach Luft.
Was denn jetzt, fragt Maria (betont respektlos), beides gleichzeitig, oder was?
WEITER.
»Sicherheitsraum« heißt das Zauberwort. Als Arzt und psychologischer/therapeutischer Betreuer ist es meine Aufgabe, einen solchen zu schaffen, auch wenn Katharina (auf ihre rechthaberische Weise) immer wieder darauf verwiesen hat, dass kein Mann das für eine Frau leisten kann.

Eine Frau, die so etwas erlebt hat.
Wie Maria.
Ich kann nicht hinnehmen, dass Katharina Recht gehabt hat, und zerbreche mir den Kopf darüber, wie ein produktiver Wiedereinstieg in das Gespräch aussehen könnte: Vielleicht erzähle ich einfach (quasi als Überrumpelungstaktik) meinen gestrigen/blödsinnigen Traum von der viel zu engen Trauerkleidung (die sich dann als meine Haut herausgestellt hat). Oder den (wiederkehrenden) über meine jüngere Schwester, die im Traum wie Frau Anwart heißt (nämlich »Gesine«) und behauptet, dass ihr jemand die Pulsadern gestohlen hat. »Pulsadern«, schreit sie immer und immer wieder, »Pulsadern sind doch ein lebenswichtiges Organ!«
Wer weiß: Vielleicht hätte Maria im Gegenzug von eigenen, quälenden Träumen erzählt. Möglich wär's. Weil ich aber ziemlich sicher bin, dass es sich bei Träumen nicht um eine hoch entwickelte Funktion des Gehirns bzw. eine besonders intensive Form von Bewusstsein handelt, sondern um willkürliche, neuronale Gewitter, die – frei nach Goya – nur immer weitere Ungeheuer gebären, hake ich das Thema »Träume« ab und erkläre Maria, dass es sich bei der Liste der Symptome auf dem Beipackzettel nur um mögliche, quasi theoretische Nebenwirkungen von Nitrazepam AL 10 handelt, statistisch erfasste Erfahrungswerte.
Sonst nichts, sage ich.
Marias Blick ist abgewendet und ihre Angst so massiv, dass ich sie mit Händen fassen kann.
ICH WILL SIE IHR ABNEHMEN.
Du wirst gesund, sage ich, das verspreche ich.
Schwachsinn, faucht Maria, für wie blöd halten Sie mich? Ihre Schroffheit/Undankbarkeit ärgert mich, für den Bruchteil eines Augenblicks denke ich darüber nach, sie links und rechts zu ohrfeigen, ihr mit aller Kraft ins leichenblasse Gesicht zu

schlagen, aber dann trifft das Ausmaß meiner Schuld mich mit der Gewalt eines Fausthiebes: Ich sehe, wie ich vor der bewusstlosen Maria onaniere. Und ich sehe, dass sie vor Angst zittert. Sogar jetzt, in diesem Augenblick, wittert sie Gefahr – obwohl ich Lauterbach/DIE BESTIE schon vor Stunden aus der Praxis komplimentiert habe.
Du bist in Sicherheit, sage ich.
Blablabla, höhnt Maria (die Augen verdrehend) und gibt mir mit einer Kopfbewegung in Richtung Beipackzettel zu verstehen, dass die Lektüre für sie beendet ist. Sie versucht, sich souverän zu geben, aber ich sehe, wie ihre rechte Hand sich verkrampft. Ihr Atem ist flach und gepresst, der Oberkörper eingefallen, wie ausgehöhlt.
WOVOR HAT SIE ANGST?
Wolltest du wirklich ein Kind, frage ich, während ich den Beipackzettel zusammenfalte, zum Arzneischrank gehe und das Medikament zurückstelle. Meine Direktheit überrascht mich und ich bleibe, aus Angst, zu Recht von Maria beleidigt/zurechtgewiesen zu werden, mit dem Rücken zu ihr stehen.
Maria antwortet nicht. Stattdessen verlangt sie nach meinem Mobiltelefon, um »Toni« anzurufen.
Du musst das nicht, sage ich.
Sagen Sie mir gefälligst nicht, was ich zu tun habe, faucht sie.
ICH HABE NIE EINE FRAU SO SCHÖN SIE SAGEN GEHÖRT. (I.B.)
Als ich Maria ansehe, ist ihr Blick müde, fast sanft, und steht in irritierendem Gegensatz zu der kindischen Ablehnung in ihrer Stimme. Sie scheint ihren eigenen Widerstand leid zu sein. Und plötzlich weiß ich wieder, dass kein Grund besteht, beleidigt oder nervös zu sein. Oder Maria an einem Gespräch mit Lauterbach zu hindern. Im Gegenteil. Alles, was geschieht (und geschehen ist), ist folgerichtig.
DIES IST EINE LIEBESGESCHICHTE.

Ich gebe Maria den Praxisapparat.
Wolltest du wirklich ein Kind, frage ich nochmal, während Maria wählt. Die Tatsache, dass sie Lauterbachs Nummer auswendig kennt, versetzt mir einen Stich, obwohl die ganze Szenerie eher wirkt, als würde eine Tochter ihren Vater und nicht Maria ihren Liebhaber anrufen.
Ich bin sicher, dass sie minderjährig ist.
16.
Oder 17.
Toni, ruft Maria mit kindlicher, fast unterwürfig klingender Stimme in den Apparat, Toni, bist du das? Ich bin's, Maria.
Noch zweimal wiederholt sie ihren Namen. Ich höre, wie sie ihren Zustand verharmlost, wie sie beteuert, dass es ihr den Umständen entsprechend gut geht, sie sich zwar »noch etwas wacklig auf den Beinen« fühlt, ein bisschen »schlapp« und »benebelt«, aber sonst, sagt sie, ist alles prima.
Sie will wissen, wann er sie abholt.
Ihre Wortwahl ist einfach, aber korrekt. Außerdem begeht sie (im Gegensatz zu Anton Lauterbach) keine grammatikalischen Fehler. Nur bestimmte Eigenarten ihrer Aussprache (gerolltes r, kehliges ch, gedehnte Vokale, vor allem a und i) verweisen auf ihren osteuropäischen/slawischen Ursprung. Ich versuche, Fakten, Lügen, Erfahrungswerte und Hypothesen voneinander zu trennen und zu einer möglichen Biografie von Maria zusammenzusetzen, aber der alarmierte Klang ihrer Stimme und das, was sie sagt (»Toni?«, »Was ist denn?«, »Alles okay?«) bringen mich aus der Konzentration.
Offenbar befindet sich Lauterbach in irgendeiner Eckkneipe.
In Frauenbegleitung.
ÜBERRASCHUNG.
Aber, sagt Maria. Ihre Stimme ist jetzt tonlos und leise, bis sie schließlich gar nichts mehr sagt. Sie reißt das Telefon mit einer ruckartigen Bewegung von ihrem Ohr, sie schüttelt es ab wie

ein lästiges/stechendes Insekt oder irgendeinen widerlichen, gesichtslosen Käfer, den sie erst jetzt, in diesem Augenblick, entdeckt hat.
Ihre Schönheit erschlägt mich.
Erst später erfahre ich, wie betrunken Lauterbach gewesen ist. Dass er nicht in der Lage war, zusammenhängende Sätze zu sprechen. Als dann die Stimme irgendeiner Frau in den Hörer brüllte, Lauterbach sei zwar »zugesoffen«, stehe aber »wie eine Eins« und sei zudem »spitz wie Nachbars Lumpi«, wurde diese Karikatur eines Telefonates von Maria beendet.

Hat er dich geschlagen, frage ich, vergewaltigt?
Was wissen Sie schon, flüstert Maria, gar nichts.
Ihre Lippen sind noch immer bläulich.
Ich möchte sie küssen.

05:10 Uhr. Sie schläft. Ich habe ihr ein zweites Glas Wasser gebracht und mir in der Praxisküche einen doppelten Espresso und eine Scheibe Brot mit Butter und Prosciutto di Parma gemacht (Anm.: Butter & Kaffee nachkaufen!). Als ich in das Behandlungszimmer zurückkomme, liegt sie da: zur Wand gedreht, unter einem frischen, weißen Laken, das ich ihr kurz vorher gegeben habe.
19.
29 Jahre jünger als ich.
Angeblich.
Als ich sie nach ihrem Geburtsjahr gefragt habe, hat sie viel zu lange überlegen müssen, um auf 1996 zu kommen.
1996.
In dem Jahr war ich in Indien.
Im verdreckten/verpesteten Indien.
Die Frage nach ihrem Geburtsort hat sie wiederum ohne das kleinste Zögern mit »Boryspil« beantwortet. Könnte demnach

stimmen. Boryspil, irgendeine unbedeutende Stadt, die – laut Wikipedia – 2006 circa 56.000 Einwohner gehabt hat. Stadtrechte liegen seit 1956 vor. Der internationale Flughafen von Kiew ist in unmittelbarer Nachbarschaft.
Mehr habe ich nicht erfahren.
Über Maria.

05:42 Uhr. Die Schläfrigkeit verleiht Marias Stimme etwas Sanftes/Samtiges. Die gemeinsame Zeit in meiner Praxis hat Nähe zwischen uns geschaffen, ob Maria will oder nicht. Sie lächelt kurz, als ich ihre Schönheit beschreibe, ihre Schönheit, die keine Blessuren, kein ungekämmtes Haar und keine bläulichen Augenringe zerstören können.
Gerade hat sie sich bei mir bedankt.
Wofür, frage ich.
Wäre ich gestorben, fragt Maria.
Heute nicht, antworte ich, aber soviel Gewalt hält auf Dauer kein Mensch aus.
Sie argwöhnt, dass ich von Lauterbach spreche. Ich aber spreche (zu meiner eigenen Überraschung) von meiner Schwester, meiner jüngeren Schwester, die in ihrer Jugend selbst Opfer von (sexueller) Gewalt geworden ist. Ich erzähle Maria von den verschiedenen Erkenntnis- und Verarbeitungsphasen, von Verleugnung, Trauer, Wut, Fassungslosigkeit, Angst, Ruhe- und Schlaflosigkeit bis hin zu Selbsthass und Gefühlen von Schuld und Scham. Und während ich von meiner Schwester erzähle, trifft mich die Erinnerung an die Zeit nach ihrem Geburtstag vom letzten Jahr mitten ins Gesicht. Damals habe ich sie auf ihrem Anrufbeantworter als »Zicke«, »Egomanin« und als »gnadenlos« beschimpft. Und das alles nur, weil sie sich für mein Geschenk, die handsignierte Erstausgabe von »Malina« (ihrem erklärten Lieblingsbuch!), monatelang nicht bedankt hat. Dabei war das (nicht ganz preiswerte) Meisterwerk in sehr

gutem Zustand und wies keine Eselsohren, Nässeflecken, Einbandrisse oder störende Unterstreichungen früherer Besitzer auf.
NICHTS.
Maria will wissen, wie meine Schwester heißt.
Katharina, sage ich.
THEMENWECHSEL.
Hat er dich vergewaltigt, frage ich. Ich versuche, meine Stimme männlicher als üblich klingen zu lassen, damit Maria gar nicht erst versucht zu leugnen bzw. Lauterbach (den Täter) in Schutz zu nehmen. Aber statt sich oder Lauterbach zu verteidigen, schweigt sie. Auch als ich meine Frage wiederhole, reagiert sie nicht. Ihr Blick geht ins Leere, ungeduldig und gelangweilt zugleich.
Vielleicht ist sie enttäuscht.
Oder hat meine Anwesenheit vergessen.
Maria, frage ich (vorsichtig).
Ihr kalter Blick trifft mich unvorbereitet.
Ohne Toni wäre ich gar nicht hier, sagt sie, Toni hat mich gerettet.
Wie das, frage ich, aber Maria reagiert nicht.
THEMENWECHSEL.
Ich will wissen, wovon Maria lebt, wie ihre finanzielle Situation aussieht bzw. ob sie von Anton Lauterbach/DER BESTIE abhängig ist. Oder ob sie noch zur Schule geht. Und warum ihr Deutsch so gut ist.
Ich frage mich, ob sie als Arzthelferin geeignet wäre.
Maria spitzt die Lippen. Ganz offensichtlich spielt sie eine Dame bzw. das, was sie sich darunter vorstellt, um sich über mich und meine »Spießigkeit« lustig zu machen. Ich unterdrücke meine darüber aufkommende Verärgerung und versuche sie als angemessene Strafe für das akzeptieren, was ich an meiner schönen Patientin verbrochen habe.

Selbstverständlich, höhnt Maria, gehe ich einer geregelten Arbeit nach: Meine berufliche Unabhängigkeit ist mir sehr wichtig. Ich erfahre, dass sie in einem sog. Erotikkino, das 24 Stunden geöffnet ist, an der Kasse sitzt. Entweder von 8 Uhr morgens bis nachmittags um 4 oder die spätere Schicht, die um Mitternacht vorbei ist. Nicht ohne Stolz lässt sie mich wissen, dass »Toni« ihr diese »Arbeit« besorgt hat.

Dein Retter, sage ich (bösartig).

Mein Retter, wiederholt Maria, und fängt aus heiterem Himmel an zu schreien, grell und heulend wie eine Sirene. Oder eine Trinkerin. Dann schlägt sie ihre Hände vors Gesicht, krümmt sich ruckartig zusammen und dreht sich zur Wand. Ihr beängstigender Ausbruch, DIESE GEFÜHLSATTACKE, ist so kraftvoll, von so gewaltiger Schönheit, dass sie mir körperliche Schmerzen verursacht, die ich nur deshalb ertrage, weil ich auf einmal verstehe, dass alles, was Maria tut, nicht nur folgerichtig ist, es sind außerdem Versuche, ihre Liebe auszudrücken. Ihr Hass, ihre Verachtung, ihr schlechtes Benehmen und alles, was ich getan habe, sind nichts als unbewusste Versuche, Liebe zu artikulieren.

Uns bleibt gar nichts anderes übrig.

DIES IST EINE LIEBESGESCHICHTE.

Marias Augen sind geschlossen. Ich will/muss/werde wachbleiben. Aus dem Grund schmökere ich zum ersten Mal seit Monaten in einem der todlangweiligen GEO-Magazine, die sich nur darum (neben »Stern«, »Focus« & »Spiegel«) im Wartezimmer stapeln, weil ich wieder mal vergessen habe, das Abo zu kündigen (Anm.: KÜNDIGUNG! Gleich morgen per Einschreiben abschicken!). Ich bemühe mich, leise umzublättern, weil Maria auf jedes durch mich verursachte Geräusch verschreckt/verärgert reagiert. Aus irgendeinem Grund bleibe ich an einem Bericht über den Garten Eden hängen. Nach Ansicht diverser

Wissenschaftler soll das Paradies lokalisierbar sein. Wenn ich den (schlecht geschriebenen) Artikel richtig verstehe, basieren ihre Theorien auf irgendwelchen in der Genesis gemachten Hinweisen: Ein Forscher identifiziert das Paradies mit einem Landstrich in Ost-Aserbaidschan bzw. der Ebene von Täbris (nie gehört), ein anderer behauptet, es habe sich nördlich des Persischen Golfes befunden, die anderen geografischen Zuordnungen sind so wirr, dass ich sie sofort wieder vergesse. Jeder einzelne dieser Forscher führt eine absurde Menge von religionswissenschaftlichen und sonstigen Details bzw. Nachweisen an (von denen ich die meisten überspringe), um seine Theorie zu belegen, die sich gleichermaßen stichhaltig wie hypothetisch liest. Fazit von all dem ist jedenfalls (kurz gefasst), dass das Paradies eine Ortschaft/Region ist, die in jedem Weltatlas verzeichnet sein könnte.
Wie Landshut.
Oder Eisenhüttenstadt.
Kein Zufluchtsort, flüstere ich, kein Geheimnis.
Was ist, raunt Maria.
Nichts, sage ich.
Ich lese weiter. Alexander der Große soll im Rahmen seiner Feldzüge in Asien versucht haben, sich das Paradies (das man damals in der Gegend von Indien (sic!) vermutete) untertan zu machen. So erzählt es jedenfalls der Mythos. Alexander kommt also tatsächlich an die Pforte des Paradieses und klopft an, überzeugt, auch bei diesem Eroberungszug auf wenig Widerstand zu stoßen. Ein freundlicher Herr (= Gott) öffnet ihm, erkundigt sich nach seinem Begehr und verwehrt ihm daraufhin den Einlass. Er klärt den entschlossenen Feldherrn darüber auf, wie absurd sein kriegerisches Gebaren ist: Das Paradies sei kein irdisches Reich und könne nicht erobert werden. Er fordert Alexander auf, sich zu bessern, und schließt die Himmelspforte.

ENERGISCH.
Alexander und seinem gigantischen Heer bleibt nichts anderes übrig, als abzuziehen.
Das Ausmaß meiner Müdigkeit war mir nicht klar.
Ich habe nicht die Kraft, das GEO-Magazin zu schließen bzw. auf den Behandlungstisch neben mir zu legen.
NICHTS.
Zu wissen, wo das Paradies ist, und nicht eingelassen zu werden.
Das ist die Hölle auf Erden.

Du solltest ein bisschen schlafen, sage ich.
Sie will wissen, wie spät es ist.
06: 32 Uhr.

Als ich eine Stunde später erwache, ist Maria nicht mehr da.

ABSCHNITT ZWEI

erstellt/protokolliert von: Alexander Wertheimer
Seitenumfang: 62 (S.46-107)
Unterabschnitte: 4
vorangestellter/assoziativer Leitgedanke:
»Frauen werden nicht frei sein, solange ihre Unterwerfung als sexy gilt.«
Quelle: Sheila Jeffreys (im Folgenden: S.J.). Zitiert in: »Hammelsprünge. Sex und Macht in der deutschen Politik« von Ursula Kosser.
alternativer Leitgedanke:
»Wenn das Recht einer jungen Frau auf Unversehrtheit wirklich ernst genommen würde, gäbe es Selbstverteidigung für Frauen als Schulfach. Stattdessen lernen wir nach wie vor Anpassung.«
Quelle: Luisa Francia (im Folgenden: L.F.) Zitiert auf: www.landesfrauenrat-sachsen-anhalt.de.

1.

Frau Anwarts Gesicht nimmt einen abweisenden Ausdruck an, als hätte sie erst jetzt verstanden, was ich gefragt habe. Eine Ewigkeit vergeht, dann schüttelt sie den Kopf, viel zu spät, so dass ich Angst habe, sie könnte mir Recht geben.
Nein, sagt sie (ernst), übergewichtig vielleicht, aber hässlich sind Sie nicht.
Unglücklich, flüstere ich.
Sie streift die in einem Geschenkkarton verpackten Champagnertrüffel von Heinemann mit einem prüfenden/misstrauischen Blick und lässt sie mit einer wegwerfenden Bewegung auf den Nebenstuhl fallen. Ich zucke zusammen: Das Geräusch der auf dem Holz aufkommenden Schachtel gellt in meinen Ohren wie das Schlagen des Richterhammers im Rahmen der Urteilsverkündigung, jetzt, da die Schuld des Angeklagten erwiesen ist.
Ich erwarte das Strafmaß mit angehaltenem Atem.
Sie sind nicht unglücklich, verkündet Frau Anwart, Ihr Problem ist vielleicht eher, dass Sie eine unrealistische Vorstellung vom Glück haben. Dass Sie ein glückliches Leben anstreben. Das ist natürlich ein Modell, an dem man nur scheitern kann. Zufriedenheit oder Akzeptanz, vielleicht, aber Glück, nein, sagt Frau Anwart, das ganze Konzept ist fragwürdig, um nicht zu sagen lächerlich. Bzw. kindisch.
SCHWEIGEN.
Ich bin lächerlich. Und kindisch. Für einen Moment durchzuckt mich die Hoffnung, dass diese Analyse meiner Persönlichkeit auch meine Schuldunfähigkeit beschreibt. Schuld-

unfähigkeit wegen geistiger und/oder sozialer Unreife. Frau Anwarts Blick durchbohrt mich.
Und Liebe, will ich wissen, was ist damit?
Aber ich stelle die Frage nicht.
Kitschig, ergänzt Frau Anwart (abfällig).
Heute morgen noch hätte ich meine Sprechstundenhilfe als Angestellte bezeichnet. Jetzt erflehe ich ihre Absolution und weiß gleichzeitig, dass ich jede denkbare Höchststrafe verdient habe. Vielleicht stimmt es, dass ich kindisch, lächerlich und bis in die Grundfesten verkitscht bin: Vor allem aber bin ich feige. Zu feige, UM VERANTWORTUNG FÜR MEIN HANDELN ZU ÜBERNEHMEN.
Deprimiert lehne ich den Kaffee ab, den zu machen Frau Anwart eher unwillig anbietet; indischen sog. Chai Tea im Beutel, der wie alles Ess- oder Trinkbare aus diesem verkommenen Land Übelkeit in mir auslöst, verweigere ich aus Prinzip. Verwirrt stelle ich fest, dass die rubinrote böhmische Kristallvase (das zerbrochene Geschenk von Frau Dorothea Weidinger) im Verlauf des Vormittags durch eine konische aus weißer Keramik ersetzt wurde, die Frau Anwart spätestens morgen wieder mit farblosen Gewächsen gefüllt haben wird. Je länger ich überlege, desto weniger kann ich nachvollziehen, warum meine Sprechstundenhilfe und ich dieses Gespräch führen, zudem verstehe ich nicht, warum ich sie mit Beginn der Mittagspause gefragt habe, ob ich wirklich so hässlich bin, wie ich mich finde. Innerlich habe ich um irgendeine höfliche Unverbindlichkeit ihrerseits gefleht, um einen bagatellisierenden Satz, der meinen Wunsch, mich an ihre frostige Brust zu pressen, hoffentlich obsolet machen und diesen Zustand totaler Abhängigkeit beenden könnte: Abhängigkeit von meiner Sprechstundenhilfe, deren Gesprächsbeiträge ich (trotz ihrer beurteilenden bzw. abweisenden Grundtendenz) wie ein Süchtiger aufsauge, weil ich zum ersten Mal seit Marias Verschwinden nicht unter der

Zwangsvorstellung leide, DIE ANBINDUNG AN DIE WELT VERLOREN ZU HABEN.
Schweigen.
Ich weiche ihrem Blick aus.
Schon den ganzen Vormittag in der Praxis habe ich mit gesenktem Blick, MIT SCHEUKLAPPEN, hinter mich gebracht, Rheumasalbe, Kautabletten gegen Sodbrennen und ein magensaftresistentes Abführmittel verschrieben, den beständig über Schlafstörungen und überdurchschnittliche Lärmempfindlichkeit lamentierenden Herrn Jakoby bei der Verabschiedung »Lieber Herr Johannsen« genannt und jeden nicht absolut notwendigen Kontakt mit Frau Anwart vermieden. Erst in der Mittagspause habe ich mich durchgerungen, ihr die Champagnertrüffel in die Hand zu drücken, für die sie sich höflich, aber mehr als unbeteiligt bedankt hat.
Und dann habe ich sie gefragt, ob sie mich hässlich findet.
VERRÜCKT.
Warum sagen Sie mir nicht, was vorgefallen ist, fragt Frau Anwart.
Ihr herausfordernder und (wenn ich mich recht erinnere) gleichzeitig gelangweilter Tonfall lässt keinen Zweifel daran, dass sie ihre »heilige Mittagspause« nur deshalb mit mir vergeudet, weil sie Informationen von mir einfordert, die aus ihrer Sicht längst überfällig sind. Sie wird mir nur dann verzeihen, dass ich sie am Freitag quasi rausgeschmissen habe, wenn ich sie darüber aufkläre, was sich in dieser Praxis ereignet hat.
Ich frage mich, wie sie lebt.
Sie heißt Maria, sage ich, Maria Melnyk.
ICH ERSTICKE.
Ein Röcheln dringt aus mir, ein Hecheln, das sich kurz darauf in einen klagenden Laut verwandelt. Dieses Klagen erfüllt den Raum; es erinnert mich an die Balzlaute herumstreunender

Katzen, hat auf jeden Fall nichts erkennbar Menschliches und doch bin ich es, aus dem es quillt.
Kein Zweifel: Es ist DAS GIFT MEINER BEDÜRFTIGKEIT, das mir den Magen umdreht und das ich ENDLICH AUSKOTZEN MUSS, weil es alles, was sich wie Liebe anfühlt, zu einem übergriffigen/gewalttätigen/biologistischen Akt entstellt.
ALLES IST WIDERWÄRTIG.
SCHULDIG.
Frau Anwart ist von mir abgerückt.
An ihrem Gesichtsausdruck kann ich ablesen, dass spätestens jetzt auch sie das Ausmaß meiner Hässlichkeit erkennt, obwohl sie vorhin behauptet hat, mein Äußeres sei nicht so problematisch, wie ich es beschreibe/wahrnehme. Aus ihrer Sicht bin ich nicht einmal unglücklich. Und tatsächlich: Das Einzige, was ich empfinde, ist ein ansteigendes Maß an Selbstekel, EKEL VOR MIR SELBST, der in diesem Augenblick zu so etwas wie Fassungslosigkeit wird, zu einem ebenso kraft- wie sinnlosen Aufbegehren gegen eine Liebe, die ich mir anders vorgestellt habe.
Ich sehe mit Entsetzen, wie ich Marias Körper untersuche.
Ihr Zahnfleisch, ihre Brust, ihren Geschlechtsbereich.
ICH BIN KEIN TÄTER.
Ich höre zu, sagt Frau Anwart.
Merkwürdigerweise hält mich der ausgestellte Zynismus in ihrer Stimme nicht davon ab, von Maria zu erzählen. Von mir. Von den letzten Tagen und schlaflosen Nächten. Ich schluchze mehr als dass ich spreche, wodurch die Hässlichkeit der von mir produzierten Laute sich der meines Äußeren leider als ebenbürtig erweist.
Frau Anwart wird Ohrenzeugin meiner Zusammenfassung der jüngsten Ereignisse, die vor allem der Versuch einer Befreiung ist, auch wenn ich die entscheidende Passage, DAS, WAS WIRKLICH WICHTIG IST, ausspare. Frau Anwarts Gesicht

zeigt keine Regung, als ich versuche zu erklären, warum ich Maria und Anton Lauterbach nicht einfach rausgeworfen oder zur nächsten Notaufnahme geschickt habe. Ich höre mich abgegriffene Ausdrücke wie »Liebe auf den ersten Blick« (sic!), »schicksalhaft« und »folgerichtig« benutzen, die allesamt Umschreibungen für meine Bedürftigkeit sind, FÜR MEINE GIER NACH NÄHE UND VERSCHMELZUNG. Und genau diese Gier, flüstere ich, diese Gier ist es, die Frauen abschreckt – und mich ins Abseits treibt. Trotz meiner Fettleibigkeit weiß ich, dass es hässlichere Männer gibt als mich und ein gewisser Typ von Frau mich sogar anziehend oder zumindest so bemitleidenswert findet, dass er zärtliche Gefühle für mich entwickeln kann, ich weiß, dass rein physiognomisch eine Beziehung für mich genauso möglich wäre wie für jeden anderen, aber Tatsache ist, sage ich, dass ich keine habe. Dass ich nie eine haben werde, weil meine Bedürftigkeit mich von meinen Empfindungen abschneidet.
Und daran sind wir Frauen schuld, kommentiert Frau Anwart beiläufig/gelangweilt, ich nehme an, das wollen Sie sagen.
Ich sage, dass ich nichts dergleichen gesagt habe.
Ich weiß, sagt Frau Anwart.
SCHWEIGEN.
Sie fragt, ob ich mich in »diese Melnyk« verliebt habe.
Waren Sie mal verliebt, frage ich zurück.
Doktor Wertheimer, sagt Frau Anwart (obwohl ich ihr schon mehrfach angeboten habe, mich beim Vornamen zu nennen), die Frage ist doch vielmehr, warum Sie glauben, in eine junge Frau verliebt zu sein, die Sie nicht kennen, die Ihnen intellektuell nicht im geringsten gewachsen ist, die in einer festen Beziehung mit einem mehr als dubiosen und offenbar gewalttätigen Mann lebt und die aller Wahrscheinlichkeit nach eine Prostituierte ist.
SCHWEIGEN.

Sie arbeitet in einem Erotikkino, sage ich, zumindest glaube ich das.
Volljährig, fragt Frau Anwart.
19, sage ich, angeblich.
Frau Anwart steht auf und fängt an, durch das Zimmer zu gehen. Vermutlich, fügt sie mit tonloser Stimme (und mir zugewendetem Rücken) hinzu, vermutlich bilden Sie sich auch noch ein, dass sich das Mädchen für Sie interessiert.
MARIA.
Ein Ziehen, irgendein unerträglicher Schmerz fährt einmal quer durch meinen Körper: Der Gedanke, dass ich Maria gleichgültig bin, dass ich ihr (wie Lauterbach sagen würde) »am Arsch vorbeigehe«, ist unerträglich und beweist gleichzeitig, dass Frau Anwart in allen Punkten Recht hat: Ich bin auf derartig abnorme Weise bedürftig und gierig nach Zweisamkeit, dass ich mich in etwas hineingesteigert habe, das weit davon entfernt ist, Realität zu sein. Mein Kopf liebt, begehrt, missbraucht, vermisst Maria und glaubt, ohne sie nicht leben zu können, aber bei genauer Betrachtung fällt sogar mir auf, dass ich sie nicht einmal mag.
ICH BLICKE AUF SIE HERAB.
Es tut mir leid, sagt Frau Anwart.
Sie müssen sich nicht entschuldigen, sage ich.
SIE tun mir leid, sagt Frau Anwart. Sie fragt, ob ich ihr sagen könne, wie mir zu helfen sei, aber ich antworte nicht, weil schon wieder diese Laute aus mir herausbrechen, dieses verwahrloste Tier, das von der Welt gestreichelt werden will, obwohl nicht einmal ich es anfassen würde.
Ich, sage ich und wünsche mir, dass Frau Anwart den Arm um mich legt, wie früher, als ich der Meinung war, meine Eltern seien ein durchschnittlich zufriedenes Ehepaar, sehr viel früher, als meine Mutter noch nicht diesen strengen Körpergeruch (eine Mischung aus Moschus und getrocknetem, nach

Heu duftendem Schweiß) hatte, der immer wieder Schwindelgefühle/Übelkeit in mir ausgelöst hat. Gleichzeitig weiß ich, dass Erinnerungen an Kindheit und biologische Familie nichts mit dem zu tun haben, wer ich bin, was ich getan habe und worum es in diesem Augenblick geht.

MEIN LEBEN.

Ich, sage ich, aber Frau Anwart unterbricht mich und fragt, wie ich mit »dieser Melnyk« verblieben sei.

Gar nicht, sage ich und erzähle meiner Sprechstundenhilfe, dass Maria mich (ohne ein Wort des Dankes oder ihre Kontaktdaten hinterlassen zu haben) verlassen hat.

Einfach so.

Ich ereifere mich darüber, wie oft Maria sich mir gegenüber im Ton vergriffen hat, und berichte von der Hörigkeit, die sie an Anton Lauterbach bindet, der ihre Unterwerfung (frei nach S.J.) mit Sicherheit sexy findet und als notwendige Bedingung für wie auch immer geartete sexuelle/neurotische Spannung zwischen den beiden erachtet. Ich zitiere diverse niveaulose Kommentare DER BESTIE, wobei ich den Fokus im Besonderen auf Grammatikfehler (»meistens immer«) und fatale Wortwahl (»fit wie ein Turnschuh«) lege. Zum ersten Mal seit Tagen bin ich in der Lage, über die Geschmacklosigkeit/Asozialität/Primitivität seines Charakters und seiner Erscheinung zu lachen, wobei ich beunruhigt registriere, dass meine Sprechstundenhilfe meinen diesbezüglichen Humor nicht zu teilen scheint.

Sie schweigt.

Dann fragt sie, ob ich schon einmal eine Beziehung mit einer Frau geführt habe, die ich als »bedeutsam« bezeichnen würde.

SCHWEIGEN.

Die Frage ist schwer zu beantworten, sage ich.

Ich habe vor meiner Antwort einen auffällig langen Augenblick eingebaut, um den Eindruck intensiven Nachdenkens

vorzutäuschen. Ich bin aber nicht in der Lage zu klaren, weiterführenden Gedanken, weil ich mich an diverse Mädchen aus der Gymnasialzeit erinnere. Judith und Katrin, zum Beispiel. Brigitte. Und Alice, die amerikanische Austauschschülerin aus San Diego (Kalifornien), die mir am zweiten Tag des 9. Schuljahres eine (von John Tenniel) illustrierte Taschenbuchausgabe von »Alice in Wonderland« geschenkt hatte. Die handgeschriebene Widmung lautete: »For Alex. With a huge THANK YOU! Alice«. Der Dank galt der Tatsache, dass ich Alice an ihrem ersten Tag am Luitpold-Gymnasium durch den gesamten Gebäudekomplex geführt und ihr sehr detailreich erklärt hatte, was für sie von Bedeutung sein könnte. Schon eine Woche später hatte Alice unsere Klassenlehrerin Frau Kanzler (Deutsch/Latein) gebeten, nicht mehr neben mir sitzen zu müssen. Meine Mutter erhielt am selben Tag einen Kurzbesuch von Alices Gastvater Herrn Moser, der sie (eher bestimmt als freundlich) aufforderte, mir auszurichten, dass Alice nicht wünsche, nach der Schule von mir nach Hause gebracht zu werden. Außerdem habe sie nicht das geringste Interesse an meinen Geschenken, weshalb er diese (auch im Namen von Alice) wieder zurückgebe.
Das grüne Samthaarband, den Stadtplan von München mit entfaltbaren dreidimensionalen Sehenswürdigkeiten, die Pralinenmischung von Elly Seidl und die Taschenbuchausgabe von »Siddharta«.
Nichts davon hatte sie ausgepackt.
Ich war vierzehn Jahre alt. Ich wusste nicht, was ich falsch gemacht hatte. Von Alice jedenfalls habe ich es nie erfahren, weil sie sich jedes Mal, wenn ich versucht habe, sie anzusprechen, abgewendet oder zu den anderen Mädchen (Bettina Arp/Angelika Werner) aus der Klasse gesellt hat. Einmal, als ich sie zufällig auf der Straße getroffen habe, hat sie geschrien, ich solle sie gefälligst endgültig in Ruhe lassen. Aufhören, sie zu

VERFOLGEN bzw. ihr AUFZULAUERN. Sie hat mit der Polizei gedroht und gesagt, ich sei AWKWARD, WIDERLICH, und dass sie mich VERACHTE, aber es war offensichtlich, dass sie Angst gehabt hat.
Vor mir.
Genau wie Judith. Wir sind drei Wochen miteinander gegangen. Ich war fünfzehn und sie in meiner Parallelklasse. Und dann hat sie gesagt, ich sei irgendwie UNHEIMLICH.
Katrin fand, ich sei UNHEIMLICH SÜSS.
Später hat sie mich als FREAK bezeichnet.
Genau wie Brigitte.
Katharina.
DABEI HABE ICH NICHTS GEMACHT.
Ich war kein ausgewiesener Außenseiter, nicht extrem unsportlich, ungepflegt oder pickelig, nicht in besonderer Weise unansehnlich, erzähle ich Frau Anwart (die sich mir gegenüber auf einen Stuhl gesetzt hat), fett bin ich erst viel später geworden. Aber irgendwann damals (Anm.: Wann genau? Tagebücher überprüfen!) habe ich unbewusst angefangen, die Tatsache unter den Tisch zu kehren, DASS ICH EIN MANN BIN. Irgendwie habe ich gehofft, dadurch Nähe auf einer freundschaftlichen/intellektuellen Ebene herstellen zu können. Intimität, WEIL ICH ALS ICH NICHT MEHR ERKENNBAR BIN. Katharina, will ich sagen, hat mir später vorgeworfen, dass mein Versuch, DER BESSERE FEMINIST zu sein, sie als Frau (eigentlich war sie damals ein Mädchen) ihres letzten Rückzugsraums beraube, dass mein als sensibel beabsichtigtes Verhalten in Wahrheit nichts anderes als Verachtung wäre – aber das sage ich nicht, u.a. weil ich mich bis heute weigere zu verstehen, was genau sie damit gemeint hat.
WEITER.
Es ist, sage ich, als wenn die Mädchen meine Hässlichkeit erahnt hätten, das Abstoßende meines Wesens, dieses Gefräßige,

das keinen Raum für zwei lässt, weil ich mir alles einverleibe, das ich zu lieben glaube.
Was auch immer Sie unter Liebe verstehen, sagt Frau Anwart, wieder in diesem ironischen Ton, der mich deprimiert, weil er mich dem Typus Mann zuordnet, der nicht in der Lage ist zu empfinden, der gewalttätig und oberflächlich ist und zwischen Frauen, Haustieren und Autos, zwischen KRIEGSSCHAUPLATZ und BEZIEHUNGSLEBEN nicht unterscheiden kann. Dessen erotischer Wortschatz (frei nach Simone de Beauvoir) sich eins zu eins aus militärischer Sprache speist (Anm.: »Das andere Geschlecht«? Überprüfen!).
Ich ertrage es nicht, dass Frau Anwart Recht hat. Ich ertrage es nicht, ein Mann wie Lauterbach zu sein. Und während ich überlege, Frau Anwart zu sagen, dass ich nicht mehr kann, dass Verständnis mir momentan mehr helfen würde als Ironie, trifft es mich erneut wie ein Blitzschlag: ICH HABE IN MARIAS GEGENWART ONANIERT. Ich habe sie für meine eigene Befriedigung missbraucht, eine Befriedigung, die sich nicht einmal eingelöst hat. Und plötzlich weiß ich, dass es nicht um Lust bzw. Liebe geht, sondern um APPETIT. Um HEISSHUNGER bzw. FRESSZWANG. Oder irgendeinen anderen, unbenannten Zustand, der den Pathologen wegen seiner Abseitigkeit entgangen ist. Ich jedenfalls, flüstere ich, ich leide unter diesem Zustand, diesem VERSCHMELZUNGSDRANG, diesem EINVERLEIBUNGSZWANG, unter dieser KANNIBALISCHEN BEDÜRFTIGKEIT, vor der Frauen sich zu Recht fürchten, weil ich mit den denkbar besten Absichten das vernichte, was mir am Herzen liegt.
Allmachtsfantasien, sagt Frau Anwart voller Verachtung, während sie betont gelangweilt ihre nicht lackierten Fingernägel betrachtet.
Ich bitte Frau Anwart zuzugeben, dass sie mich in Gedanken auch schon als »awkward« bezeichnet hat.

ALS FREAK.
»Freak«, höre ich Frau Anwart sagen. »Freak«, wiederholt sie, ist nicht unbedingt ein Wort aus meinem aktiven Wortschatz. Insofern habe ich Sie nie als etwas in der Art bezeichnet oder betrachtet: Ich muss Sie leider enttäuschen. Das soll allerdings nicht heißen, fügt sie hinzu, dass mir entgangen sei, wie sehr Sie sich in den letzten Jahren gehengelassen haben.
Ich bin kein schlechter Mensch, sage ich.
Sie ernähren sich schlecht, fährt Frau Anwart fort (ohne meinem kraftlosen Einwurf die geringste Beachtung zu schenken), und Sie bewegen sich nicht.
Ich bitte sie, mir zu sagen, was ich tun soll.
Frau Anwart erläutert mir, dass sie seit mittlerweile zehn Jahren meine Angestellte sei und schon damals meine schlechte Haltung und meinen »Hang zur Körperfülle« bemerkt habe. Trotzdem habe sie »nicht im Traum« geglaubt, dass die »Veränderung meines Erscheinungsbildes« derart gravierend ausfallen würde. Sie rät mir zu regelmäßigem Training, zu Gymnastik, aber ich unterbreche sie.
Das meine ich nicht, sage ich.
Ich weiß, sagt sie.
SCHWEIGEN.
Was soll ich tun, frage ich.
Frau Anwart steht ruckartig auf und gibt mir zu verstehen, dass die Mittagspause in wenigen Minuten vorbei und mein erster Termin, der zwanghaft pünktliche Herr Müller-Wegner, jeden Moment da sein wird.
WAS SOLL ICH TUN?
Sie fragt, ob sie mir die Krankenakte des Patienten (Renale Anämie aufgrund chronischer Nierenerkrankung) gleich mitgeben oder zu den anderen Unterlagen in den Behandlungsraum legen soll.
WAS SOLL ICH TUN?

Frau Anwart sieht sich diverse Male im Raum um, dann beginnt sie, die Sitzfalten im Schoß ihres enggeschnittenen, anthrazitfarbenen Kostümrockes glattzustreichen.
WAS?
Die Diagnose Ihrer Schwester, fragt Frau Anwart, wie lautete die nochmal?
BIPOLARE STÖRUNG.
Manische Depression, sagt sie, alles klar.
Warum wollen Sie das wissen, frage ich.
Aber sie antwortet nicht.

2.

Die Auslegeware ist braun und nicht mehr flauschig.
Dies ist ein Kinderzimmer, mein Kinderzimmer, das ich (grob überschlagen) seit mindestens eineinhalb Jahren nicht mehr betreten habe. Aus irgendwelchen Gründen sind die Möbel (die schon damals veraltet waren) nie ausgetauscht worden: Ich hätte spätestens nach Mutters Tod die Ärmel hochkrempeln, den ganzen Schrott rausschmeißen und für ein modernes Ambiente sorgen sollen, aber ich habe nichts dergleichen getan. Absolut nichts habe ich getan. Ich starre auf die schäbigen Exponate dieses Kindheitsmuseums, auf diesen konservierten Lebensraum, der sich vor allem durch eines auszeichnet: die komplette Abwesenheit von Gegenwart.
Ich weiche einen Schritt zurück.
So etwas wie eine Eingebung ist über mich gekommen, ein messerscharfes Bild, das ich als Vision bezeichnen würde, wenn das Wort nicht diesen mystischen/religiösen Touch hätte: Ich erkenne, dass das, was ich für ein Kinderzimmer gehalten habe, eigentlich ein TATORT ist, eine sog. CRIME SCENE – und meine Fingerabdrücke, meine Körperhaare (DNA), die logischerweise über den gesamten Raum verteilt sind, werden dazu dienen, meine Schuld zu beweisen.
HIER WERDE ICH ÜBERFÜHRT.
Und plötzlich verstehe ich auch, warum ich den 1. Stock des Hauses gemieden und mich im Erdgeschoss eingerichtet habe. Die Tatsache, dass es unten einen direkten Zugang zum Garten gibt, kann nicht allein ausschlaggebend gewesen sein. Aber noch während ich darüber nachdenke, ob mein Ausblenden der oberen Etage eine Art von VORAUSAHNENDEM

FLUCHTVERSUCH gewesen sein könnte (unbewusst natürlich), wird mir klar, dass ich für Überlegungen dieser Art viel zu pragmatisch/bodenständig bin.
DAS IST MEIN KINDERZIMMER.
IMMER NOCH.
In der linken vorderen Zimmerecke ausrangierte Gegenstände (Gartengeräte, Klappstühle, Dachpappe, Farbeimer), die ich nach und nach dahin verfrachtet habe, oben auf dem massiven Kleiderschrank stapeln sich CDs, Videokassetten, ein überdimensionierter PC, Leitzordner und jede Menge Bücher/Taschenbücher; am rechten Rand mein Globus, die Halterung ist voller Spinnweben. Darunter eine Mappe mit Reisedokumenten und Hochglanzprospekten von Indien, voll mit retuschierten Fotografien, auf denen sogar das stinkende/verpestete New Delhi als zivilisierter Ort durchgeht.
WEITER.
Das Foto in meiner rechten Hand ist mit einer leichten Staubschicht bedeckt. Im Vordergrund Katharina, ihre blonden, glatten Haare hängen wie Spaghettini an ihr herunter. Sie liest: »Häutungen« von Verena Stefan – ich habe es unmittelbar nach ihr studiert. Neben Katharina eine junge Frau namens Doris.
Oder Ruth.
Die rechte Schulter unserer Mutter verdeckt die Sicht auf die zwei, so dass ich nicht mit letzter Sicherheit erkennen kann, ob sie tatsächlich identische Schuhe und Halsketten tragen. Ich habe aber den Eindruck; Ruth (oder Doris) hat immer die Tendenz gehabt, meine Schwester nachzuahmen.
Jedenfalls glaube ich das.
Ich lasse das Foto zu Boden fallen.
Ruth/Doris, Katharina und unsere Mutter.
In Materie erstarrte Vergangenheit.
ICH BIN ALLEIN.

Ich war immer der beste Fotograf in der Familie. Darum ist es nur logisch, dass niemand anderer als ich für diesen Schnappschuss verantwortlich zeichnen kann. Zudem die einzige Erklärung dafür, warum ich darauf nicht zu sehen bin. Interessanterweise bin ich aber auf keinem einzigen Foto dieser Serie ausfindig zu machen, was mich (vorsichtig formuliert) unruhig macht. Auf der Rückseite einer Aufnahme wurde mit schwarzem Kugelschreiber notiert, dass sie am 25. Februar, also an Katharinas Geburtstag, entstanden ist. Die Handschrift ist regelmäßig, bei fallender Zeilenführung (die in der Graphologie/Schriftpsychologie als Hang zu Depression bzw. Pessimismus gedeutet wird) gut zu lesen und eindeutig meine. Aber das Bild spart mich aus, ich bin nicht da, obwohl ich glaube, keine von Katharinas Geburtstagsfeiern verpasst zu haben, zumindest nicht bis zum Tod unserer Mutter im Januar 2003.
Oder 2004.
Ich muss dagewesen sein.
WEITER.
Die Tatsache, dass Katharinas Geburtstag im Februar ist, die Mädchen auf den Fotografien aber leichte Sommerkleidung tragen, kann ich mir nicht erklären, es sei denn, ich habe die Bilder falsch beschriftet und schon damals nicht gewusst, was darauf abgebildet ist. Also bin ich wahrscheinlich doch nicht dabei gewesen.
ICH WEISS ES NICHT.
ICH ERINNERE MICH NICHT.
Die Fotos stapeln sich in einem Schuhkarton von Deichmann. Ich schütte sie aus und gehe das Material stichpunktartig durch: eine Ansammlung von Aussichten, Landschaften, Innenräumen, Körpern und Gesichtern: Katharina im Wintermantel vor der Eingangstür unseres Hauses, Bücher (»Die Töchter Egalias« sowie irgendwas von de Beauvoir & Atwood) lesend in ihrem (wie üblich unaufgeräumten) Zimmer und das Gesicht

mit den Händen verdeckend, um damit gegen das trotzdem aufgenommene Foto zu protestieren. Unsere Mutter an einem (für vier Personen) gedeckten Tisch und später (mindestens zwanzig Mal) mit eingefallenem, graubraunem Gesicht: reduziert auf Krankheit, Bewegungsunfähigkeit und überfälligen/drohenden Tod. Barbara Umlauf: gelehnt an unseren Gartenzaun (mit der rechten Hand ein Winken andeutend), damals noch nicht geschieden, sommerlich herausgeputzt in einem extrem tief dekolletierten, lymphfarbenen Kleid. Dazwischen immer wieder namenlose, mir zum Teil komplett unbekannte Menschen, die in bestimmten Phasen/Augenblicken scheinbar zentral waren, das Recht hatten, meiner Mutter einen für die Kamera inszenierten Kuss auf die Wange zu drücken oder mit Katharina vor dem Kirschbaum im Garten zu posieren. Auffallend häufig Katharina, sehr oft von hinten oder aus größerer Entfernung, immer wieder in meinem Lieblingskleid, dem eisblauen mit Spaghettiträgern. Fast nie sieht sie in die Kamera, oft sind die Bilder unscharf, was dafür spricht, dass sie in Eile/hektisch/heimlich aufgenommen worden sind. Ab und zu: ich. Beliebige Schlaglichter auf circa fünfzig Lebensjahre, die aneinander gereiht trotzdem keine Biografie ergeben, keine Erklärung oder NACHTRÄGLICHE FOLGERICHTIGKEIT liefern.
NICHTS.
Ich stopfe die Fotos in den Schuhkarton und beschließe, alles in die Mülltonne in der Garagenauffahrt zu entsorgen.
WEITER.
Es ist VERDAMMT NOCHMAL eine Tatsache, dass das Gedächtnis überbewertet wird. Was ist es denn anderes als ein Kompromiss: Wir erinnern uns krampfhaft an Kindheit, Familie, Jugend, Schulabschluss, Studium, die erste Liebe und so weiter, und so weiter; Stationen, die dokumentieren sollen, DASS WIR GELEBT HABEN, obwohl wir uns in Wahr-

heit nur von einer vorgegebenen Koordinate zur nächsten bewegen.
WEITER.
Ich werfe meine Tagebücher (1979-1992), die ich aus dem obersten Fach des Schrankes hervorgekramt habe, in einen von mir bereitgestellten Müllsack, ohne auch nur eine einzige Zeile darin zu lesen. Danach stopfe ich den Karton mit Briefen und Postkarten in den Sack und knote ihn zu.
WEG DAMIT.
In einem zweiten und dritten Sack versenke ich die Leitzordner. Manche sind auf den Rücken mit Filzstift beschriftet (Grundkurs 2, Abschriften/Kopien, Feministische Theorie), in anderen sind wahrscheinlich Relikte aus meiner Schulzeit, Abschlussarbeiten, Schülerzeitungen, Zeugnisse usw., Erinnerungsmaterial, das Menschen aufbewahren, um zu beweisen, DASS IHR LEBEN TATSÄCHLICH STATTGEFUNDEN HAT.
Ich schließe die Augen. Es klappt: Das Zimmer verschwindet. Dahinter wird allerdings etwas sichtbar, auf das ich (noch immer) nicht vorbereitet bin: Ich. Mit schwitzigem, verquollenem Gesicht. Ich onaniere. Und starre dabei auf Maria, die vor mir liegt. Sediert. Bewusstlos. Wie tot. Ich reiße die Augen auf, aber nichts ändert sich: Ich weiß, dass diese Situation ALS ERINNERUNG IN MICH EINGENÄHT IST, aufbewahrt/gelagert ALS BEWEISMATERIAL in meinen Eingeweiden.
UNAUSLÖSCHLICH.
Es soll nur einer von diesen Pseudo-Wissenschaftlern und selbsternannten Experten, von diesen hochverehrten Herren Richtern, Moralaposteln und Menschenfreunden wagen, mir ins Gesicht zu sagen, dass das Bewusstsein des Menschen, seine Reflexions-, Empfindungs- und Wahrnehmungsfähigkeit, SEIN WISSEN UM SICH, ein Privileg darstellt. Nichts als Schwachsinn: Das sog. Bewusstsein verdammt

uns dazu, Zeuge der eigenen Minderwertigkeit zu sein. Wir alle kranken doch an diesem verdammten ERINNERUNGSZWANG, ständig müssen wir um das wissen, was unerträglich ist, und darin liegt eine der Hauptursachen für unser Siechtum.
Überhaupt kann ich diesen ganzen moralischen Nonsens nicht mehr hören: Nur wegen der Nazizeit darf auf einmal nichts mehr vergessen werden, keine Krise, kein Krieg, keine Massenvergewaltigung, kein sexueller Missbrauch, keine einzige historische Tragödie, kein Furz: NICHTS. Und genau darum setzt sich Wissen um Geschehenes ALS KREBS im menschlichen Körper fest, als Wissen, das nicht zu verarbeiten ist, das unser Denken, Empfinden und unsere Gegenwart zerfrisst.
MICH.
BEISPIEL: Mutter hat gleich nach der Scheidung von unserem Vater Alleinsein als das für sie »größte Unglück« (Anm.: als »das größte Elend«?) beschrieben. Und deshalb wollte sie unbedingt einen neuen Partner finden. Leider wurde sie während ihrer Ehe geschlagen (bzw. mit großer Sicherheit auch sexuell genötigt). Weil es ihr aber nie gelungen ist, MÄNNLICHKEIT UND GEWALTTÄTIGKEIT getrennt zu denken, hat sie sich an meinen Vater angepasst, statt ihr ideelles Recht auf Unversehrtheit – und das heißt nichts anderes als ihr Recht auf Selbstverteidigung (siehe L.F.) – in Anspruch zu nehmen. Infolgedessen hat sie den Schritt in eine neue (möglicherweise bessere) Zweierbeziehung nie vollzogen. Das Wissen um die Möglichkeit/Gefahr einer zweiten fatalen Partnerwahl oder, anders gesagt, DAS BILD MEINES VATERS hat dazu geführt, dass meine Mutter allein geblieben und unerträglich geworden ist.
FAZIT: Das Beste wäre gewesen, ihn zu vergessen.
AUSZULÖSCHEN.
BEISPIEL NR. 2: Angeblich darf nichts vergessen werden,

damit aus den Fehlern der Vergangenheit gelernt wird. Aber was haben die Menschen denn aus der langen Geschichte ihrer Kriege gelernt? NULL KOMMA NICHTS. NULL KOMMA GAR NICHTS. Der Versuch, das historische Maß an Barbarei und systematischen Vernichtungsstrategien zumindest ansatzweise zu verstehen und als mahnendes/abschreckendes Beispiel an zukünftige Generationen weiterzugeben, um damit weitere Kriege zu verhindern, ist – wenn wir ehrlich sind – komplett gescheitert. Kriege finden statt. Und sind noch immer Kriege gegen Frauen: Weder Millionen Tote aus den Reihen von Soldaten und der Zivilbevölkerung allgemein noch der sprichwörtliche Euphemismus »Mann gegen Mann« können darüber hinwegtäuschen, dass die eigentlichen Opfer Frauen sind. Unabhängig von rechtlicher Gleichstellung (zumindest in Nord- und Mitteleuropa oder in Teilen von Nordamerika und Australien/Neuseeland) und sich verändernden Geschlechterrollen wird auch heute noch eine von fünf Frauen im Lauf ihres Lebens – IN SOGENANNTEN FRIEDENSZEITEN – Opfer einer Vergewaltigung. Und im Krieg (z.B. Indien, Schwarzafrika, Balkan, Russland, Ukraine) ist sexuelle Gewalt maßgeblicher Teil der Angriffsstrategie. Die Bandbreite der begangenen Verbrechen reicht von Vergewaltigung über Genitalverstümmelung, Verstümmelung allgemein, von Mädchen- und Frauenhandel bis hin zu Tötungsdelikten. Aber wir müssen nicht so tun, als fände Krieg nur auf dem Schlachtfeld statt. Prostitution ist mindestens genauso gefährlich/unbarmherzig/tödlich. Wer einmal – WIE ICH – in Thailand, Indonesien oder diesem moskitoverseuchten, stinkenden Indien war (mit seinen Bettlerheeren, diesem widerlichen/verkochten Essen, von dem man nichts als Blähungen kriegt), der weiß, wovon ich rede. Ich habe die Angst in den Augen dieser schönen, hingebungsvollen Mädchen gesehen, ihre mageren, fast unsichtbaren Körper. Und die Blicke der Männer, die all diese

Mädchen begutachten/ins Visier nehmen – ich weiß, wovon ich rede.
BEISPIEL SUTHEERA.
BEISPIEL SITA.
Die zwei haben überlebt.
Die Wahrscheinlichkeit, dass ihre Söhne eines Tages Frauen vergewaltigen werden, ist groß.
Kein Wunder, dass Katharina nie Kinder wollte.
Sie und ich haben begriffen, dass hinter jedem Mann DIE BESTIE auf ihr Ausbrechen lauert: DIE BESTIE in Gestalt des Touristen, des Soldaten, des Thailänders, des fettbäuchigen Inders oder Praktischen Arztes.
ICH BIN DIE BESTIE.
Ich schließe die Augen.
Vor mir Maria.
BEWEGUNGSLOS.
Ich überlege, ob es denkbar wäre, mit Katharina zu sprechen.
Ihr zu sagen, was vorgefallen ist.
Zuzugeben, was ich getan habe.
SCHLUSS JETZT.
RAUS AUS MEINER DNS.
Ich reiße sämtliche Fächer aus dem Kleiderschrank und schleudere sie gegen die gegenüberliegende Zimmerwand; Kleidungsstücke, Taschenbücher, Sitzkissen etc. fliegen durch das Zimmer. Dann hebe ich die Schranktüren aus den Angeln und trete so lange gegen das (von meiner Großmutter väterlicherseits stammende) Möbelstück, bis es den Widerstand aufgibt und am Boden liegt.
Mindestens genauso gnadenlos gehe ich mit jedem einzelnen Regalbrett um, mit dem Schreibtisch, dem Schreibtischstuhl, dem Bett und dem Lattenrost.
Die Schaumstoffmatratze, die nicht bezogene Bettdecke und das Kopfkissen zerschneide ich.

Teile der Auslegeware.
Die vor einer Ewigkeit weiß gestrichene Raufaser hat sich schon vor Jahren abzulösen begonnen und lässt sich mühelos abreißen. Ich bin nicht einmal gezwungen, Kraft anzuwenden.
Mein Kinderzimmer.
MEINE WELT.
Ein Schlachtfeld.
Ich schließe die Augen.
Keine Katharina.
Keine Maria.
Nichts.

3.

Barbara, rufe ich, wenn Sie am Wochenende Zeit und Lust hätten, könnten wir doch etwas unternehmen. Vielleicht eine Ausstellung besuchen? Oder ins Kino gehen? Ins Theater? Zu einer Lesung? Oder durch die Nachbarschaft spazieren? Natürlich nur bei schönem Wetter, ergänze ich (nach Luft schnappend), sonst bringt es ja keinen Spaß.
Meine Stimme klingt grell; ich habe Angst, dass sie an das Japsen eines Rehpinschers/Zwergpudels erinnern könnte. Wenn ich noch mehr forciere, überschlägt sie sich.
Das Ganze war ein Fehler.
Ich lehne über dem Gartenzaun. Obwohl die Distanz zwischen mir und meiner Nachbarin mindestens 25 Meter beträgt, erkenne ich gestochen scharf, wie sie auf ihrem Liegestuhl zusammenschrickt. In meiner Vorstellungswelt hat an ihrer Stelle eine freundliche, gut gelaunte Frau gelegen; aber jetzt sehe ich, dass ich sie MIT MEINER SCHLECHT DURCHDACHTEN KONTAKTATTACKE vor den Kopf gestoßen habe. Barbara Umlaufs Gesicht hat einen fragenden/belästigten Ausdruck, und ich kriege plötzlich Angst, dass alles, was ich zu sagen habe, falsch bzw. unerträglich ist.
Unsere Blicke treffen sich.
DONNERSTAG, 26.06.2015 / 19:40 UHR.
Kein guter Moment für ein Gespräch.
Soviel steht fest.
Ich kann einfach nicht verstehen, warum ich seit zwei Tagen plane, meine Nachbarin spontan anzusprechen und dann den schlechtesten Zeitpunkt wähle, der überhaupt denkbar ist. Aber trotz der Peinlichkeit des Augenblicks gibt es kein Zu-

rück. Ich kann nicht einfach gehen, obwohl ein Teil von mir instinktiv versucht, meinen Körper in Bewegung zu setzen, meinen Körper, der noch immer über dem Gartenzaun hängt. Aber dieser Körper regt sich nicht: Ich bin zum Stillstand verdammt, ein bewegungsunfähiger Querschnittsgelähmter (Anm.: Pleonasmus? Überprüfen!). Selbst mein Schweiß hat aufgehört, seine klebrigen Bahnen zu ziehen; er erstarrt als Effekt, ALS BEHAUPTUNG VON AUFREGUNG AUF MEINER HAUT. Auch die Äste der Kirsch- und Ahornbäume, die Schmetterlinge in meinem Augenwinkel, selbst die Ameisen und Insekten im Gras GEFRIEREN ZUR MOMENTAUFNAHME, die dem, was ich bislang unreflektiert »mein Garten« bzw. »mein Zuhause« genannt habe, täuschend echt nachempfunden ist. Jetzt, in diesem Augenblick, begreife ich, dass ich das Herzstück von etwas bilde, das bestenfalls als NACHAHMUNG VON LEBEN bezeichnet werden kann, festgehalten für die Ewigkeit.
KEINE REGUNG.
KEIN ENTGEGENKOMMEN.
NICHTS.
Sie haben schöne Augen.
Das hat sie gesagt.
Barbara Umlauf, meine Nachbarin.
Zehn Jahre ist das her, zwölf vielleicht. Die Tatsache, dass ich mich noch immer daran klammere, ist lächerlich. Mitleid erregend. Vielleicht hat sie nur versucht, höflich zu sein. Oder sogar gelogen. Jedenfalls besteht nicht der geringste Anlass zu glauben, Barbara Umlauf könnte Interesse daran haben, mit jemandem wie mir ins Kino zu gehen. Gleichzeitig versuche ich mir klarzumachen, dass ihr Zögern/ihre Zurückhaltung theoretisch unter Umständen nicht automatisch ein Zeichen von Ablehnung sein muss. Möglicherweise ist sie vielleicht genauso schüchtern, genauso isoliert wie ich. Zwischen ihr und

Maria Melnyk besteht jedenfalls nicht die geringste Ähnlichkeit; und gerade deshalb – weil die alten Reizreaktionsmuster/Beuteraster entsorgt und mein Ich umprogrammiert gehört – ist mein heutiger (nervenaufreibender) Plan vielleicht richtig. Vielleicht geben meine Unbeholfenheit und meine offensichtliche Nervosität mir einen menschlichen Anstrich, der Barbara Umlauf über mich hinweghilft.

WEITER.

Ich kann leider nicht leugnen, dass die Begegnung mit einer reifen, unabhängigen, intellektuell vermutlich ebenbürtigen Frau (wie Barbara Umlauf) mich lähmt, statt mir »Lust auf mehr« zu machen. Zwischen uns steht meine Schuld. Und meine Scham: Den SOLDATEN, den VERGEWALTIGER, den SEXUALTÄTER in mir gespürt zu haben, das ist eine schreckliche Erfahrung, eine vernichtende Bestandsaufnahme meiner Person bzw. des Mannes als Gesellschaftswesen, der sich die Maske der Liebes- und Beziehungsfähigkeit nur zu einem Zweck aufsetzt (ich kann das Wort schon nicht mehr hören): SEX. Für mich ist es nämlich absolut vorstellbar, dass ein Leben ohne Sex den Menschen befreit. Aber die Leute brettern über alles Feine/Zerbrechliche/Sensible hinweg, weil sie nicht mehr in der Lage sind, zwischen Selbstausdruck, persönlicher Freiheit, Romantik einerseits und hemmungslosem SEX SEX SEX andererseits zu unterscheiden. Ich weiß, es klingt reaktionär, aber ich komme immer mehr zu der Einsicht, DASS EINE DOMESTIZIERUNG DES TRIEBES NOTWENDIG IST. Auch wenn ich kaum Hoffnung habe, dass man ihn »umerziehen«/kultivieren bzw. von Maria Melnyk in Barbara Umlaufs Richtung umlenken kann. So gesehen handelt es sich bei dem Plan, meine Nachbarin anzusprechen, auszuführen, kennen- und möglicherweise lieben zu lernen, um eine Art ROMANTISCHE VERSUCHSANORDNUNG, über die ich herausfinden möchte, ob Begehren durch geistigen Austausch, vorsichtige

Nähe und das daraus erwachsende gegenseitige Vertrauen zu sich selbst überredet werden kann.
WEITER.
DAS IST VIELLEICHT DER WEG.
Kapitulation ist keine Option: Ich muss es schaffen, meiner Nachbarin und mir aus unserer Befangenheit herauszuhelfen.
WEITER.
Mit als dynamisch beabsichtigter, aber erschreckend dünner Stimme werfe ich ein, dass es rein seelentechnisch natürlich am besten wäre, einen Ausflug zum Ammer- oder Starnbergersee oder auf irgendeinen dieser unzähligen Berge zu planen. Als ich zitternd anfange, konkrete Beispiele aufzulisten, sehe ich, dass meine Nachbarin sich mit langsamen und gedehnten Bewegungen von ihrer Liege erhebt und mit langsamen und gedehnten Bewegungen beginnt, so etwas wie Holzlatschen mit Absatz anzuziehen, deren (ursprünglich wohl rote) Lederriemen stark abgenutzt sind. Ich beobachte, wie meine Nachbarin ihre Finger ineinander verschränkt, ihre Arme mit langsamen und gedehnten Bewegungen streckt und dann mit langsamen und gedehnten Bewegungen auf mich zukommt.
Jetzt liegen höchstens noch 15-18 Meter zwischen uns.
NÄHE.
ICH BIN AUF DEM RICHTIGEN WEG.
Die bayerische Natur, fragt eine aufgekratzte Stimme (die meine ist), finden Sie die nicht auch ganz erstaunlich? Wie reich die ist? Wie abwechslungsreich? Das kann einem kein Hollywoodfilm bieten, keine noch so großartige Liebesgeschichte, kein Happy End der Theaterwelt. Sowieso ist es doch ein Blödsinn, in die Fiktion zu flüchten, wenn das Paradies gleich um die Ecke liegt, japse ich, zum Beispiel am Isar-Ufer oder im Englischen Garten.
WEITER.
Waren Sie da mal in letzter Zeit, will ich wissen und füge noch

an, dass ich beinahe jeden Tag vom Haus der Kunst aus bis hoch zum Kleinhesseloher See und wieder zurück jogge. Aber egal, rufe ich (mit immer grellerer Stimme), das wollte ich eigentlich gar nicht sagen.

Sie joggen, fragt meine Nachbarin.

ICH HABE SCHÖNE AUGEN.

WEITER.

Sie nicht, frage ich, wobei mein Versuch, gleichgültig/von mir selbst unbeeindruckt zu sein, an meiner forcierten Stimme scheitert. Ich habe zunehmend Angst, dass mein kläffender Tonfall sich ALS PUDELHAFTIGKEIT an mir abbildet und dass mein (mittlerweile wieder in Strömen fließender) Schweiß einen abstoßenden Eindruck erwecken könnte. Auch das Wissen darum, dass ich mich mit jemandem wie mir niemals auf ein Rendezvous einlassen würde, wirkt sich kontraproduktiv auf meine Souveränität aus. Immerhin gelingt es mir, die peinliche Tatsache zu verschweigen, dass ich meinen neuen Salomon S-LAB XT 6 Traillaufschuhen Blasen an den Fersen und den kleinen Zehen zu verdanken habe und dass ich meinen Plan, sechzig Minuten im gemäßigten Tempo durch den Englischen Garten zu joggen, aufgrund wiederkehrender Wadenkrämpfe schon nach zwölf oder dreizehn Minuten aufgeben musste. Und trotzdem überfällt mich beim Anblick meiner mittlerweile Unkraut zupfenden Nachbarin die Hoffnung, dass allein die Erwähnung meines sportiven Ausfluges möglicherweise vielleicht einen vorteilhaften Einfluss auf mein widerliches Äußeres haben könnte. Und um diesen Einfluss nicht im Nichts verpuffen zu lassen, gehe ich über die Tatsache hinweg, dass meine Nachbarin sich von mir weggewendet hat, um vergilbte Blätter von ihrem Rasen aufzusammeln, und setze gleich noch einmal mutig nach. Ich wiederhole meine Frage, ob sie vielleicht Lust hätte, am Wochenende etwas mit mir zu unternehmen. GEMEINSAM, füge ich noch an, gedämpft

und mit einem (mich selbst überraschenden) strengen Unterton. Zu zweit, höre ich mich sagen, ist alles so viel leichter. Und schöner.
SCHWEIGEN.
Meine Nachbarin richtet sich auf, unvermittelt/ruckartig, als ob eine elektrische Ladung durch ihren Körper gejagt worden wäre.
Sie fragt, was genau ich mit Wochenende meine.
Sie sieht mich an.
KONTAKT.
Zum Beispiel Freitag, sage ich.
Da bin ich verabredet, sagt sie.
Ihre Stimme klingt belegt.
WIE HEISST DAS GEGENTEIL VON BEDAUERN.
ICH KOMME NICHT DRAUF.
Samstag ginge auch, sage ich, oder Sonntag.
Am Abend, fragt sie.
Oder am Nachmittag, sage ich.
Das wird schwierig, sagt sie.
Was, frage ich, die Nachmittage oder die Abende?
SCHWEIGEN.
Meine Nachbarin fixiert mich. Mein Schweißfluss verstärkt sich, ich frage mich, was sie in mir sieht: den sympathischen Nachbarn, den kompetenten Arzt oder das perverse Schwein, das vor einer mit Schlafmitteln vollgepumpten 19-, in Wirklichkeit wahrscheinlich Minderjährigen onaniert.
MARIA.
Für einen Augenblick weiß ich, dass diese Versuchsanordnung/ dieses romantische Projekt gefährlich ist. Doch noch bevor ich beschließen kann, sicherheitshalber abzubrechen, höre ich mich (mit viel zu hoher, eunuchenhafter Stimme) sagen, dass ich mich termintechnisch nach ihr (Barbara Umlauf) richten könne, falls das ihre Planung erleichtern würde. Vor allem für

einen aufwändigeren Ausflug müssen wir natürlich mehr Zeit einplanen, töne ich, es soll ja kein Stress aufkommen. Bloß keinen Stress, ergänze ich gellend, alles, nur das nicht, und deshalb ist es garantiert besser, zwei Übernachtungen statt einer einzuplanen.

Barbara fixiert mich.

Naja, raunt sie, ja.

JA.

SIE HAT JA GESAGT.

ICH BIN AUF DEM RICHTIGEN WEG.

Ein Weg, den ich früher nie eingeschlagen hätte. Als Barbara noch verheiratet war, habe ich regelrecht Angst vor ihr gehabt. Alles an ihr kam mir (ehrlich gesagt) plakativ vor, aufdringlich, u.a. weil sie unter ihren hautengen Kleidern oder diesen luftigen, kurzärmeligen Sommerblusen über all die Jahre nie einen BH getragen hat: Jede Faser ihres Körpers hat Wirkungsabsicht ausgedrückt. Das hat mich elektrisiert. Und deprimiert, weil hinter diesen sog. erotischen Signalen nichts anderes lauert als das Hamsterrad von Gebärfähigkeit, Schwangerschaft und Kleinfamilie, dieses immer gleiche, enge Konzept, in dem Glück und Begehren nicht die geringste Überlebenschance haben. Wenn ich Barbara jetzt betrachte, entdecke ich zum ersten Mal so etwas wie Verletzlichkeit, einen Hauch von Sensibilität und Schwäche: Ihr Blick, ihre Bewegungen, alles ist sanfter und selbstvergessener geworden, dazu kommen z.B. Gewebeschwächen im Bereich der Brust und der Oberarme, Pigmentstörungen (Dekolleté), starke Hornhautbildung (beide großen Zehen sowie Fersen), Zahnfleischrückgang (beim Gähnen sichtbar) sowie Andeutungen von Krampfadern in der linken Wade. Barbara ist weniger perfekt als früher – und dadurch schöner. Und mindestens genauso schön ist, dass unser Aufeinandertreffen dadurch plötzlich einen realistischen Aspekt bekommt: Hier begegnen sich nicht die Schöne und

das Biest, Fritz Haarmann und eines seiner Opfer, sondern Barbara Umlauf und Alexander Wertheimer. Zwei Menschen, für die es vielleicht eine Möglichkeit gibt.
WEITER.
Wochenende, sage ich.
Ich färbe das Wort wie eine Frage, um Barbara den Gesprächseinstieg zu erleichtern. Aber statt mich mit einer zusätzlichen Ausflugsidee zu überraschen, starrt sie mich an.
SCHWEIGEN.
Ich würde gerne wissen, sagt sie schließlich, was eigentlich los ist.
WAS WOMIT LOS IST?
Das Zittern in meiner Stimme ist verräterisch.
Barbara fixiert mich.
Was haben all die Handwerker zu bedeuten, fragt sie.
Und der Container.
DURCHATMEN.
Ach das, sage ich und erkläre ihr, dass ich seit drei Tagen das Haus entrümple. Alte Bücher, CDs, Müllsäcke, abgespachtelte Tapetenbahnen, Klappstühle usw., sage ich, weg damit, nichts davon brauche ich. Ich sage ihr, dass ich zwei studentische Hilfskräfte angeheuert habe (und stundenweise bezahle), die mir helfen. Ich sage ihr, dass ihre Namen Wolfgang und Mario sind. Dann entschuldige ich mich bei Barbara dafür, dass ich sie nicht schon vor ein paar Tagen darüber informiert bzw. sie für ev. aufkommenden Lärm um Verständnis gebeten habe. Ich sage, dass ich das ganze obere Geschoss, vor allem aber mein ehemaliges Kinderzimmer einer Komplettrenovierung/Neugestaltung unterziehe. Gestern, sage ich, waren ein Malermeister und ein Einrichter da, der hochwertige Einrichtungsideen hat, die trotzdem bezahlbar sind.
Ah ja, sagt Barbara.
WEITER.

Das Fenster vom Kinderzimmer geht nach Osten, aber weil der Kirschbaum direkt davor steht, ist der Lichteinfall gleich null, sage ich, so dass wir uns auf helle Farben geeinigt haben: eine cremefarbige Vliestapete, weiß lackierte Türen, Fußleisten und Fensterrahmen, Auslegeware aus »lichtgrauem, flauschigem und trotzdem pflegeleichtem Feinvelours« (Originalzitat des grell blondierten Einrichters Sascha Junghans).
WEITER.
Das Sachthema macht mir Mut. Ich plappere ohne Punkt und Komma und nachdem ich mich über die vielen hässlichen Teppiche/Auslegewaren ausgelassen habe, die ich mir ansehen musste, erkläre ich Barbara, dass die Möbel (Bett, Kleiderschrank, Bücherregal, Arbeitstisch mit zwei dazu passenden Stühlen etc.), für die ich mich entschieden habe, aus hellem Birkenholz mit geflammter Maserung seien und dem Raum (laut Aussage des garantiert homosexuellen Sascha Junghans) einen »geschlossenen, freundlichen Charakter« geben werden. Damit er aber nicht zu akademisch/klinisch wirkt, plaudere ich, werden helle Vorhänge, Sitzkissen, Bettwäsche und ein Lesesessel (elektronisch verstellbar) laut Aussage von Sascha Junghans einen »unbeschwerten Aspekt« beisteuern.
Welche Farbe, fragt Barbara.
ANGRIFF.
Wochenende, sage ich und reibe meine Hände.
Was denken Sie, frage ich.
WEITER.
Mal ehrlich, sagt Barbara, ist das nicht offensichtlich?
Was heißt das, frage ich, was sagen Sie?
WEITER.
Nein, sagt sie.
SCHWEIGEN.
Ich weiß. Die ganze Zeit über habe ich es gewusst. Und während ich mich für meine romantische Versuchsanordnung

verfluche, beginnt ein dünner Kindersopran, den ich als eine mir bislang unbekannte Variante meiner Stimme identifiziere, etwas aufzusagen, das ich zuerst für ein Gedicht halte. Es stellt sich aber als eine peinliche Auflistung von Phrasen heraus, ein würdeloses Gestammel sprichwörtlicher Sätze wie »Ich würde mich aber trotzdem freuen …«, »Man soll nie nie sagen …« und (am schlimmsten) »Der Appetit kommt beim Essen«, die meine widerwärtige Bereitschaft zur Selbsterniedrigung offenlegen/exponieren.
Mein dreister Versuch, auch nur für ein paar Minuten die Liebhaberrolle zu spielen, schlägt mit voller Wucht zurück: Die Realität ist übermächtig. Ich höre auf mich zu wehren, ich kapituliere und ersticke nichtssagend in der Lautlosigkeit des Nichts.
DIE LAUTLOSIGKEIT DES NICHTS.
Ich frage mich, woher ich diese Formulierung habe.
Ich weiß nicht, wie ich es ausdrücken soll, aber ich habe den Eindruck, dass ich, egal, was ich mache, was auch immer ich versuche, nie in der Lage sein werde, den Abstand zwischen mir und der Welt zu überwinden, diese fundamentale Verbindungslosigkeit.
ETWAS IN MIR GEHT NICHT.
Ganz offensichtlich bin ich biologisch determiniert hier zu bleiben, in diesem Körper, der in diesem Garten steht, vor diesem Haus. Ich weiß, dass meine schöne Nachbarin außerhalb meiner Reichweite liegt. Nur mit Mühe verstehe ich, was sie sagt, sie bittet (jetzt schon zum zweiten Mal) darum, die Absage, die sie mir gerade erteilt hat, nicht übel zu nehmen. Sie fühlt sich gar nicht wohl in der Rolle, die ich ihr zugewiesen habe. Ich bin selbst harmoniesüchtig, sagt sie, aber gerade darum sei ihr DIESE UNSTIMMIGKEIT, EINE ART FRAGWÜRDIGKEIT MEINER MOTIVE unangenehm aufgestoßen, und nachdem ihre Vermeidungs- bzw. Abwehrstrategien bei mir

nicht gefruchtet haben, sei sie quasi gezwungen gewesen, in die Offensive zu gehen.
WEITER.
Ich weiß nicht, höre ich sie sagen, was Sie dazu bewogen hat, unsere nicht sehr herzliche nachbarschaftliche Ebene, wenn ich das so sagen darf, in eine erotische umwandeln zu wollen; einfach so, aus dem Nichts heraus.
Machen Sie mir das mal begreiflich, sagt sie.
Meine schöne Nachbarin versteht ein kurz aufkommendes Röcheln (das ich mir selbst nicht erklären kann) offenbar als einen Versuch, ihr zu widersprechen. Jedenfalls fährt sie mich urplötzlich an, dass ich nicht leugnen könne, ihren Körper WÄHREND DES GESAMTEN, UNSÄGLICHEN ÜBERGRIFFES mit Blicken ausgezogen zu haben. Ihre Fixierung auf meine Brüste war nicht zu übersehen, faucht sie. Haben Sie schon mal von so etwas wie Augenkontakt gehört, Dr. Wertheimer, attackiert sie mich, von Scham, von dem, was man freiwillige Selbstzensur nennt? Natürlich nicht, empört sie sich, Sie nicht. Das einzige, was sich über die Jahre an Ihnen – UND ZWAR ZUM NACHTEIL – verändert hat, ist Ihr Äußeres. Alles Übrige hat sich verhärtet und noch fester in Ihnen festgefressen: dieses passive Teilnehmen aus dem Abseits, dieses Ausklammern Ihres Innenlebens, wodurch alles, was Sie sagen, wie eine Gebrauchsanweisung klingt. Entsprechend, zischt sie, hat jeder Flirtversuch von Ihnen etwas von Vorabendserie. Und zwar, setzt sie nach, AUF UNTERSTEM NIVEAU, mit geklauten, hanebüchenen Dialogen, die Ihnen jeder Redakteur, höhnt sie, VOR ALLEM ABER JEDE REDAKTEURIN um die Ohren schlagen würde.
Es hat keinen Sinn zu widersprechen: Meine Nachbarin hat Recht. Ich habe nicht die leiseste Ahnung von ihrer Augenfarbe, dafür weiß ich um jedes Härchen auf ihrem Unterarm, jede Wölbung ihrer Hüfte/Brüste, die Umrisse ihres Slips, der

sich unter dem Kleid abzeichnet, WEIL ICH ALLES WIE EIN SÜCHTIGER ANGESTARRT HABE. Ihr Körper ist in meine Zellen implantiert. Ich habe ihn GEGEN MEINEN WILLEN in mich reingefressen, so wie Schweine ihre eigene Scheiße, wenn sie nichts Besseres zur Verfügung haben.
Der Gedanke, mein eigener Patient zu sein, macht mir Angst.
WAS IST BLOSS LOS MIT MIR?
Anscheinend habe ich mich abgewendet. Es muss so sein, weil die Stimme meiner Nachbarin mich jetzt schon zum dritten Mal bittet, sie anzusehen. Ich höre keine Wut mehr aus ihr heraus; vielleicht versucht sie aber auch nur, ihren Zorn mit Versöhnlichkeit/Freundlichkeit zu überspielen.
ENTGEGENKOMMEN ALS TAKTIK.
Dr. Wertheimer, sagt sie, Alexander, setzt sie (beinahe sanft) nach, Sie meinen mich doch gar nicht. Sie kennen mich nicht: Für mich spricht doch nur die Tatsache, dass ich naheliegend bin. Sie haben mich im Garten gesehen und das war's auch schon. Ich will nicht anmaßend klingen: Ich kenne mein Alter und kann und werde nicht verleugnen, dass ich viel länger allein lebe, als mir lieb ist, sagt sie, aber zwei Einsame ergeben höchstens rechnerisch eine gute Basis für das Zusammenleben; in der Realität bleibt das eine Gleichung mit zwei Unbekannten. Und jetzt, sagt sie (geradezu fröhlich klingend), würde ich das Thema Mathematik gerne beenden, weil ich nämlich nicht die geringste Ahnung davon habe, und schlage vor, dass wir einen Schlussstrich unter den heutigen Tag ziehen.
TUN WIR SO, ALS WÄRE NICHTS GESCHEHEN.
Was halten Sie davon, fragt sie, wenn man sich langfristig vornehmen würde, sich ein bisschen besser kennenzulernen. Sie ergänzt (etwas zu hastig), dass sie das nicht in Hinsicht auf eine »romantische Entwicklung« meine, sondern »schlicht und einfach« nachbarschaftlich. Zwischenmenschlich. Z.B. könnte sie mir vielleicht einmal unter die sprichwörtlichen Arme greifen,

wenn es darum geht, ausrangiertes Zeug zum Container zu schleppen. Oder man könnte einen Kaffee im Garten trinken. Und dann sehen, ob man auf der Gesprächsebene etwas Gemeinsames entdeckt.
WEITER.
Ich weiß, dass es zwischen ihr und mir nie eine Verbindung geben wird. Vielleicht ist das der Grund dafür, dass mein Körper sich in Bewegung gesetzt hat, zielstrebig, Schritt für Schritt zieht es ihn ins Haus zurück. Er ist hungrig, ein Hund, der herumgestreunt ist und viel zu lange nichts zu fressen gehabt hat. Er nimmt richtig Fahrt auf: Er hört, wie seine Nachbarin ihm (jetzt wieder verärgert) nachruft, dass diese Art von Nicht-Verhalten unfair sei. SPIELEN SIE SICH GEFÄLLIGST NICHT ALS OPFER AUF, schreit eine weibliche Stimme, das Wort ist heilig, höre ich und schneide ihr mit dem Zufallen der Haustür das Wort ab, mit dem sie garantiert Recht gehabt hat. Ich schließe die Eingangstür von innen ab. Ein Mal. Zwei Mal. Ich weiß, dass ich hier in Sicherheit bin. Aber ich heule trotzdem. Ich kann nicht mal sagen, ob die Tränen vor Erleichterung fließen, weil ich unglücklich bin, oder (grundsätzlicher) weil ich bin.
MÄNNLICH.
WIDERWÄRTIG.
SCHULDIG.
Was bleibt? Selbstbefriedigung als einzige Form der Berührung? Die Vorstellung bringt mich um. Autoerotik. Autosexualität. Autozärtlichkeit – ich bin nicht mal sicher, ob es das überhaupt gibt. Ich frage mich, wie es jetzt – angesichts der Tatsache, dass es KEIN ZURÜCK gibt – weitergehen soll. Das hier ist eine Sackgasse. Es gibt nichts, was das ungeschehen machen kann, von dem ich mit Bestimmtheit weiß, dass es auf mich zukommt.
Ich wende mich von dem Spiegel im Eingangsbereich ab, weil

ich mein verzerrtes, aufgeschwemmtes Gesicht nicht ertrage. Immer wieder geht mir der Satz durch den Kopf, dass ich kein Wunschkind bin.
ICH BLEIBE ALLEIN.
Alles andere wäre unrealistisch.
Alles andere wäre unverantwortlich.
Alles andere wäre Wahnsinn.

Eine neue Nachricht auf meinem Handy.
Lauterbach.
»Toni«, würde Maria sagen.
Seine Stimme klingt fast noch unterwürfiger, anbiedernder und verlogener als in meiner Praxis. Er entschuldigt sich umständlich, so lange nichts von sich hören gelassen zu haben. Irgendwas »Geschäftliches« hat ihn zu nichts kommen lassen, sonst hätte er sich schon viel eher bei mir gemeldet, vor allem, weil er mir finanziell und menschlich noch »was schuldig« sei. »Ein Vorschlag in Ehren«: Er und Maria laden mich zum Essen ein. Er kennt einen »Spitzenschuppen«, der mir »hundert pro« gefallen wird, Lindwurmstraße, Nähe Goetheplatz. Nachdem er mir seine Handynummer (langsamer als nötig) draufgesprochen hat, brüllt Maria aus dem Hintergrund irgendwas in den Apparat, das ich nicht verstehe.
Ich lösche die Nachricht.
Ich warte solange, bis eine unverbindliche Frauenstimme mir mitteilt, dass sich noch eine alte Nachricht auf meiner Mailbox befindet.
KATHARINA.
Ich höre, wie ihre Stimme kurz angebunden den Erhalt der handsignierten Erstausgabe von »Malina« bestätigt. Sie bedankt sich nicht und erwähnt mit keinem Wort, dass sie sich über das Geschenk freut bzw. warum sie für ihre Rückmeldung so lange gebraucht hat.

Ihr Bedauern, das sie darüber ausdrückt, mich nicht persönlich erreicht zu haben, klingt wie ein Vorwurf.
Vielleicht aber auch nach Erleichterung.
Ich höre sie ausatmen.
Wir müssen reden, sagt sie.
Dann legt sie auf.
WIR MÜSSEN REDEN.

4.

»Metamorphosis«. Hätte ich gewusst, dass sich hinter dem Namen ein indisches Lokal verbirgt, wäre es zu diesem Treffen nie gekommen: Schon allein die süßlich-schwere Wolke irgendwelcher zerkochten Linsen- und Currygerichte, die WIE GIFTGAS über dem Raum lastet, löst Übelkeit in mir aus und erinnert mich an drei der schlimmsten Tage meines Lebens, als ich – statt an einer Sightseeingtour durch New Delhi teilzunehmen – drei Tage lang mit hohem Fieber, hämmernden Kopfschmerzen, Durchfall und Erbrechen in einem winzigen/überteuerten Hotelzimmer zwischen Bett und Toilette mit nicht funktionierender Spülung hin- und hergekrochen bin (Anm: Wann genau? 10.-13.2.1999? Überprüfen!). Weder der Reiseleiter noch ein einziger Hotelangestellter (Reinigungspersonal gab es nicht) ließ sich blicken, so dass ich nach kürzester Zeit mit einer von meinem eigenen Erbrochenen und wässrigem Stuhl überlaufenden Toilettenschüssel und komplett eingenässter/bräunlich verfärbter Bettwäsche konfrontiert war. Meine einzige Gesellschaft waren Moskitos und Kakerlaken – exotisch, aber immer noch besser als die schreienden Händler/Bettler/Taschendiebe/Frauenvergewaltiger vor dem (verdreckten und nicht richtig schließenden) Fenster in den stinkenden Straßen.

SOVIEL ZUM THEMA INDIEN.

Als ich Katharina geschrieben habe, dass ich ohne Sita in diesem verdammten Indien fast gestorben wäre, hat sie mit nur einem Satz geantwortet: »Leider hast du überlebt.«

WEITER.

»Metamorphosis« also. Die warmen Küchendünste provozie-

ren meinen Schweißfluss; schon jetzt zeigen sich Nässeflecken im Achselbereich meines sommerlichen Kurzarmoberhemdes, das wie eine aufdringliche, unangemessen enge Haut auf mir sitzt und meine Bewegungsfreiheit einschränkt. Ebenso unerfreulich ist die Tatsache, dass es rot ist und sich mit sämtlichen Wänden, gepolsterten Sitzgruppen, Vorhängen, Servietten und Tischdecken des Lokals beißt, die allesamt pink sind.
WILLKOMMEN IN INDIEN.
Nur die Drucke von irgendwelchen alten Malereien brechen mit diesem ästhetischen Wahnsinn: Mir gegenüber hängt die Göttin Varahi auf einem Tiger, beim Hereinkommen habe ich eine weiß gerahmte Darstellung von Shiva, Parvati, Ganesh und Skanda als Heilige Familie bemerkt, die ich nur deshalb identifizieren kann, weil mir während meines Zusammenbruchs in Delhi nichts anderes übrig blieb, als den Kunst-Reiseführer von Dumont und den Bildband »Mein heiliges Indien« quasi auswendig zu lernen. Letzteren hatte ich eigentlich Katharina schenken wollen, habe dann aber aufgrund von Flecken von Erbrochenem auf dem Buchrücken davon Abstand genommen.
Ich bin zu früh.
ZEIT.
Die meisten Tische sind leer. Drei mittelalte, über das Lokal verteilte Paare sind in stockende Gespräche vertieft, die vor allem aufgrund penetranter und (für meinen Geschmack) viel zu lauter indischer Popmusik von Überartikulation geprägt sind. Die am Fenster sitzenden Rentner haben sich der (in Pink gekleideten) indischen Kellnerin zugewendet und strahlen sie mit verzückten Kinderaugen an, während diese mürrisch zwei Mangolassi, Chapati und ein Tandoori Chicken, das bei genauerer Betrachtung auch Chicken Tikka sein könnte, ziemlich unsanft vor ihnen abstellt. Das ältliche Paar versucht mit seinem sanften Lächeln Vorbehaltlosigkeit

gegenüber fremden Kulturen zum Ausdruck zu bringen und jeden nur möglichen Gedanken an Rassismus im Keim zu ersticken, aber natürlich sind sie mindestens so rassistisch und vor allem sexistisch wie jeder andere Durchschnittsmensch auch. Nicht umsonst habe ich jahrelang die Hauptströmungen Feministischer Theorie (mit Schwerpunkt auf Untersuchungen zu biologischen Geschlechterbegriffen: Fausto-Sterling, Butler etc.) verfolgt, mir macht niemand etwas vor: Die Frau als Dienerin in all ihren epochenübergreifenden Erscheinungsformen löst Rührung aus, die letztlich nichts anderes als CHAUVINISMUS ist. Und genau aus dem Grund werden Frauen noch immer als Kurtisane, Verkäuferin, Sprechstundenhilfe ausstaffiert, als Ehefrau, die ihren unfähigen Männern die Kleidung für den nächsten Tag bereitlegt, oder als Kellnerin, die ein suppiges Matar Paneer auf dem Tisch des ältlichen Paares abstellt, bevor sie hinter den (pink eingekleideten) Tresen zurückgeht. Matar Paneer hat auf der fettverschmierten Speisekarte, die unmittelbar nach dem Platznehmen kommentarlos vor mir abgelegt wurde, die Nr. 27 und ist nach dem Gesichtsausdruck der Rentnerin am Fenster, die skeptisch in ihrem Gericht herumstochert, mit ziemlicher Sicherheit nicht zu empfehlen.

SAMSTAG, 05.07.2015 / 19:54 UHR.

Wir müssen reden.

Wir werden reden.

Vielleicht erzähle ich von Sita.

Auch eine Überlebende.

Und der einzige Grund, warum selbst ein verdrecktes/stinkendes Land wie Indien hin und wieder Fernweh in mir auslöst (Anm.: vgl. ABSCHNITT EINS/S. 6).

20:01 Uhr.

ZEIT.

Ich hätte im Wagen warten sollen. Und dann mit inszenierter Verspätung an den Tisch hetzen, verschwitzt, ABER SOUVE-

RÄN. Stattdessen hocke ich hier wie ein folgsames Kind, Bild gewordene Einsamkeit, die ich jahrelang hinter der Rolle des Bruders, des Studenten bzw. des praktizierenden Arztes versteckt habe. Aber die Fassade bricht. Wenn ich den Gesichtsausdruck der indischen Kellnerin richtig deute, betrachtet sie das halbleere Glas Leitungswasser, das sie gerade vor mir abgestellt hat, als absolut stimmige Wahl FÜR JEMANDEN WIE MICH. Und tatsächlich habe ich seit einigen Tagen den Eindruck, dass mein sog. Selbstausdruck/meine Individualität fadenscheinig ist. Ich spüre das körperlich. Es fühlt sich wie eine Betäubung an. Vor allem nach dem Aufwachen bin ich in letzter Zeit oft in einem Zustand von Nicht-Anwesenheit. Im ersten Moment ist das sogar ganz schön, diese MATERIELOSIGKEIT BZW. SCHWERELOSIGKEIT, so als wäre mein fetter Körper nichts als hauchdünne Außenhaut bzw. gedehnte Oberfläche. Wie bei einem Ballon. Oder einer aufgeblasenen Luftmatratze. Und zehn Sekunden später kriege ich dann diese Panik zu platzen. Und damit aller Welt zu zeigen, dass ich einen Inhalt vorspielt habe, den es nicht gibt.
MICH.
Der Weg zurück in den Alltag ist dann gepflastert mit Hautjucken, Mundgeruch, Atemnot, Blähungen, klebrigem Schweiß usw. – das krasse Gegenteil von Schwerelosigkeit, der Wiedereinstieg in ein Leben, in dem ich weder meine emotionale Bedürftigkeit noch meine soziale Isolierung in den Griff kriege. Und statt mich endlich einweisen/medikamentieren zu lassen, onaniere ich vor einer bewusstlosen 19- oder wahrscheinlich sogar Minderjährigen und versuche zu allem Übel auch noch, diesen unverzeihlichen AKT VON MACHTAUSÜBUNG UND VERACHTUNG zur Liebesgeschichte zu verklären.
MARIA.
Als ich meinen Kopf zur Tür wende, steht sie da.

Sie trägt das fliederfarbene Kleid aus T-Shirt-Stoff.
Man muss kein Experte sein, um zu sehen, dass der Waschgang, den sie gewählt hat, um die Blutflecken zu entfernen, falsch war. Und zwar total falsch. Das Kleid sieht jetzt gleichzeitig ausgeleiert und eingelaufen aus, wie ein zu lang geratenes Oberteil. Ihre Fieberbläschen an der Lippe sind verschorft und erinnern an Verbrennungen. Und als ihr Mund sich zu einem Lächeln entstellt, legt er ein zwischen den Zahnreihen eingeklemmtes (rosafarbenes) Kaugummi frei.
Maria sagt »Guten Tag«.
»Hallo«.
ZEIT.
Sie macht einen Schritt in meine Richtung, ruckartig, so dass ich auf ihre Ballerinaschuhe aufmerksam werde, deren weiße Beschichtung an den Spitzen anfängt, porös zu werden. Ihr gesamtes Erscheinungsbild erinnert an ein Kind, das sich vorgenommen hat, Frau zu sein: rosafarbener, teilweise abblätternder Nagellack, hellblauer Lidschatten, dick aufgetragenes Rouge, eine (offensichtlich vergoldete) Halskette mit Herzanhänger und ein billiges Armkettchen, an dem winzige Anker, Kleeblätter und (natürlich) Herzen hängen, machen mir schockartig klar, dass ich keine Ahnung hatte, wie schlecht Marias Geschmack ist. Die von der Schulter herabhängende, mit goldenen Pailletten besetzte Handtasche ist viel zu groß und weder zu Teint noch Haarfarbe passend. Die glänzende Nylonstrumpfhose ist zu weit und nicht ausreichend blickdicht, um die Rötung an Marias Knien zu überdecken. Ihr Versuch, »chic« auszusehen (wie sie vermutlich sagen würde), ist gescheitert. Fast tut sie mir leid.
ZEIT.
Guten Tag, sage ich.
Bevor ich fragen kann, wo Lauterbach steckt, erklärt Maria, dass »Toni« einen »wichtigen Anruf« erhalten habe. Er steht

gleich draußen, sagt sie, wir sollen ihm schon mal ein Bier bestellen, ein »Kingfisher«, oder am besten gleich zwei: Wenn schon Inder, denn schon Inder, hat er gesagt, sagt Maria und bricht in albernes Kichern aus. Ich bin sprachlos, mit welcher Distanzlosigkeit sie Lauterbachs austauschbare Phrasen nicht nur zitiert, sondern offenbar auch erwartet, dass sie mich zum Lachen animieren.

WAS MACHE ICH HIER?

Das ist also der »Spitzenschuppen«, von dem er am Telefon geredet hat, höhne ich, sein Lieblingslokal.

Nein, sagt sie, meins.

SCHWEIGEN.

Maria hat einen Indienfimmel, EINEN INDIENTICK. Sinnfällig: Ihr abgrundtief schlechter Geschmack beschränkt sich natürlich nicht auf Männer, Kleidung und Kosmetik; zudem verstehe ich jetzt, wie es zur Wahl dieses Lokals gekommen ist. Lauterbach nämlich hätte jeder x-beliebigen Eckkneipe mit funktionsfähiger Mikrowelle den Vorzug gegeben, wo von Schnitzel bis Pizza alles schnell und fettig zu haben ist. Dass die heutige Wahl auf Marias Lieblingsrestaurant gefallen ist, erkläre ich mir mit dem berechtigten schlechten Gewissen, das Lauterbach ihr gegenüber haben muss, weil er sie geschlagen, missbraucht, in ein Erotikkino verfrachtet und komplett ihrer Freiheit beraubt hat. Natürlich erlöst kein noch so liberales Wiedergutmachungsprogramm der Welt ihn von seinem Strafregister: Diese Einladung zum indischen Essen ist mindestens so durchschaubar wie primitiv/billig – und für meinen Magen-Darm-Trakt fatal. Marias strahlendes Gesicht suggeriert allerdings, dass DIE BESTIE mit ihrer schäbigen Alibiaktion Erfolg gehabt hat.

Indisch also.

So was gab's bei uns nicht, sagt Maria.

In Boryspil, ergänze ich.

In Dubí auch nicht, sagt Maria, so was Schönes kenn ich eigentlich nur aus Deutschland.
Dubí. Gerade als ich fragen will, wo dieser Ort/Landstrich liegt, wird die Eingangstür aufgerissen: Lauterbach. Auch er hat sich für den heutigen Abend herausgeputzt, was vor allem an seinem von Pomade triefenden, streng nach hinten gekämmten Haar und seiner enggeschnittenen, dunklen Anzughose deutlich wird. Die Hose spannt im Schritt, und ihre Nichtfarbe betont das anachronistische geometrische Muster seines weit offenstehenden Oberhemdes auf ausgesprochen unvorteilhafte Weise.
Er strahlt, als er mich sieht.
Doktor, ruft er und breitet die Arme aus, als ob es zwischen uns üblich wäre, sich zur Begrüßung zu umarmen. Sein Hemd ist im Achselbereich durchnässt, und ich kann nicht mit Sicherheit sagen, ob der Gestank, der mir in die Nase steigt, Schweiß oder irgendein billiges Rasierwasser ist, das er an Sonn- und Feiertagen oder nach Saufgelagen aufträgt, um seine Alkoholausdünstungen zu überdecken.
Doktor, ruft er noch einmal, und obwohl er – wie gewöhnlich – freundlich mit einer Tendenz zum Unterwürfigen ist, klingt die Nennung meines Berufes bzw. akademischen Grades aus seinem Mund ironisch; seine Stimme hat den abwertenden/abfälligen Klang eines Patriarchen oder Vorgesetzten, für den die Begegnung mit mir HERABLASSUNG bedeutet. Ich weiß um meine gesellschaftliche Überlegenheit in Bezug auf Lauterbach, verspüre aber trotzdem so etwas wie einen genetischen Befehl, vom Stuhl aufzuspringen und meinem von der Kanzlei nach Hause gekommenen Vater zur Begrüßung entgegenzulaufen, eine absurde Verwechslung, die ich wegen meiner Fettleibigkeit (zum Glück) nicht in die Tat umsetzen kann. Stattdessen stürmt Lauterbach auf mich zu, packt meine rechte Hand und schüttelt sie wie verrückt.

Seine Handinnenflächen sind feucht; die Nägel gepflegt und die Nagelhaut (im Gegensatz zu meiner) nicht rissig.
WEITER.
Meine Biere, sagt er knapp. Und obwohl er Maria nicht einmal angesehen hat, begibt sie sich ohne zu zögern zum Tresen, wo die indische Kellnerin ihre Bestellung aufnimmt.
Maria sieht stolz aus.
IM PARADIES.
Wie geht es ihr, frage ich (lustlos).
Top, antwortet er und reckt beide Daumen in die Höhe. Zwei bis drei Tage sei Maria noch schwach gewesen, habe praktisch die gesamte Zeit geschlafen (»geratzt«) und außer Wasser, Kamillentee und Dosensuppe nichts zu sich genommen. Aber die Kleine, sagt er, ist hart im Nehmen, die haut so schnell nichts um. Sie sehen ja, Doktor, sie ist wieder taufrisch, wegen Ihnen wieder taufrisch. Ich weiß wirklich nicht, was wir ohne Sie gemacht hätten. Langer Rede, kurzer Sinn, sagt er, ich bin Ihnen was schuldig, und zwar was Handfestes, von Gequatsche wird schließlich keiner satt.
Er zieht ein Bündel mit Geld aus seiner rechten Hosentasche und hält es mir hin.
Keine Ahnung, was man für so was zahlt, sagt er.
500 Euro. In kleinen Scheinen.
WEITER.
Sind das Marias Ersparnisse, frage ich, hat sie das im Erotikkino verdient?
Noch bevor Lauterbach sich für eine verlogene Antwort entschieden hat, küsst Maria ihn auf die Wange und haucht, dass »die Bierchen« unterwegs seien. Sie setzt sich demonstrativ gut gelaunt an den Tisch, greift nach der Speisekarte, betrachtet sie ehrfürchtig von allen Seiten und beginnt, sie mit der heiligen Ernsthaftigkeit einer Kunsthistorikerin zu studieren.
Lauterbach sitzt jetzt auch.

Das Geld liegt zwischen uns auf dem Tisch.

WEITER.

Für mich Nummer 9 und Nummer 72, sagt Maria zur stoischen Kellnerin, also erst Chicken-Chana-Chat Delhi und danach Palak Paneer. Sie schlägt die Karte zu und blickt triumphierend um sich, als erwarte sie, für ihre Entscheidung belohnt/gelobt zu werden. Lauterbach nimmt seine »zwei Bierchen« in Empfang und bestellt Beef Masala (Nr. 83), aber ohne Reis.

Er will stattdessen Kartoffeln haben.

Ich entscheide mich (wohl oder übel) für Beef Vindaloo (Nr. 81), sehr scharf und mit einer Extraportion Ingwer-Knoblauch-Paste, so wie es (laut der fettverschmierten Karte) in Südindien angeblich üblich ist.

WEITER.

Der Doktor will das Geld nicht, sagt Lauterbach.

Wieso, höhnt Maria, stimmt was nicht damit?

Die Vulgarität ihrer Stimme erschreckt mich; sie legt sich als Hässlichkeit über ihr Gesicht und entstellt es zur Fratze: Ihre zusammengekniffenen, verachtenden Augen, die heruntergezogenen Mundwinkel und das dreckige Lachen gehören bestenfalls einer Hure oder einem mit hellblauem Lidschatten und gelblich blonden Haaren als junge Frau getarnten Dämon, nicht aber Maria, vor der ich (es kann nicht oft genug angeprangert werden) onaniert habe. Maria, die ich noch vor wenigen Tagen für das ideale Liebesobjekt gehalten habe. Ich erkenne sie (und mich) nicht wieder.

WEITER.

Ich frage, wo Dubí liegt.

Tschechien, raunt Maria, wo denn sonst.

WEITER.

Ich quäle mich durch Themen wie drückendes Wetter (Föhn), überproportional hohe Kaufpreise für Wohnungen in München, Lauterbach versucht noch dreimal, mich über vordergründige Komplimente und schmierige Dankestiraden zu überreden, sein Geld anzunehmen, ich frage Maria, warum sie so gut Deutsch spricht (deutschstämmige Großeltern), und während die indische Kellnerin Vorspeise und sämtliche Hauptgerichte gleichzeitig/kommentarlos auf unserem Tisch ablädt, gebe ich Maria den Ratschlag, viel Wasser zu trinken und eisenhaltiges Gemüse wie Spinat, Linsen, Pfifferlinge und Brokkoli zu sich zu nehmen. Fenchel und Kresse kennt sie nicht, Gemüse isst sie aus Prinzip nicht, und das war es auch schon: Mehr hat Maria zu dem Komplex nicht zu sagen.

WAS MACHE ICH HIER?

Nr. 81 kommt direkt aus der Mikrowelle, erinnert vom Geruch her an Erbrochenes und ist kein bisschen scharf.

WEITER.

Wer ist das, fragt Maria (mit vollem Mund) und weist mit der Gabel auf das ihr gegenüber hängende Bild, Shiva?

Sita, sage ich, die Gattin von Rama. Ich krame in meinem Gedächtnis und erinnere mich (mehr schlecht als recht) daran, was in dem unhandlichen und völlig überteuerten Buch über indische Mythologie (das ich am Flughafen von New Delhi in einen der zwei vorhandenen Mülleimer entsorgt habe) gestanden hat. Und obwohl ich weiß, dass mein Gesprächsbeitrag diesen unerträglichen Abend unnötig in die Länge zieht, lasse ich Maria wissen, dass Sitas Geschichten im auf Sanskrit abgefassten Epos »Ramayana« niedergeschrieben sind. Sita, referiere ich, gilt wegen ihrer Treue, ihrer Keuschheit und Hingabe an ihren Ehemann als die ideale Frau bzw. Ehefrau; ihr Leben ist auf ewig mit dem ihres geliebten Ehemannes Rama verbunden, den sie wie einen Gott verehrt.

Super, grinst Lauterbach, ne Liebesgeschichte.

Liebesgeschichten, fauche ich, Liebesgeschichten sind nichts anderes als pathologischer Schwachsinn.

SCHWEIGEN.
Dieses indische Zeug, fragt Maria, wieso kennen Sie sich so gut mit so was aus? Sie legt ihre Gabel auf den Tisch und fixiert mich argwöhnisch, bereit zum Verhör.
WEITER.
Rama und Sita leben in der Einsamkeit der Wälder, quasi wie im Paradies. Doch das Glück der beiden ist bedroht: Ein Dämonenkönig in Gestalt eines Ungeheuers bzw. einer Bestie plant, Sita zu seiner Frau zu machen. Als Rama auf der Jagd ist, nutzt die Bestie die Zeit seiner Abwesenheit, nimmt die Gestalt eines Heiligen an, geht zu Sita und entführt sie. Natürlich weigert Sita sich, ihn zu heiraten, widersetzt sich seinen lüsternen Annäherungen und wird weiter wie eine Gefangene gehalten. Man erzählt, dass ihre äußere Schönheit während der nächsten zwei Monate verwelkt sein soll, aber, erläutere ich, das ist erstens nirgendwo belegt und zweitens nichts anderes als die Boshaftigkeit irgendwelcher zweitklassiger Chronisten. Ich bin sicher, sage ich, dass die Sorge um ihren Gatten und ihre Todesangst Sitas Schönheit nicht nur nichts anhaben konnten – sie haben sie vergrößert, verklärt, die junge Frau ZU EINER ERSCHEINUNG werden lassen. Ich verstehe nicht, woher die detaillierten Bilder kommen, die ich zu Sitas Beschreibung heraufbeschwöre (immerhin liegt meine Lektüre des überteuerten Mythologiebändchens Jahre zurück), aber sie reißen mich mit, die geraubte/entführte Frau wird plastischer und plastischer – bis ich sie schließlich TOTAL REALISTISCH vor meinem inneren Auge sehen kann. Ich schildere ihren blassen, fast unsichtbaren Körper, diesen schwachen/ausgehungerten Organismus, der regungslos, WIE TOT, daliegt und sich VOLLER HINGABE nach ihrem Gatten verzehrt. Sitas Anblick, berichte ich hingerissen, ist meisterlich, nein, korrigiere ich mich, überirdisch ist das Wort, das ich gesucht habe, woran einzelne bläuliche Äderchen, Herpesbläschen oder win-

zige Fältchen um die Augen herum NICHT DAS GERINGSTE ändern.
Aram Chatschaturjan.
»Der Säbeltanz«.
Scheiße, murmelt Lauterbach, tut mir leid.
Er kramt sein unerträglich laut gestelltes Handy aus der rechten Hosentasche hervor, blickt kurz auf das Display, murmelt – während er aufsteht – ein paar verärgerte Worte der Entschuldigung und nimmt das Gespräch an. Er dämpft seine Stimme, fast flüstert er in den Apparat, während er die Eingangstür öffnet und das Restaurant verlässt, aber es ist nicht zu überhören, dass sein Gesprächspartner ihn sofort in die Defensive/in eine Zwangslage getrieben hat.
WEITER.
Rama bewaffnet sich und macht sich auf, um seine geraubte Braut zu retten. Er tötet die Bestie, langsam und qualvoll, und die Liebenden kehren zurück in ihre Heimat, wo Rama mit Sita an seiner Seite zum König gekrönt wird und beide bis ans Ende ihrer Tage leben.
Maria hat interessiert zugehört.
Toni hat Recht gehabt, fasst sie zusammen, ist doch logisch, dass das ne Liebesgeschichte ist.
Ach ja, kontere ich (das entsorgte Mythologiebändchen zum wiederholten Mal in Gedanken durchscannend), und warum hat Rama seiner Frau bis ans Ende ihrer Tage unterstellt, sie hätte was mit der Bestie gehabt?
OBWOHL SIE IHM TREU GEWESEN IST.
Keine Ahnung, schnaubt Maria, interessiert mich nicht.
Und warum hat er sie überhaupt gehen lassen? Warum hat er – IHR EHEMANN – nicht VIERUNDZWANZIG STUNDEN AM TAG auf sie aufgepasst? Er hat sie gehen lassen, zische ich, weil er eine Nullnummer ist: EIN FEIGLING. Sita ist der kostbarere Mensch von beiden – und erst recht kostbarer

als die Bestie. Sie hätte definitiv etwas Besseres verdient. Luise F. Pusch hat einmal gefragt, wozu Männer eigentlich gut sein sollen. Und weißt du, welche Antwort sie auf ihre eigene Frage gibt: »Sie sind halt da, und das ist schlimm genug!«
Maria zuckt mit den Achseln. Natürlich hat sie den Namen Luise F. Pusch noch nie in ihrem Leben gehört.
Geschweige denn das Wort »Feminismus«.
WEITER.
Luise F. Pusch, attackiere ich Maria, hat zudem festgestellt, dass es im Leben einer Frau leider um eine andere Frage geht, nämlich die, wie sie Männern am besten entkommt. Wie sie uns überlebt. Und weißt du was, wüte ich, das ist keine leere Rhetorik, das ist eine Tatsache.
DIE FRAU HAT ETWAS BESSERES VERDIENT ALS DEN MANN.
Und das, sage ich, gilt sogar für dich.
Quatsch mit Soße, faucht Maria, ohne Toni würd ich mir in Dubí noch immer die Beine in den Bauch stehen. Am Straßenstrich. Würde aufgeschlitzt in irgendeinem Graben liegen. Maria bombardiert mich mit Vorwürfen, sie erzählt, wie »Toni« sie in Tschechien ausfindig gemacht und im Kofferraum seines Wagens nach Österreich verfrachtet hat. Details zu ihrer eigenen Geschichte will sie nicht preisgeben, weder antwortet sie auf meine Fragen nach dem Grund für ihren Aufenthalt in Tschechien noch darauf, wie ihr »Berufsalltag« ausgesehen und was sie in puncto Gewalt erlebt hat. Meine Betroffenheit scheint sie nicht im mindesten zu interessieren/rühren. Ihr Erzählton ist aggressiv, sie kehrt – wie um sich gegen mich zu wappnen – immer wieder zum Thema »Toni« zurück, zu ihrer ersten Begegnung und wie eifersüchtig ihn der Gedanke gemacht hat, dass zehn Freier oder mehr pro Tag keine Seltenheit waren, aber wozu führe ich das an: Ihr seid doch über jedes Detail informiert, ihr Staatsoberhäupter und Familien-

väter, ihr Frauenhasser, Mädchenhändler und Kinderschänder, ihr Zyniker und Rechtsverdreher, meine hochverehrten Richter und Mörder: Ihr alle heuchelt Korrektheit/Gesetzestreue/ Betroffenheit, aber ich weiß, DASS KEIN EINZIGER VON EUCH FREI VON SCHULD IST.

WEITER.

Maria fühlt sich durch Lauterbachs sog. romantische Gefühle aufgewertet, sie prahlt damit, wie sie ihn nur mit Mühe davon abhalten konnte, ihren Zuhälter »platt zu machen«, der ohnehin nur die Spitze des Eisberges gewesen sei, ein ganzes Syndikat habe hinter ihm gestanden, »superbrutale Typen« seien das gewesen, da hätte »Toni« keine Chance gehabt. Und so ein »Typ wie Sie« (womit sie mich meint), so einer wie Sie hätte da keinen Fuß in die Tür gekriegt. Sie hätten sich nämlich in die Hosen gemacht, zischt sie, Toni hat bestimmt seine Macken und die Hand rutscht ihm auch schon mal aus, aber er macht das, weil er mich gerne hat. So ist das eben, wenn man sich liebt, triumphiert sie.

WEITER.

Warum siehst du nicht ein, sage ich, dass Anton Lauterbach nicht gut für dich ist.

Ich hatte erwartet, auf herablassende/höhnische Weise von Maria abgefertigt zu werden, aber der Schlag bleibt aus. Im Gegenteil wirkt es, als wenn der Dämon, der Marias Körper während des Essens in Besitz genommen hat, aus ihr ausgefahren wäre, aus Langeweile vielleicht oder weil er genug Zerstörung hinterlassen hat. Maria sitzt vor mir und zeichnet mit der rechten äußeren Forke ihrer Gabel gedankenverloren Linien und Kreise in die flüssigen Reste ihres (mit Sicherheit ungenießbaren) Palak Paneer. Sie wirkt nachdenklich, fast freundlich.

Und Sie, fragt Maria, wären Sie besser für mich?

Nein, sage ich, bestimmt nicht.

SCHWEIGEN.
Gerade als ich mich entschließe aufzustehen und das Lokal zu verlassen, beginnt Maria zu erzählen. Natürlich nicht, ohne sich vorher eine volle Gabel mit Reis und verkochtem Spinat in den Mund geschoben zu haben. Indien, sagt sie, das war für mich das Paradies, als Kind jedenfalls. »Der Tiger von Eschnapur«, »Das indische Grabmal« und »Gandhi«, die Filme hab ich bestimmt zehnmal gesehen, egal ob auf russisch, deutsch oder englisch, die Gesichter der Frauen, diese großen, schönen Augen, die Hautfarbe, die schwarzen Haare und die tollen Sachen, die die immer angehabt haben: Das war was anderes als der Scheiß, den wir zuhause hatten.
Ich wende den Blick ab, um mich Marias spinatverschmierten Zähnen nicht weiter aussetzen zu müssen, und erkläre, dass die Frauen in Indien Saris tragen, Saris und darunter sogenannte Cholis (eine vorne zuzuknöpfende Art von Bluse), aber mein Wissen schreckt sie ab, und es kostet mich unglaublich viel Mühe, bis sie endlich wieder spricht.
Da, sagt sie (plötzlich ganz erregt) und hält mir ihr schmales Handgelenk vor die Nase.
Sie riecht nach Patschuli.
Unmengen von penetrantem Patschuli.
Und altem, getrocknetem Schweiß.
Hab ich von Toni, sagt sie, kennen Sie das?
VON WEGEN NEUNZEHN.
Nein, lüge ich.
SCHWEIGEN.
Während ich überlege, wie ich endlich aus dieser unseligen Situation, aus diesem widerlichen Lokal herauskomme, bemerke ich, dass ich (aus mir unerfindlichen Gründen) angefangen habe, von Sita zu erzählen, der schönen, schwarzäugigen, bis auf die Knochen abgemagerten Sita, der ich bis heute jedes Jahr im Februar zu ihrem Geburtstag eine Postkarte (mit

einem bayerischen Landschafts- oder Architekturmotiv) schreibe. Zwar kriege ich nie eine Antwort, ich weiß aber aufgrund ihrer Facebook-Seite, dass sie lebt. Zwar verstehe ich nicht, warum sie meine Freundschaftsanfragen immer wieder ablehnt, aber das ist ein nebensächliches/irrationales Detail, das vor allem eines belegt: Sitas Verhältnis zum männlichen Geschlecht ist für immer (und zu Recht) gestört. Ein 13jähriges Mädchen, EIN KIND, das – mit Einwilligung seines sog. Bräutigams – vom eigenen sog. Vater entjungfert wurde, wird keinem Mann sein Vertrauen schenken können/wollen. Ich denke kurz darüber nach (wie damals in meiner Praxis), auf Katharina zu verweisen, entscheide mich dann aber, Maria von Sitas Flucht aus der Wohnung ihres sog. Bräutigams zu erzählen, DIESES DRECKSCHWEINS, das sie wochenlang in seinem Zimmer eingesperrt hat. Beim Erzählen spüre ich, wie meine Hand zittert und mein ganzer Körper sich versteift; ich werde zum Schlagstock/Brecheisen, mein Instinkt zielt darauf ab, ihn zu vernichten, diesen selbstgerechten, dumpfen, männlichen Prototyp, diesen stolzen Soldaten bzw. Täter, dieses Alphatier, das seine Kraft einzig und allein daraus bezieht, frei von Selbstzweifel, Tabu und moralischem Skrupel zu sein.
WEITER.
Ich erzähle Maria, dass der sog. Bräutigam die Tür zu seinem Zimmer nur geöffnet hat, um sie zu verprügeln, sexuell zu missbrauchen oder Essen abzustellen, Essen, das die schöne, leichenblasse Sita wegen eines akuten Magengeschwürs nicht zu sich nehmen konnte, weshalb sie auf Besorgnis erregende Weise an Gewicht verloren hatte. Ihr körperlicher Zustand und eine massive Depression führten dazu, dass sie sich mit einer Gabel die Pulsadern aufschneiden wollte, wofür sie von ihrem sog. Bräutigam, der sie INSGESAMT SECHS MONATE wie eine Gefangene im eigenen Haus gehalten (und zwei Mal mit Benzin überschüttet) hat, so brutal/systematisch verprü-

gelt wurde, dass sie vier gebrochene Rippen, eine ausgekugelte Schulter, zwei gequetschte Finger, ausgeschlagene Vorderzähne sowie über den gesamten Körper und das Gesicht verteilte blaue Flecken und Läsionen aufgewiesen hat.
Und wie ist die geflohen, fragt Maria.
Eines Tages, berichte ich, ist DIESER GEWALTFASCHIST nach einer der üblichen Vergewaltigungen neben ihr eingeschlafen. Sita hat die Schlüssel aus einer dieser überflüssigen Brusttaschen seines Oberhemdes genommen, ihn eingeschlossen und ist dann mit Hilfe einer Nachbarin schließlich bis in die Notaufnahme des Städtischen Krankenhauses gelangt, wo ich gerade versucht habe, Medikamente für meinen Magen-Darm-Trakt zu bekommen. Vergeblich, schnaube ich, natürlich, im Krankenhaus herrschten Zustände, die man nicht mal mehr mittelalterlich nennen kann. Und über Hygiene müssen wir gar nicht erst sprechen. Das ist auch der Grund, weshalb ich Sita (während sie von den dortigen »Ärzten« wieder gesund gepflegt wurde) nicht mehr aus den Augen gelassen habe.
VIERUNDZWANZIG STUNDEN AM TAG.
Ich komme in Fahrt. Sitas Fall stellt leider keine Ausnahme dar, erläutere ich, ist nicht einmal ein besonders extremes Beispiel für männliche/staatliche Gewalt gegen Frauen, da muss man nur einmal die Websites von »Amnesty International« und/oder »Ärzte ohne Grenzen« anklicken bzw. die jüngste G-20-Studie und/oder die UN-Studie zum Thema »Gewalt gegen Frauen« mit dem Beitrag des Deutschen Juristinnenbundes lesen. Oder mich ansehen, durchfährt es mich, während ich erläutere, dass Verbrechen dieser Art im Grunde an der Tagesordnung sind und als vertretbare bzw. notwendige Vorgehensweise des Mannes angesehen werden, in Indien, in Tschechien, wo auch immer, sage ich und erzähle Maria vom Versuch des sog. Bräutigams, mit Hilfe von Sitas sog. Vater und ihrer übrigen sog. Familie gewaltsam in das Pflegeheim

einzudringen, in das die schöne/geschwächte Sita nach ihrem Krankenhausaufenthalt gebracht worden war. Sogar zwei Lokalpolitiker hatten sich öffentlich auf die Seite des sog. Bräutigams gestellt, der sie vermutlich totgeschlagen, mit Säure überschüttet oder angezündet hätte, weil DIESER MASSENMÖRDER der Ansicht war, Sita habe seine sog. Ehre bzw. die der sog. Familie beschmutzt. Sita hätte jeden Grund gehabt, verrückt zu werden, sage ich, bei dem Ausmaß von Gewalt, religiöser Aggression/Intoleranz und misogynem Verhalten, dem sie ausgesetzt war, aber wer einmal in ihre schwarzen Augen gesehen hat, der kann nicht anders, als zur Kenntnis zu nehmen, dass sie im tiefsten Inneren wundersamerweise unversehrt ist. Sie ist glücklicher als wir. Ich weiß nicht, wie sie das macht, schließe ich, aber was ich sage, ist eine Tatsache.
WEITER.
Toni würde mich nie anzünden, sagt Maria, oder mit Säure übergießen.
Kann sein, sage ich voller Häme, aber ein ausgekugelter Arm oder ein paar gebrochene Rippen sind schon mal drin. Und der Grat zwischen einer Vergewaltigung und dem, was Männer als Sex bezeichnen, ist leider auch verdammt schmal. All die Rechte, für die Frauen seit Jahrzehnten gekämpft haben, werden von dir mit Füßen getreten, fauche ich. Ich denke sogar über die idiotische Formulierung »in die Tonne getreten« nach, um mich Maria so verständlich wie möglich zu machen (die schon das Wort »misogyn« garantiert nicht verstanden hat). Ich überlege ihr zu sagen, dass »ihre freiwillige Selbstaufgabe und rückschrittliche Vorstellung von Romantik« und ihre »opportunistische Einforderung von privatem Glück« mich aggressiv bzw. krank macht, aber weil mir nicht einfallen will, wen ich damit zitiere (Anm.: Hustvedt? Überprüfen!), halte ich ihr stattdessen vor, dass sie sich auf die falsche Seite geschlagen hat, eine lebende Einladung zu Missbrauch und

Übergriff, und dass die Reste von Reinheit bzw. Unschuld, die sie jetzt noch in sich trägt, in kürzester Zeit unter der dicken Schminke, dem Proletenchic, unter dieser Aufmachung EINER BILLIGEN KINDERHURE ersticken werden. Ich will ihr sagen, dass ich sie am liebsten links und rechts ohrfeigen würde und ihr vorlautes Mundwerk stopfen, DAMIT ICH MIR IHREN SCHWACHSINN NICHT MEHR LÄNGER ANHÖREN MUSS, dieses eingebildete Glück, dieses ständige LAUTERBACH, LAUTERBACH, LAUTERBACH, wenn ich noch einmal den Namen LAUTERBACH hören muss, will ich ihr sagen, und ob ihr nicht klar ist, dass sie schon jetzt auf LAUTERBACHS Abschussliste steht, nur ihr Kinderkörper und ihre mädchenhafte Aufmachung machen sie für LAUTERBACH attraktiv, LAUTERBACH, der sich niemals mit einer Frau einlassen würde, die zu eigenständigem Denken in der Lage ist, LAUTERBACH, DIE BESTIE, LAUTERBACH, DER GEWALTFASCHIST, der nicht den geringsten Zweifel in sich trägt, der von seiner Attraktivität, von seinem Wert als Mensch, Liebhaber und Gesprächspartner zu einhundert Prozent überzeugt ist. Wie macht er das, DIESER VERSCHISSENE LAUTERBACH, will ich wissen und zusätzlich noch, ob Maria sich ihm aus Angst unterordnet wie im Fall der schönen Sita und ihrem sadistischen sog. Bräutigam oder einfach nur aus Faulheit. Oder aus Masochismus, dann wäre es (wie Iwan Bloch es formuliert) VERSKLAVUNG AUS LEIDENSCHAFT, ein perverses Spiel, das nur einen Sieger zulässt: LAUTERBACH, der besser zu dir passt, als mir klar war, weil du ordinär, mittelmäßig und eine unglaubliche Idiotin bist, will ich sagen, aber als ich spüre, dass Maria ihre fast gewichtlose Hand auf meine gelegt hat, sage ich gar nichts. Sie ist unangenehm warm und feucht, später begreife ich, dass sie tränennass ist.

Maria, sage ich.

Der Anblick ihres gesenkten Kopfes zusammen mit diesem

Schluchzen, das später in Wimmern übergeht, löst eine Mischung aus Ekel und Verunsicherung in mir aus. Komischerweise gilt mein erster bewusster Gedanke der angefahrenen Katze, die ich letztes Jahr auf der A 92 (kurz vor dem Flughafen Franz-Josef-Strauß) entdeckt habe. Das Heben und Senken ihres Brustbereiches war kaum noch wahrnehmbar, und immer wenn ich dachte, ihre Lunge hätte die Arbeit eingestellt, brach dieses stoßartige, heftige Atmen aus ihr heraus, ein aggressives Beharren bzw. Protest gegen diese gnadenlose Zurichtung durch den Zufall/das Schicksal. Ihr aufgeplatzter Körper und die herausquellenden Organe entlarvten die Schönheit des Tieres – seine Augen, das samtige Fell und die winzigen Tatzen – auf üble Weise als Propaganda, als verlogene Oberfläche, unter der das Leben sein wahres, widerliches Gesicht in Form von Blut, Lymphflüssigkeit, Urin, Fettgewebe, Muskeln, Leber und Dickdarm zeigt. Frühe Erfahrungen am Operationstisch oder im Anatomiesaal haben exakt dasselbe erzählt: Haut ist Betrug an der Realität des Körpers bzw. anders formuliert: Das Innere des Menschen ist nicht menschlich, Begriffe wie »Seele«, »Identität«, »Persönlichkeit«, »Selbstausdruck« oder »Schönheit« sind nichts als verlogener Kitsch. Tatsache ist, dass zwischen einer angefahrenen Katze auf der A 92 und dem Menschen, der sich Vorwürfe macht, weil er sie angefahren hat, nicht der geringste Unterschied besteht.
WEITER.
Maria, mahne ich, hör auf.
Sie muss sich bewegt haben, zumindest liegt ihre Hand nicht mehr auf meiner. Ich sehe, dass sie den Mund bewegt, ihre feuchten, rotz- und tränenverschmierten Lippen öffnen und schließen sich. Offenbar versucht sie, etwas zu sagen, mir etwas zu sagen, aber ich kann und will die Botschaft nicht entschlüsseln. Ich verstehe absolut nichts.

WAS MACHE ICH HIER?
Maria, sage ich und versuche, meiner Stimme einen strengen Anstrich zu geben. Ich mache sie darauf aufmerksam, dass sie deutlicher zu sprechen hat, wenn das hier ein Gespräch werden soll. Tränen und Melodramatik helfen dir nicht, sage ich, solange du dir nicht eingestehst, dass dein angeblicher Retter »Toni« ein Ausbeuter, ein Frauenhasser und Vergewaltiger, ein in jeder Hinsicht schlechter und gefährlicher Mensch ist, sage ich. Dann sehe ich, dass Marias Blick blitzartig zur Seite (in Richtung der Eingangstür) fährt und DIE BESTIE das Restaurant betritt.
Er ist zurück.
Was ist hier los, fragt er und deutet mit seinem Mobiltelefon auf Maria, kaum ist man mal fünf Minuten weg, fängst du an zu flennen. Ich habe keine Ahnung, warum er sich bei mir entschuldigt: für sein Fernbleiben vom Tisch oder Marias Verhalten, das ihm ganz offenbar peinlich ist. Auf jeden Fall kommt er nicht auf den Gedanken, dass ich etwas mit ihrem Zustand zu tun haben könnte. Aber ich weiß, dass ich ihn letztlich zu verantworten habe.
WEITER.
Lauterbach sitzt wieder am Tisch. Er herrscht Maria an, endlich mit dem »schwachsinnigen Geschniefe« aufzuhören. Während sie übergangslos anfängt, in ihrer unmöglichen Handtasche nach (wie ich vermute) Taschentüchern zu suchen, beobachte ich mit angehaltenem Atem, wie Lauterbach mit einer blitzartigen Bewegung nach seinem Messer greift. Er umfasst den Griff mit der Faust und fixiert im schnellen Wechsel die Klinge und die hektisch hantierende Maria. Obwohl mein Hemd, meine Nackenhaare und mein Gesicht seit geraumer Zeit klatschnass sind, breche ich schlagartig bzw. eruptiv in Schweiß aus, weil ich plötzlich nicht mehr in der Lage bin zu sagen, ob er Waffe oder Besteck in seiner Hand hat. Erst später,

als er damit eine (wie ich vermute) kalte bis lauwarme Kartoffel aufspießt und verschlingt, beginne ich zu entspannen.
Lauterbach frisst und frisst.
Seine Kiefer arbeiten wie Maschinen.
WEITER.
Ich muss für einen Moment abwesend gewesen sein, weil ich mir nicht erklären kann, wie die (natürlich pinkfarbene) Papierserviette in meine linke, zu einer Faust geballten Hand gelangt ist. Ich halte sie in Richtung von Maria, die noch immer kein Taschentuch gefunden hat.
Maria, sage ich.
Als ich die pinkfarbene Serviette auf ihren Schoß fallen lasse, ist es plötzlich aus. Ihr Körper versteift sich. Sie richtet sich bzw. ihren Oberkörper ruckartig auf und weicht mitsamt dem Stuhl zurück. Sie starrt mich mit weit aufgerissenen Augen an, QUASI IN TODESANGST, so, als wenn ich aus einem Versteck/Hinterhalt aufgetaucht wäre, um IRGENDETWAS UNAUSSPRECHLICHES an ihr zu begehen. Und noch während ich mich frage, WAS SIE IN MIR SIEHT, überfällt mich die Panik, dass ihre Panik berechtigt sein könnte: Natürlich ist es eine Tatsache, dass sie und Lauterbach ungefragt in meiner Praxis aufgetaucht sind. Auch dieser unwürdige Abend in diesem fragwürdigen Lokal ist mir aufgezwungen worden. Und trotzdem (könnte doch sein) bin ich es vielleicht, der Maria OHNE MEIN EIGENES WISSEN verfolgt, obwohl ich alles an ihr abstoßend finde: den Klang ihrer Stimme, ihren Kleidungsgeschmack, absolut alles. Ihr könnt euch eure Kommentare sparen, ihr Frauenhasser, ihr Ehemänner und Familienväter, ihr staatlich anerkannten Missbrauchstäter, Alphatiere und Vergewaltiger: Ich weiß auch ohne euch, dass Maria vulgär ist, vulgär und billig – aber sie ist vielleicht einen Schritt weiter als ich, WEITER ALS WIR ALLE, weil sie schon vor einer Ewigkeit begriffen hat, dass es kein Entkommen gibt.

THEMENWECHSEL.
Maria, empöre ich mich, als sie von ihrem Stuhl aufspringt und zu schreien anfängt: mit falscher, unerträglicher Tonhöhe, dumpf und gleichzeitig grell, wie die Brunstrufe von Hirschen oder das Heulen von trächtigen Hündinnen. Instinktiv halte ich mir die Ohren zu, ich drehe mich weg und sehe, wie die anderen Gäste uns anstarren. Ich sehe, wie Lauterbach Maria mit dem rechten Arm an sich presst und ihren weit aufgerissenen Mund mit der linken Hand zuhält. Ich sehe, wie Maria mit Armen und Beinen um sich tritt und Lauterbach sie mit aller Kraft an sich drückt. Sie tritt und tritt und tritt, bis sie endlich – VIEL ZU SPÄT, NACH EINER GEFÜHLTEN EWIGKEIT – aufgibt. Jetzt hängt sie wie eine Menschenattrappe an ihm herunter: schlaff, sprachlos, ausgeleert, eine dieser widerlichen, auf eine einzige Funktion reduzierten und merkwürdig widerstandsfähigen Gummipuppen.
WEITER.
Sie ist Epileptikerin, erklärt Lauterbach den verstörten Gästen, kein Grund zur Aufregung, der Anfall ist vorbei. Er entschuldigt sich (in der für ihn typischen, anbiedernden Art), wünscht weiterhin Guten Appetit und allen noch einen angenehmen Abend. Keiner der Gäste sagt etwas; sie weichen Lauterbachs Blicken aus und konzentrieren sich auf ihr jeweiliges Gegenüber bzw. ihre Getränke. Sie schlucken seine Lüge, für sie die einzige Möglichkeit, Maria nicht helfen und die Zivilcourage nicht unter Beweis stellen zu müssen, die sie nicht haben.
WEITER.
Auch die indische Kellnerin ist erleichtert, als Maria endlich wieder am Tisch sitzt, ein braves Kind, das den Kopf gesenkt hält und mit einer Gabel Linien in sein Palak Paneer (bzw. das, was davon übrig ist) zeichnet. Ich sehe, wie Lauterbach Marias Hände nimmt, sie an seine Lippen drückt und lange/sanft küsst. Jetzt, in diesem Augenblick, wirkt sein Körper

schmal, geradezu kraftlos; ich sehe, wie er nach Luft schnappt und sich auf der Tischkante abstützt. Er ist müde, frei von Eitelkeit und Wirkungsabsicht, ich sehe, wie seine Züge in sich zusammenfallen. Er schließt die Augen und neigt seinen Kopf selbstvergessen nach hinten, als ob er allein im Raum wäre und die Zimmerdecke wohltuend wie die letzten Strahlen der Abendsonne in meinem Garten.

WEITER.

Wenn Sie nichts dagegen haben, sage ich, gehe ich.

ICH HÄTTE NIEMALS KOMMEN SOLLEN.

Ja, sagt Lauterbach.

Ich will meinen Anteil selbst bezahlen, aber Lauterbach stellt sich neben mich an den Tresen und besteht darauf, dass ich seine Einladung annehme. Auch die 500 Euro, mein »Honorar« für die lebensrettende Behandlung von Maria, will er mir wieder aufschwatzen, und um die Situation endlich zu beenden, nehme ich beides an.

Seine rechte Hand zittert.

Was ist, frage ich.

Ich hätte ihr nicht den Mund zuhalten dürfen, warum habe ich das gemacht, stammelt er, das war falsch.

Sie hat geschrien wie am Spieß, sage ich.

Wie ihr Vater, flucht er, und bevor ich fragen kann, was Marias Vater damit zu tun hat, bricht es aus Lauterbach heraus, und zwar ohne Punkt und Komma, sein Mitteilungsbedürfnis in Bezug auf Marias Vorgeschichte und ihre Familie (Großmutter »Krassimira«, Mutter »Katarzyna« und Vater »Sergej«) ist massiv, seine aufgestaute Wut kann ich an der Vehemenz ablesen, mit der er (zum absoluten Missfallen der indischen Kellnerin) gegen den Tresen tritt, während er die Rechnung begleicht. Kein Wunder, dass die Kleine so ein Wrack ist, wenn der eigene Vater, Vater in Anführungsstrichen, flucht er, sie an Zuhälter verschachert, weil er Schulden bei diesen Typen hat. Er erzählt

mir, dass Maria zu dem Zeitpunkt gerade mal 14 gewesen sei, dass ihre Schlaflosigkeit/Alpträume aus der Zeit stammen und dass Lauterbach nachts sogar jetzt noch – in Deutschland – das Licht brennen lassen muss, weil Dunkelheit, der Gedanke an Dunkelheit, Maria in Panik versetzt. Mittlerweile ist er selbst nicht mehr in der Lage durchzuschlafen, er sagt, dass seine Träume brutaler geworden seien, überhaupt findet er, dass das Zusammenleben ihn nervöser gemacht habe. Maria ist echt ne harte Nuss, sagt er, spröde, fast schon frigide, aber wurscht, sagt er, ich liebe sie, weil sie überlebt hat.
SCHWEIGEN.
Aus dem Augenwinkel sehe ich, wie Maria unverändert auf ihrem Stuhl sitzt und mit der Gabel auf ihrem Teller herummalt: ein hässliches, unsympathisches Kind. Ich höre, wie Lauterbach fragt, ob ich mir überhaupt vorstellen kann, was »seine Kleine« alles überlebt hat. Seine Stimme bettelt um Aufmerksamkeit, er kann gar nicht mehr aufhören zu reden: Ich höre, wie er von Fluchtversuchen erzählt, von lebensgefährlichen Verletzungen im Geschlechtsbereich, von gewalttätigen Oligarchen und von Selbstmordversuchen in Tschechien, der erste mit einem Cocktail aus Kopfschmerz- und Schlaftabletten, der zweite, indem Maria versucht hat, sich die Pulsadern mit einem Obstmesser aufzuschneiden. Er beschreibt die stumpfe Klinge und wie Maria fast verblutet wäre, als er plötzlich abbricht. Er berührt meinen linken Oberarm und fragt, ob alles in Ordnung sei. Lauterbach zeigt mir im Spiegel, wie blass ich im Verlauf seiner Erzählung geworden bin (»weiß wie die Wand«), jetzt erst merke ich, dass ich schweißgebadet bin, fast nicht mehr atme und schon seit längerem kein Wort gesagt habe.
Er verlangt ein großes Glas Leitungswasser von der indischen Kellnerin, das ich in einem Zug austrinke.
DURCHATMEN.

Besser, fragt er.
Ich nicke.
Ich stehe Lauterbach von Angesicht zu Angesicht gegenüber.
Ich sage ihm, dass er mich anwidert und ich weder mit ihm noch mit Maria je wieder etwas zu tun haben will.
Ich lege die 500 Euro vor ihm auf den Tresen und gehe.
Als ich an Maria vorbeikomme, schrickt sie auf. Ich sehe, dass sie zur Abwechslung keine Kreise und Linien auf ihren Teller malt, sondern etwas geschrieben hat.
Ein einziges, gut lesbares Wort.
HILFE.

ABSCHNITT DREI

erstellt/protokolliert von: Alexander Wertheimer
Seitenumfang: 41 (S.110-150)
Unterabschnitte: 8
vorangestellter/assoziativer Leitgedanke:
»Es kommt mir seltsam vor, daß die Medizin, die sich für eine Wissenschaft und eine rapid fortschreitende hält, nichts von diesem Vorkommnis weiß: daß hier, in diesem Umkreis, wo ich bin, der Schmerz im Abnehmen ist, (...) und ich frage mich, ob es nicht meine Pflicht sei, die Wissenschaftler zu informieren von diesem einfachen Mittel. (...) Hier ist auch die zitternde Nervosität, die Hochspannung, die über dieser Stadt ist, und vermutlich überall, fast beruhigt, und die Schizothymie, das Schizoid der Welt, ihr wahnsinniger, sich weitender Spalt, schließt sich unmerklich.«
Quelle: Ingeborg Bachmann (I.B.): »Malina«.

1.

FÜNF KILO WENIGER: Das ist der Weg, das »Mittel« (I.B.). Gerade erst gestern hat Frau Anwart meine Gewichtsabnahme thematisiert, mein Bemühen um dynamischeres Auftreten und bessere Körperhaltung, das (vor allem im Nacken und an den Seiten) kürzer geschnittene Haar. Die Tönung ist tatsächlich dezent genug, um (selbst von ihr) nicht bemerkt zu werden; der Tipp meines neuen Friseurs (»Rocco«), eine etwas hellere Farbnuance zu wählen, war also goldrichtig. Überhaupt haben sich sämtliche seiner Prognosen bewahrheitet: Die grauen Haare sind zwar noch immer sichtbar, aber längst nicht mehr so dominant wie früher.

Hochsommer, Augustsonne: Mein einstündiger Spaziergang entlang der Isar hat sich anfänglich wie eine Pflichtübung angefühlt; seit ein, zwei Wochen überwiegt der Genussfaktor. Konzentriertes Gehen entspricht mir definitiv mehr als Joggen (der Gewichtsverlust spricht für sich), Puls- und Herzschlag verbleiben im mittleren Bereich, das Risiko einer Überlastung ist quasi ausgeschlossen, außerdem ist es nachweislich besser für die Gelenke. Und trotzdem kommt man so richtig ins Schwitzen.
Vor dem Duschen höre ich meine Mailbox ab. Lauterbach. Schon wieder. Ich kann auf dem Display erkennen, dass er eine 47sekündige Nachricht hinterlassen hat. Ich lösche sie ungehört. Ist garantiert derselbe Text wie letztes Mal.

1000 Euro für »Wildwasser e.V.«, 1000 für die streitbaren Frauen von »Hydra«. Ich nehme mir vor, regelmäßig zu spenden, auch wenn ich mit bestimmten Positionen von »Hydra« massive Probleme habe. Prostitution wird nie ein Beruf wie jeder andere sein. Zwischen einer Hure und einer Krankenschwester/Rezeptionistin/Sprechstundenhilfe besteht einfach ein himmelweiter Unterschied. Sowieso wär's mir lieber, keine Frau müsste ihren Körper/ihre Sexualität verkaufen. Egal, wie man's dreht: Die Frau wird penetriert. Schon rein anatomisch ist selbst die gewaltfreieste Form von Geschlechtsverkehr ein Übergriff. Und somit lädt jede Frau, die sich auf den Akt einlässt, (unbewusst/bewusst) zu Missbrauch bzw. Vergewaltigung geradezu ein.

Ein Klappstuhl, ein Glas Rotwein (Côtes-du-Rhône 2009), der frisch gemähte Rasen, Blumenbeete, Windrauschen, ein unglaublich schöner Sonnenuntergang und ich: Das ist vielleicht das Paradies, denke ich, klein, bürgerlich, ein bisschen altmodisch/spießig und momentweise einsam, aber vielleicht liege ich trotzdem richtig. Vielleicht wird mein Einsatz belohnt: Die Aufräum- und Renovierungsarbeiten im ersten Stock sind abgeschlossen, Wolfgang und Mario mussten zwar immer wieder angetrieben werden, haben insgesamt aber ganz gut gearbeitet. Das gleiche gilt für den homosexuellen Sascha Junghans und seine gestalterischen Vorschläge. Nur in puncto Wanddekoration habe ich mich über ihn hinweggesetzt: »Zwei Stechapfel-Blüten« von Georgia O'Keeffe gegenüber dem Bett? Ohne mich: Dann doch lieber der ovale Spiegel, der vorher im Flur gehangen hat. Er harmoniert gut mit den drei mit Blumenmotiven bemalten Bambusstücken (typisches Kunsthandwerk aus Thailand), die ich auf dem Fensterbrett platziert habe. Mein ehemaliges Kinderzimmer, das gesamte obere Geschoss ist nicht wiederzuerkennen und entspricht auf beunruhigende Weise exakt dem, was ich mir unbewusst schon immer gewünscht habe. Besonders sind die neu angebrachten

Außenjalousien, die im Moment geschlossen sind. Die schöne Aussicht kann ich ebenso gut vom Garten aus genießen.

Lauterbach. Schon wieder. Das ist jetzt das fünfte Mal, dass er eine (grammatikalisch fragwürdige und unglaublich umständliche) Nachricht auf meine Mailbox gesprochen hat. Schon nach zwei Sätzen weiß ich, dass auch diese sich von den vorhergehenden nicht unterscheidet; vier Nachrichten, die mich gegen meinen Vorsatz beschäftigen. Lauterbach hat sich ALS TUMOR in meinem Kopf festgesetzt. Aber statt ihn zu bekämpfen bzw. aus mir herauszureißen, lasse ich zu, DASS SEINE BÖSARTIGKEIT SICH ALS WUCHERUNG IN MEINEM LEBEN AUSBREITET. Sein Geruch, seine Behaarung und der Klang seiner Stimme lösen Übelkeit in mir aus, und trotzdem bin ich nicht in der Lage, seine Nachrichten zu löschen.
WAS IST BLOSS LOS MIT MIR?
Frau Anwart hätte dafür kein Verständnis. Für sie ist Lauterbach ein asoziales, perverses Subjekt, das Lustgewinn aus seiner Abartigkeit bezieht. Und natürlich, sie hat Recht: Sexuelle Übergriffe bzw. häusliche Gewalt gegen Maria Melnyk lassen keinen Zweifel an seiner Gefährlichkeit und Unberechenbarkeit, nicht umsonst habe ich ihn instinktiv DIE BESTIE getauft. Trotzdem: Seine Brutalität kann nicht darüber hinwegtäuschen, dass auch ich Maria Melnyk missbräuchlich behandelt habe.
DER GRAT IST SCHMAL.
Zudem habe ich nicht das Gefühl, dass seine »Liebe« zu Maria Melnyk geheuchelt ist. Seine Angst, sie zu verlieren, ist – ob mir das passt oder nicht – der vergleichbar, die ich selbst (wenn auch nur für kurze Zeit) durchgemacht habe. Sein Engagement für sie ist auf erschreckende Weise glaubwürdig, seine Verzweiflung anrührend, egal, wie abgedroschen/primitiv die Phrasen sind, mit denen er sie zum Ausdruck bringt. Offen-

sichtlich gibt es zwischen Gossensprache und Poesie nicht den geringsten Unterschied, beide werden VON EIN UND DERSELBEN BETRUGSMASCHINERIE angetrieben. Irgendeine lauschige Bar, zum Beispiel, Cocktails, Knabbereien, langstielige Kerzen in enormen Leuchtern, die den Raum in sanftes Licht tauchen, verliebte Blicke usw.: Romantik pur, das große Glück. Bei genauerer Betrachtung entpuppen sich die Cocktails dann als überteuerte Katergetränke, die Knabbereien bestehen aus isolierten Kohlehydraten (raffinierter Zucker und Weißmehl), die zu Gewichtszunahme führen und eine Insulinresistenz erzeugen. Und das romantische Kerzenlicht ist nichts anderes als verbrennende Wachsgase und ein Docht, der flüssiges Wachs aufsaugt, das durch die Hitze verdampft.
Aber wie heißt es: Lieber zu zweit unglücklich als allein.

WO, IN DIESER STUNDE, IST MEINE SCHWESTER? ICH HABE MEINE SCHWESTER IM GANZEN HAUS NICHT GESEHEN. (I.B.)

21:00 Uhr. Kein Appetit. Genau wie gestern.

21:30 Uhr. Die neue Maschine (BAUKNECHT WA ECO STAR 61) zeichnet sich laut Verkäufer durch »besonders gute Waschkraft bei geringem Energieverbrauch« aus. Blut-, Fett-, Kaffee-, Make-Up- oder Lippenstiftflecken stellen (selbst auf heiklen Materialien) angeblich kein Problem dar. Das Waschen und Aufhängen der Wäsche, Bügeln, Zusammenlegen, Einräumen in den Schrank, Reinigen des Flusensiebes etc. nimmt einem aber auch Bauknecht nicht ab. Trotzdem: Keine Putzfrau (»Raumpflegerin«), keine Haushaltshilfe, kommt alles nicht in Frage: DIE FRAU ALS DIENERIN fällt in diesem Haushalt unter die Kategorie »Verbotene Fantasie«.

REKAPITULATION: Lieben = Fühlen. Fühlen = Tasten (siehe: engl. »to taste« = schmecken, kosten, versuchen, genießen). – Ist das wahr? Braucht Liebe deshalb den/die Körper? Sind Gefühle subjektiv oder etwas Allgemeines, für jeden greifbar wie die Außentemperatur, Sonnenlicht, die Luft zum Atmen, Hunger, Durst, Harndrang etc.? Und wenn ja, wie lautet dann das Fazit: Meine Liebe u. die von Lauterbach = IDENTISCH?

Schlafenszeit. Seit ein paar Tagen/circa einer Woche habe ich Angst, dass meine Glücksgefühle eingebildet sind. Andauernd dieses Geheule – das können keine Freudentränen sein.
WAS IST LOS MIT MIR?

2.

Mittagspause. Endlich. Von sich aus hätte Frau Hartwig das Behandlungszimmer nie verlassen. Heute hat sie behauptet, unter Migräne zu leiden. Vorletzte Woche waren es Panikanfälle und Atembeschwerden. Sie tut alles, um nicht als gesund diagnostiziert zu werden bzw. fordert ihr Recht auf Krankheit/Schmerzen ein, vermutlich, weil ich als Arzt ihren einzigen regelmäßigen sozialen Kontakt darstelle. Eigentlich ist sie gesund, Laktoseunverträglichkeit (vielleicht), leichter Bluthochdruck, sonst nichts.
ABSOLUT NICHTS.
Ich habe einen neuen Termin für Dienstag nächster Woche mit ihr vereinbart.
Auf dem Weg zur Praxistoilette will ich Frau Anwart daran erinnern, Desinfektionsspray und Zellstofftupfer nachzubestellen, als sie mir mitteilt, dass Lauterbach (»dieser Gangstertyp«) dagewesen ist.
IN MEINER PRAXIS.
Zum Glück, sagt sie, habe ich ihm ausreden können zu warten. Er hat mir erzählt, dass diese Melnyk seit zwei Wochen nicht mehr da sei, sagt Frau Anwart, klugerweise bzw. instinktiv habe ich das Thema auf die Polizei gelenkt und gefragt, seit wann »seine Freundin« offiziell als vermisst gilt. Und das, schlussfolgert Frau Anwart, hat ihn abgeschreckt, weil er natürlich nicht bei der Polizei gewesen ist. Er hat Dreck am Stecken, vermutlich ist diese Melnyk minderjährig oder er wird steckbrieflich gesucht, oder irgendetwas in der Art. Jedenfalls, lacht sie, lässt die Tatsache, dass er uns nach dieser Kinderhure

fragt, hoffen, dass er sie nicht getötet hat, sondern dass sie vor ihm geflüchtet ist. Je weiter weg, desto besser.
SCHWEIGEN.
Dann entschließe ich mich, die Wahrheit zu sagen.
Ich gestehe, dass Lauterbach mich seit Tagen mit Anrufen bombardiert und ich darum schon länger über das Verschwinden von Maria Melnyk informiert bin, mich aber nicht dazu verhalten habe/wollte. Einerseits aus Scham, andererseits aus Angst, mich noch tiefer in diese Geschichte zu verstricken, sage ich, woraufhin meine inquisitorische Sprechstundenhilfe tief Luft holt und (etwas zu direkt/selbstgerecht) wissen will, ob ich nach dem »vermeidbaren Intermezzo« im Juni etwa weiterhin Kontakt zu Maria Melnyk gehabt habe bzw. sogar wisse, wo sie sich aufhält.
UNGLAUBLICH.
Natürlich nicht, fahre ich sie an. Und obwohl mich ihre Unterstellungen ärgern, entschließe ich mich, ihr von der fatalen Verabredung im indischen Restaurant zu erzählen (auch wenn das alles vor einer gefühlten Ewigkeit stattgefunden hat). Dass das Treffen mir geholfen hat zu erkennen, wie vulgär/geheimnislos Maria tatsächlich ist, und dass diese Erkenntnis zwar verspätet, aber immerhin so fundamental gewesen ist, dass sie mich dazu veranlasst hat, mein gesamtes Leben umzukrempeln (zu renovieren, Sport zu treiben, meinem Körper mehr Aufmerksamkeit zu schenken usw.), lässt sie zwar gelten, aber ihr Gesichtsausdruck bleibt skeptisch/abschätzig.
NICHT MIT MIR.
Frau Anwart, raunze ich, ich bin Ihnen wirklich dankbar, dass Sie Lauterbach auf Ihre unvergleichliche Weise aus der Praxis hinauskomplimentiert haben. Aber dieser Umstand gibt Ihnen nicht das Recht, ÜBER MEINE GEFÜHLE ZU URTEILEN. Ich bin selbst in der Lage zu begreifen, sage ich, dass ich als sog. Liebender ein indiskutables Bild abgegeben habe und dass

meine Objektwahl zu wünschen übrig lässt. Sie können mir glauben, dass ich mir über mein Verhalten/Handeln mehr als bewusst bin und keine Beurteilungsinstanz in Form meiner Sprechstundenhilfe nötig habe.
SCHWEIGEN.
Entschuldigen Sie, sagt Frau Anwart, das war nicht meine Absicht.
WEITER.
Natürlich mache ich mir Sorgen um Maria, sage ich (jetzt demonstrativ mild gestimmt), selbst wenn sie das Schlimmste hinter sich hat, kann ich mir nicht vorstellen, dass es ihr nach dem, was sie erlebt hat, gut geht. Und das, sage ich, sage ich nicht als abgewiesener Liebhaber, sondern als Arzt, als Mitbürger, als verantwortungsvoll denkender Mensch.
Es tut mir leid, sagt Frau Anwart.
WEITER.
Abschließend überlegen wir, was zu tun ist, falls Lauterbach es wagt, noch einmal in meiner Praxis aufzukreuzen. VARIANTE 1: die kalte Schulter. VARIANTE 2: mit Anzeige drohen und hoffen, dass ihn das einschüchtert. Das wäre für alle die beste Lösung. Ehrlich gesagt, würde ich Frau Anwart und mir die endlosen Befragungen durch irgendwelche Polizisten gerne ersparen. Insofern bleibt zu hoffen, dass das Thema sich von allein erledigt.

15:15 Uhr: Roland Kehraus (chronische Gastritis), 15:30 Uhr: Wilhelm Sonnabend (Erstbesuch), 15:45 Uhr: Verena Hödlmoser (Schilddrüse), 16:00 Uhr: sog. Feierabend. Gegen meinen Willen wiederholt der Gedanke an Maria Melnyk. Wie es ihr wohl geht. Was sie macht.

3.

Frankfurter Ring: Das »Erotikkino« stellt sich als Pornoshop heraus, als Pornoshop mit einer unerwartet großen Anzahl von Videokabinen. Links geht es in den Bereich für homosexuelle Männer, rechts (wohin ich mich gerettet habe) verweisen Filmplakate (»Sugar Daddy 3« bzw. »Bathroom Babes from Russia«) auf konventionellere Formen, männliche Triebe abzureagieren.

HIER HAT MARIA MELNYK GEARBEITET.

Ich frage die junge, aller Wahrscheinlichkeit nach polnische Frau an der Kasse, ob sie eine »Maria Melnyk« kenne, aber sie streitet (ebenso lethargisch wie ausdauernd) ab, den Namen je gehört zu haben. Logisch, mit nichts anderem habe ich gerechnet: Niemand will mit einer Minderjährigen ohne Aufenthaltsberechtigung in Verbindung gebracht werden. Für diese Frauen/Mädchen ist der Frankfurter Ring, dieses verdreckte, in den 80er Jahren wahrscheinlich kurzzeitig moderne Etablissement das Paradies. Und selbst wenn nicht: Niemand will zurück nach Polen, Tschechien oder in die Ukraine geschickt werden, also halten die Mädchen den Mund und versuchen, so gut es geht, über die Runden zu kommen. Politiker, die uns weismachen wollen, der Osten sei ein essentieller Teil von Europa, gehören für ihre Lügen nicht nur lebenslänglich ins Gefängnis, sondern zusätzlich noch geteert und gefedert: Ich habe die Website von »Terre des Femmes« studiert, ich weiß, dass hinter dem ehemaligen Eisernen Vorhang noch immer tiefstes Mittelalter herrscht, wenn es um die Rechte von Frauen und Minderheiten allgemein geht. Ich könnte vor Wut an die Decke gehen, wenn ich mir vorstelle, wie all diese blassen, bis auf die Knochen abgemagerten Mädchen aus Poznań, Dubí, Moskau oder Novosibirsk hierher kommen, nach Deutschland, in das geografische Herzstück der Demokratie, in dieses Refugium für Verfolgte, um im Westen ein mindestens ebenso menschenunwürdiges Dasein zu führen. Wir müssen den Tatsachen ins Auge sehen: Die körperliche/sexuelle Ausbeutung von Frauen ist real und entlarvt das ganze Prostitutionslegalisierungsblablaba, das Frauen vor Gewalt und Ausbeutung schützen möchte (Stichwort: »Hydra«), als absoluten Schwachsinn. Sexarbeit ist widerlich/menschenunwürdig, sie reduziert Frauen/Mädchen auf Lippen, Brüste und Vagina, auf blondierte Haare, rot lackierte Nägel und künstliche Wimpern, auf Primärsignale, die Männer wie Lauterbach ihnen seit Menschengedenken aufzwingen. Und warum das alles? Weil Menschen an nichts anderes als an Sex denken können. ALLES IST SEX, SEX, SEX. Und wer da nicht mitspielt, gilt als impotent bzw. Versager.

Heutzutage ist man enthemmt.

Man ist »befreit«.

OHNE MICH.

Ich mache da nicht mit, ihr Tabubrecher, Frauenhändler, Sexsüchtigen, Zuhälter und Vergewaltiger. Ich habe Augen im Kopf; ich sehe, dass die ganze sog. sexuelle Befreiung im Rückblick zu nichts anderem gedient hat, als die Unterwerfung von Frauen zum Fetisch zu machen. Und sobald eine Frau sich (berechtigter-/dankenswerterweise) weigert, Opfer männlicher Primitivität/Potenz zu werden, wird sie als frigide Ziege bezeichnet. Als vertrocknet. Ich glaube, es war Andrea Dworkin (Anm.: überprüfen!), die gesagt hat, dass eine Frau, UM ZU ÜBERLEBEN, fatalerweise lernen muss, (Todes-)Angst in Erregung bzw. Geilheit umzuwandeln. Im Gegenzug gilt dann eine Frau, der das nicht gelingt, als hysterisch. Als Spielverderberin. Zimtzicke. Oder Emanze. Mit anderen bzw. meinen

Worten: Die gesamte Sexindustrie ist das widerlichste Beispiel für männliche Profitwirtschaft, ein (wie drücke ich das aus) umsatzstarker Massenbetrieb mit gesichtslosen Fließbandarbeiterinnen, die den Hungerlohn, der ab und zu für sie abfällt, mit Selbstverwirklichung, Unabhängigkeit und Freiheit verwechseln/verwechseln sollen.
DURCHATMEN.
Ich versuche, mir vorzustellen, wie die vermisste Maria Melnyk in diesem Dreck, AN DIESEM WIDERLICHEN KASSENTISCH, gewirkt hat. Wie sie sich präsentiert hat. Hat sie sich wirklich eingebildet, gerne acht Stunden am Tag hier zu arbeiten? Hat sie das alles Lauterbach zuliebe gemacht? Oder weil sie Angst vor ihm gehabt hat? Weil er ihr gedroht hat? War ihr bewusst, dass die Kindfrau auf der DVD-Hülle von »Porn in the USA« mit ihrem lustentstellten, überschminkten und spermaverschmierten Gesicht und sie selbst IDENTISCH sind? Oder hat sie sich – im Vergleich mit dem Putzpersonal oder der stinkenden Obdachlosen neben der Eingangstür – in irgendein absurdes Gefühl von Überlegenheit verirrt? So, wie sie auch auf mich herabgesehen hat – und das trotz akademischen Titels, überdurchschnittlichem Bildungsgrad und der Tatsache, DASS ICH MAL GANZ NEBENBEI IHR LEBEN GERETTET HABE. Das ist verletzend, natürlich, aber als psychologisch geschulter Mediziner ist mir klar, dass kein Grund besteht, ihr Verhalten persönlich zu nehmen: Maria Melnyk setzt (unbewusst) Männlichkeit und Brutalität gleich. Aus ihrer Geschichte heraus bleibt ihr nichts anderes übrig, als Zuneigung mit Schwäche bzw. Gefahr zu verwechseln, blablabla, und so weiter und so weiter, ich weiß, ich weiß über alles Bescheid.
DIE MISSBRAUCHTEN KENNEN KEINE GNADE.
Beispiel Katharina: Wie oft habe ich den Kontakt gesucht. Die geschwisterliche Nähe. Wie oft auf ihre verfluchte Mailbox gesprochen. Ich bin's, habe ich gesagt, Alex, dein Bruder.

Ich würde wirklich gerne mal wieder von dir hören, habe ich gesagt und gefragt, wie es ihr geht. Was sie so macht. Worüber sie reden möchte. Wann ich sie am besten erreichen kann. Und so weiter, und so weiter, keine (noch so idiotische) Höflichkeitsfloskel habe ich ausgelassen, jedes nur mögliche Interesse geheuchelt, keine Anschuldigungen gemacht, keine einzige kritische Bemerkung, nichts. All meine Bedürfnisse habe ich in Bezug auf sie verleugnet – aber sie hat sich so gut wie nie bei mir gemeldet.
Nur einmal bin ich aus der Haut gefahren, letztes Jahr, als AUCH NACH MONATEN nicht ein einziges Wort des Dankes für mein Geburtstagsgeschenk (die handsignierte Erstausgabe von »Malina«) kam. Ich habe ihr vorgeworfen, nachtragend, unversöhnlich und widersprüchlich (und somit auf unglaublich rückständige Weise TYPISCH WEIBLICH) zu sein, Regeln aufzustellen, die sich gegenseitig ausschließen. Regeln, die kein Mann einhalten kann. Und ich schon gar nicht, habe ich geschrien, weil ich nie darüber informiert worden bin, was für Scheißregeln das sein sollen.
MEIN FRÄULEIN SCHWESTER KOMMUNIZIERT NICHT MIT MIR, habe ich wieder und wieder geschrien.
KEINE REAKTION.
SCHWEIGEN.
Im Nachhinein kann ich nicht sagen, wie ich in der Videokabine gelandet bin. Auf jeden Fall hat die junge Polin sie mir freigeschaltet. Der Film, für den ich mich »entscheide«, spielt in einem weißgestrichenen Zimmer, an den Wänden anatomische Abbildungen eines männlichen und eines weiblichen Körpers sowie ein Hängeschrank, vollgestopft mit Dosen, Ampullen und Mullbinden. Erst mit Verzögerung realisiere ich, dass es sich bei dem primitiven bzw. laienhaft aussehenden Filmset um eine medizinische Praxis handeln, der grauhaarige Herr im weißen Kittel einen Arzt darstellen soll, die laszive

Blondine eine Patientin. Nur leider weist die »Arbeitskleidung« des Grauhaarigen ihn nicht als Mediziner, sondern eindeutig als Küchenchef/Koch aus, und auch der lachhaft eingerichtete »Praxisraum« (Medikamente, gynäkologische Instrumente und Pulsmesser übereinander gestapelt in einem Ikea-Schrank – ich muss schon sehr bitten!) ist bemitleidenswert realitätsfern. Ich höre, wie die junge Frau dem Küchenchef bzw. Arzt erläutert, dass sie als Prostituierte arbeitet. Der Regisseur (im Vorspann wurde tatsächlich ein Name gelistet, der für dieses Machwerk verantwortlich zeichnet) ist offenbar taub/taubstumm, sonst hätte er die bemerkenswert unbegabte Darstellerin darauf hingewiesen, dass es keinen Sinn macht, jeden Satz auf der gleichen Tonhöhe zu sprechen und durch mindestens fünf Zäsuren auseinanderzureißen, jeden einzelnen Satz einer Reißbrettbiographie, die sie wie auswendiggelernt »zum Besten« gibt. Ich höre also, wie sie sagt, dass sie aus beklagenswert armen Verhältnissen komme (Mutter Putzfrau, Vater arbeitslos), dass ihre Kindheit traumatisch gewesen (gewalttätige Eltern, ein sexuell übergriffiger Nachbar) und sie als Jugendliche »von zu Hause abgehauen« sei, um auf der Straße zu leben.
NATÜRLICH.
Die schauspielerische Bandbreite der lasziven Blondine (deren Haaransatz DRINGEND nachgefärbt gehört) entpuppt sich als grenzenlos/oscarreif: Sie setzt ein als verführerisch beabsichtigtes Flüstern ein (das mich an Herrn Dobmeier erinnert, den ich letztes Jahr wegen Kehlkopfentzündung zu behandeln hatte), befeuchtet ihre unrealistisch aufgespritzten Lippen und erzählt, dass sie ihren Traum, Kosmetikerin zu werden, aufgeben musste, um zu überleben. Ich weiß, wispert sie, dass es keine andere Möglichkeit für mich gibt, obwohl ich, beichtet sie, bis heute Angst vor Männern habe.
NATÜRLICH.
Der Küchenchef bzw. Arzt hört seiner Patientin aufmerksam

zu, die »furchtbar schwach auf den Beinen« sei, eine Tatsache, die sie nicht davon abhält, unrealistisch hohe, mit Glitzersteinen besetzte und schlecht verarbeitete (geklebte Sohle, Reißverschluss aus Plastik) High Heels zu tragen. Jetzt, in diesem Augenblick, fasst sie sich an den Kopf, stößt Schmerzenslaute aus, die wie das Intro zu einem schlechten Popsong klingen, und bricht auf dekorative Weise zusammen. Ihr sich am Boden räkelnder Körper soll offenbar eine Ohnmacht beglaubigen; mich persönlich bringt er zum Lachen. Ich bin fassungslos: WIE KANN ES SEIN, DASS DIE MENSCHEN NICHT WISSEN, WAS REALISTISCH IST?

Der Küchenchef bzw. Arzt betrachtet die (endlich reglose) Bewusstlose mit etwas, das ich als Genuss bzw. Triumph bezeichnen würde. Sein Anspruch auf sie ist formuliert, ihre belastende/traumatische Biografie stellt ganz offensichtlich ein wirksames Aphrodisiakum für ihn dar.

NICHT FÜR MICH.

Der Küchenchef bzw. Arzt hievt die Patientin auf die Behandlungsliege, fühlt VOLLKOMMEN UNREALISTISCH ihren Puls und geht zu Mund-zu-Mund-Beatmung über, obwohl jeder Laie weiß, dass bei Atem- bzw. Kreislaufstillstand grundsätzlich eine Herzdruckmassage durchzuführen ist, wobei das Verhältnis von Herzdruckmassage zu Beatmung generell 30:2 (30 Kompressionen des Brustkorbs pro zwei Atemstöße durch Mund-zu-Mund- bzw. Mund-zu-Nase-Beatmung) betragen sollte.

WEITER.

Die laienhafte Wiederbelebungsmaßnahme artet in unnötig ausführliche Zungenküsse aus. Spätestens jetzt ist das Recht auf Befriedigung als Forderung im Raum spürbar. »Zufällig« ist das extrem kurze Kleid der Patientin hochgerutscht und gibt den Blick auf ihr rasiertes/rotes/geschwollenes Geschlecht frei, das der Küchenchef bzw. Arzt und ich anstarren: ein gefräßiger

Parasit, eine klaffende Wunde, die ihren zarten, fast kindlichen Körper dominiert. Die Augen der (durch die Küsse – Gott sei Dank – zum Schweigen verdammten) Blondine sind geschlossen, im Gegensatz zu ihrem Mund, der in der Zwischenzeit den vollkommen unglaubwürdig dimensionierten, fleischigen Penis des Küchenchefs bzw. Arztes zu weiten Teilen verschlingt und unter würgenden, Hingabe beweisenden Lauten immer wieder freilegt. Ich muss lachen: Der ganze Vorgang ist schon rein anatomisch nicht möglich, weder Penisse noch Mundräume dieser Größenordnung scheinen mir realistisch.
WEITER.
Der Gesichtsausdruck des Küchenchefs bzw. Arztes ist konzentriert mit einer Tendenz zur Verärgerung, die natürliche Art des Mannes, seiner Lust Ausdruck zu verleihen, Lust, DIE SICH BEI MIR ALS BETRACHTER NICHT EINSTELLT. Natürlich nicht. Ich bin ein aufgeklärter, emanzipierter, für Gleichberechtigung eintretender Mann, der sich weigert, auf die Sirenenklänge der Pornografie hereinzufallen. Ich versuche nicht einmal, mich zu befriedigen, mein Penis versteift sich nicht, während anatomische Details männlicher und weiblicher Geschlechtsorgane in Nahaufnahme vor mir wuchern, Bestandteile enteigneter Körper, die jetzt nur noch dem Betrachter gehören. Als Arzt, der während seines Studiums auch in der Chirurgie tätig war, weiß ich natürlich, dass der menschliche Körper unter dem Mikroskop die immer gleiche Wahrheit offenlegt: totale Geheimnislosigkeit. Wenn ich eines gelernt/verstanden habe, dann, dass der Körper nichts anderes ist als die radikale Gesichtslosigkeit von Blut, Wasser, Sekreten etc. Je tiefer man hineinschneidet, je näher man heranzoomt, desto deutlicher wird, dass hier nichts anwesend ist: keine Lösung, keine Heilung, nichts. Und hier, genau an diesem Punkt, existiert eine verbindende Achse zur Pornografie. Ich habe Andrea Dworkin, Susanne Kappeler, Michel Varot und Naomi

Thornhill (Anm.: genaue (Buch-)Titel anfügen!) bis in die Fußnoten hinein studiert. Und ich fasse zusammen, welche These/Schlussfolgerung ich allen Texten – egal, wie sie methodisch vorgehen – entnommen habe: Das, was Pornografie ausmacht, ist Geheimnislosigkeit. Und genau das ist auch der Grund, warum sich die immer gleiche Szene zwischen dem grauhaarigen Küchenchef bzw. Arzt und der unrealistisch spielenden Blondine (die mittlerweile bei vollem Bewusstsein ist und staunend zusieht, wie ein Penis in ihren Anus eingeführt wird) immer und immer wieder abspielt. Pornografie ist Geilheit. Kopflosigkeit. Das Unbekannte, das, was Angst macht, ist hier nicht anwesend.

Das ist kein Humbug, das alles ist WISSENSCHAFTLICH BEWIESEN: Der Mann wird von der Abwesenheit der Anwesenheit angezogen. Und diese Abwesenheit ist (na, was schon?) weiblich. Die Frau ist nichts. Ich wiederhole: ALL DAS IST WISSENSCHAFTLICH BEWIESEN. In der Pornografie ist die Frau leer, ohne eigenes Begehren, eine bloße Projektion. So gesehen kann sie weder gefangen genommen noch vergewaltigt oder getötet werden. Und doch kämpft sie um ihr Überleben, sie brüllt sich die sog. Seele aus dem Leib, immer darauf bedacht, dass ihre Angstschreie wie Ekstase klingen; weil zwischen Orgasmus und Abschlachtung akustisch nicht der geringste Unterschied bestehen darf.

WEITER.

Ein vorhersehbarer, triebgesteuerter Positionswechsel folgt dem nächsten und immer ist der Mann der »unbewegte Beweger«. Und trotz meines fundierten Wissens um die manipulativen Mechanismen der filmischen Produktion, die sich vor mir abspielt, muss ich leider feststellen, dass die Penetranz des kopulierenden Küchenchefs bzw. Arztes mich ansteckt: Mein Penis ist steif, der Schwellkörper kompakt und blutgefüllt. Spätestens jetzt, nachdem die blonde Patientin wieder das Be-

wusstsein verloren und er WIE AUF EINEN UNAUSGESPROCHENEN BEFEHL HIN die Frequenz seiner Stöße erhöht hat, habe ich den beunruhigenden Eindruck, dass zwischen seinem und meinem Geschlecht kein Unterschied mehr besteht: Auf eine mir nicht erklärliche Weise bin ich er, verlängere ich mich über ihn in das Filmset hinein, und all meine widerstreitenden Gefühle, die von Übelkeit, Fassungslosigkeit, Traurigkeit bis hin zu Selbstekel reichen, verengen sich zu einem einzigen, das ich instinktiv Geilheit nenne, aber jetzt, in diesem Augenblick, während ich die blonde Patientin decke bzw. meine Markierung in ihr setze, weiß ich, dass es Hass ist. Ich schlage um mich, ich räche mich und gebe irgendeine Demütigung zurück, die mir offenbar irgendwann einmal zugefügt wurde (nur weiß ich leider nicht, welche das sein sollte); andererseits spüre ich, dass ich in Wahrheit nicht verletzt bin, sondern einfach nur KOMPLETT GLEICHGÜLTIG, UNFÄHIG ZUR ANTEILNAHME, das einzige, was auf mir lastet/was mich beschwert, ist Leere.
Gleichzeitig habe ich nicht die geringste Ahnung, wo ich diese kryptischen Sätze/Gefühle aufgeschnappt habe.
Meine können es nicht sein.
WEITER.
Die blonde Prostituierte unter mir, ihr redundantes Flehen um Erniedrigung, die thailändische Krankenschwester im Vorzimmer, die junge Inderin, die russischen Nymphomaninnen und all die anderen Mädchen da draußen können nicht darüber hinwegtäuschen, dass jetzt, in diesem Augenblick, Sperma wie Erbrochenes aus mir herausschießt. Ich wische es kurz entschlossen mit Hilfe von diversen Papiertaschentüchern (die in einem metallischen Behältnis an der Wand bereitgestellt werden) weg und verlasse die Videokabine zügig. Und trotz der Scham, die ich (logischerweise) empfinde, ist da diese merkwürdige VERBUNDENHEIT, EINE ART EINHEITSGEFÜHL,

als ich mich zwischen all diesen DVDs, all diesen Männern, Familienvätern, zwischen all diesen hochverehrten Herren Richtern, Anklägern, Rechtsverdrehern, Moralaposteln und Mördern wiederfinde: ein ununterscheidbares, profilloses Gemenge von Würmern, Läusen, Insekten (oder was auch immer), unfähig zum Alphatier und deshalb verdammt zum Schmarotzer/Parasiten, der andere schädigt bzw. tötet, um das eigene Überleben zu gewährleisten.
Dann wieder diese Übelkeit.
Im Hinauslaufen sehe ich im Augenwinkel, dass die junge Polin nicht mehr an ihrem Platz sitzt. An ihrer Stelle irgendeine Graublonde mit Zahnspange, die mich fixiert. Draußen (gleich neben meinem Auto) übergebe ich mich, zum Teil leider auf die Motorhaube. Irgendeine nassforsche Politesse hat mir einen Strafzettel verpasst (25 Euro!), weil ich im Halteverbot stehe. Er klemmt hinter dem Scheibenwischer.
WAS IST LOS MIT MIR?

23:49 Uhr: Wieder nichts gegessen. Kann nicht schlafen. Zwei Mal onaniert.
WAS IST LOS MIT MIR?

4.

Ein grell ausgeleuchtetes Zimmer, an der Decke mindestens zwanzig Lampen, die die Wirkung von Flutlicht (Fußballstadion) haben. Dann ein unglaublich lauter Knall, alle Birnen brennen durch, totale Dunkelheit, in der absurderweise alles, was vorher unsichtbar war, sichtbar wird. Zum Beispiel geht jemand durch das Zimmer, der sich als ich ausgibt. Ich trage das kurzärmelige, rote Hemd, das ich bei dem Treffen mit Lauterbach und Maria Melnyk im indischen Restaurant angehabt habe, in der rechten Hand ein zerfleddertes Wörterbuch Deutsch-Russisch, ABER ICH SPRECHE TSCHECHISCH, offenbar sogar flüssig. Als ich das Wörterbuch fallenlasse, vibriert plötzlich der Raum, ein tiefer Riss (Erdbeben?) im Boden entsteht, und das war's.
Nach dem Aufwachen: Schuldgefühle.
HÖRT DAS DENN NIE AUF?

Gleich nach dem Gehen auf der Waage gewesen: Wieder ein halbes Kilo weniger.

Kurz vor der Mittagspause – ich bin gerade dabei, Frau Hofberger (Blutbild/EKG) in den Behandlungsraum zu lotsen – steht Lauterbach/DIE BESTIE plötzlich vor mir: aufgelöst, aggressiv, dabei vampirhaft blass und mit dunklen Augenrändern. Frau Anwart ist gerade nicht an ihrem Platz, so dass ich den Konflikt nicht delegieren kann. Mein Instinkt ist, alles zu tun, um einen drohenden Skandal bzw. jede erhöhte Lautstärke im Keim zu ersticken. Und weil das Wort »Doktor«, mit dem er mich anspricht, zum ersten Mal wie eine Drohung klingt, falle

ich ihm sofort ins Wort. Ich mache ihn auf meinen gespannten Terminkalender, meine strikten Arbeitszeiten etc. aufmerksam und dass ich ihn auf später vertrösten müsse. Ich füge an, dass ich gerne bereit sei, ihn gegen 18:00 Uhr zu treffen. Eine Lüge, natürlich. Aber aus seinem Blick, der mich eben noch eingeschüchtert hat, spricht jetzt so etwas wie Dankbarkeit.
Sollen wir uns vor der Feldherrnhalle treffen, fragt er.
Bis später, sage ich.
Und tatsächlich geht er. Ich überlege kurz, mir einen Vorwand auszudenken und die »Verabredung« im Laufe des Nachmittags abzusagen, aber ich weiß, dass er mir in dem Fall spätestens morgen wieder auflauern wird. Lediglich eine Frage der Zeit, bis seine Sorge um die vermisste Maria Melnyk in Gewalttätigkeit umschlägt.

18:00 Uhr. Lauterbach ist in einem bemitleidenswerten Zustand, extrem verwirrt, dünnhäutig/zerbrechlich. Er entschuldigt sich für seinen Auftritt in meiner Praxis. Als ich ihn frage, was genau er denn eigentlich von mir wolle, fällt ihm auf Anhieb keine plausible Antwort ein. Offenbar stellt die Kontaktaufnahme zu mir eine Art Instinkt dar.
SCHWEIGEN.
Kann es sein, fragt er (zu Boden blickend), dass Maria an den Folgen dieser Notoperation gestorben ist?
Natürlich verneine ich die Frage. Sie ist anmaßend, darum verneine ich sie sogar ziemlich energisch, seine Hypothese ist nichts anderes als eine (unbewusste) Delegation der Verantwortung für »seine Kleine« IN MEINE RICHTUNG. Und genau das sage ich ihm auch.
Ziehen Sie die Möglichkeit in Betracht, sage ich, dass Ihre Maria nicht tot ist, sondern Sie – wenn auch auf eine sehr unfeine Art und Weise – verlassen hat.
SCHWEIGEN.

Nein, lacht Lauterbach, das würde Maria nie im Leben machen. Tatsächlich wäre er von sich aus nie auf den Gedanken gekommen, dass »seine Kleine« an ihm zweifeln bzw. nicht glücklich mit ihm sein könnte. Seine Sicherheit trifft mich als Schlag in die Magengrube. Ich weiß, dass ich zu dieser Form von Vertrauen niemals fähig wäre; ich gehe davon aus, zurückgewiesen, betrogen und zu guter Letzt verlassen/im Stich gelassen zu werden. Etwas anderes ist für mich nicht vorstellbar.
Ich starre Lauterbach an. Unsere Blicke treffen sich: Seiner ist sanft, fast zärtlich, und bewirkt, dass ich meine Arme um ihn schlingen und meinen Kopf an seine Schulter schmiegen will, doch kurz bevor ich diesem irritierenden Degradierungsimpuls nachzugeben drohe, bemerke ich, dass, was ich für seine Sanftmut gehalten habe, Mitleid ist. Mitleid, wenn nicht sogar Herablassung.
Maria und ich, sagt er, das ist für immer.
Sozusagen lebenslänglich.
Lauterbach lacht, wie nach einem besonders guten Witz.
ER VERACHTET MICH.
Tja, sage ich, gegen Liebe ist kein Kraut gewachsen.
Gerade, als ich mich verabschieden will, packt er mich mit der rechten Hand an meiner linken Schulter. Wenn ich nicht wüsste, dass die Öffentlichkeit (dieser absurde Aufmarsch von Passanten und Touristen) mich schützt, hätte ich Angst, dass er mich schlägt.
Es klingt wie ein Vorwurf, als er mich fragt, wie ich so kalt sein kann.
Er will wissen, ob mir Marias Schicksal wirklich »komplett wurscht« ist.
Seine Hand ist warm und feucht.
Ja, sage ich.
Natürlich stimmt das nicht. Es stimmt sogar ganz und gar nicht. Aber es ist ein Schlusswort, und auch er spürt das.

ABMARSCH.
Ich sichere ihm zu, mich zu melden, falls Maria Kontakt zu mir aufnehmen sollte.
Ihre Handynummer habe ich ja, sage ich.
BLABLABLA.
Zum Abschied geben wir uns die Hand.
Ich weiß nicht, wer mir mehr leid tut.

Seine Adresse ist tatsächlich zwei Mal im Internet (Telefonbuch/Mitgliederliste »Freunde des Münchner Judosports e.V.«) verzeichnet: Lindwurmstraße 82a, 80337 München (Sendling). Was für ein Idiot. Jemand, der soviel zu verbergen hat, sollte vorsichtiger sein.

21:30 Uhr: Von wegen besonders gute Waschkraft. Blut, z.B., geht nicht gut raus. Jetzt lese ich im Internet, ich hätte alles vorher in kaltem Wasser einweichen sollen und anschließend mit Backpulver bestreuen.
Gibt es so was überhaupt noch: Backpulver?

23:00 Uhr: Offenbar sind alle Mäuse erlegt. Die Eulen (Anm.: Waldkäuze? Herausfinden!) jedenfalls haben ihre Jagd eingestellt. Totenstille. Keine Angriffsschreie, kein Flügelrauschen, kein Blätterknistern, kein Wind, nichts. Die einzige Geräuschquelle bin ich: Mein Atem schnarrt wie eine Babyrassel, meine Schritte sind Stockschläge auf den hölzernen Treppenstufen auf dem Weg nach oben.
Der 1. Stock ist insgesamt gemütlicher geworden, heller, wohnlicher, moderner etc. Irgendwann mal, wenn ich für eine neue Baustelle bzw. die flachen Kommentare von Handwerkern bereit bin, muss das Zweitbad neu gemacht werden, und zwar komplett: Armaturen, Kacheln, Bodenfliesen, Deckenanstrich, die ganze Keramik etc. Und das alte Zimmer

von Katharina. Als Arbeitszimmer zu klein, zu schlauchig, für Gäste vielleicht, wäre denkbar. Oder (VARIANTE 2): als begehbarer Kleiderschrank, Platz genug für Schuhschränke, Vorrichtungen für Wäsche, die aufgehängt werden muss bzw. nicht gefaltet werden darf, eine kleine Sitzbank, Stauraum für Schals, Tücher, Handschuhe, Strümpfe usw. wäre vorhanden. VARIANTE 3: als Kinderzimmer, natürlich eher für ein Kleinkind. Oder ein Baby. Hell genug wäre es, ruhig sowieso.
Ich muss übermüdet sein.
Oder verrückt.
AWKWARD.
Alice/Judith/Brigitte usw. haben Recht gehabt.
KATHARINA.

Morgen ist ein neuer Tag.

5.

Das Telefon. Lauterbach. Er atmet schwer, verschluckt ganze Silben, spricht hastiger als üblich. Nur mit Mühe kann ich verstehen, dass er einen anonymen Brief zum Thema Maria Melnyk erhalten hat. Einerseits ist er erleichtert, dass »seine Kleine« offenbar noch am Leben ist (jedenfalls behauptet das der anonyme Schreiber), andererseits fühlt er sich bedroht, ist voller Panik, Wut etc. Sein gehetztes Sprechen macht es mir nicht leicht, herauszuhören, was in dem Brief steht, was er herausgelesen hat.
Lauterbach, sage ich (beschwichtigend), jetzt fangen Sie nochmal ganz von vorne an – die ganze Geschichte langsam und deutlich; sonst kann ich Ihnen nicht helfen.
Was ist passiert, frage ich.
Gegen zwölf, sagt er, bin ich zum Briefkasten gegangen.
KURZFASSUNG DER GESCHICHTE: Der betreffende Umschlag lag in seinem Hauspostkasten. Er war nicht frankiert/abgestempelt, was vermutlich heißt, dass er vom Schreiber selbst eingeworfen worden ist: Der Absender ist demnach dreist/größenwahnsinnig oder wiegt sich (aus unbekannten Gründen) in Sicherheit. Lauterbach hat keine Ahnung, wer den Brief geschrieben haben könnte, seiner Meinung nach handelt es sich um jemanden, der ihn »erpressen will«, ein »widerliches Schwein«, das damit droht, über kurz oder lang die Polizei einzuschalten, nur warum das alles, warum Maria und ich, sagt Lauterbach, das sagt er nicht.
Lauterbachs Theorien darüber, was mit Maria Melnyk passiert sein könnte, wo sie sich aufhält bzw. festgehalten wird, sind widersprüchlich bis abenteuerlich.

Als ich ihm rate, dem Schreiber vorzugreifen und selbst zur Polizei zu gehen, legt er auf.
SOVIEL DAZU.

18:15 Uhr: Lauterbach. SCHON WIEDER. Gerade hat er entdeckt, dass sein Opel (die gesamte linke Seite u. Teile der Kofferraumklappe) zerkratzt worden ist, »mit irgendwas Spitzem«, er vermutet mit Schlüssel oder Schraubenzieher. Er geht davon aus, dass das der »Scheißtyp« war, der den Brief geschrieben hat.
Ich habe ihm gesagt, er soll aufhören, mich anzurufen.

Sobald der Arm ausgestreckt, der Stauschlauch angelegt ist und die Nadel die Haut und dann die Vene im Bereich der Ellenbeuge durchstochen hat, erschrickt sie aus irgendeinem (nicht genau zu benennenden) Grund, zuckt zusammen und winkelt den Arm an. Das Resultat ist, dass die Spritze abgelenkt wird, die Nadel von der Punktionsstelle aus einmal durch den gesamten Oberarm fährt, bis die Spitze auf der Unterseite wieder austritt. Quasi ein Messerdurchstich, nur eben mit einer Spritze. Natürlich schreit sie vor Schmerz/Entsetzen usw. – Meiner Meinung nach von vorne bis hinten ausgedacht. Erstunken und erlogen, um sich aufzuspielen und mich daran zu hindern, dass ich ein Blutbild erstelle. Und damit klarstelle, dass sie gesund ist, kerngesund, abgesehen vielleicht von ihrer Hypochondrie, von diesem Bedürfnis nach Bedeutung, das krankhaft/zwanghaft ist. Immerhin: Sie hat es geschafft, dass ich jetzt, kurz vor Mitternacht, an sie denke: Antonia Hartwig, geb. 05.03.1961 in Wackersberg (Bad Tölz), geschieden seit 2009, seit 2010 Patientin in meiner Praxis: leichter Bluthochdruck, Laktoseunverträglichkeit, SONST NICHTS.
Diese ganze Nadel- bzw. Durchstichgeschichte ist mindestens genauso wenig überzeugend wie die andere, die mit der Ge-

burt: Alles verläuft nach Plan, bis auf die Tatsache, dass das Neugeborene in dem Moment, als der Kopf sichtbar wird, plötzlich ein ausgewachsener, circa 30jähriger Mann ist, größer als der Unterkörper, aus dem er sich hervorkämpft. Und weil das anatomisch unmöglich ist, zerreißt es die Mutter, sie stirbt unter Qualen usw., usw.
Vollkommen unrealistische Fantasie.
Aber die war, glaube ich, von Maria.

6.

Sie mausern sich ja regelrecht zum Leistungssportler, ruft Barbara Umlauf. Sie formuliert ein paar anerkennende Worte in Bezug auf meine geherische Aktivität (die sie selbst bitter nötig hätte, ein paar Pfunde weniger würden nicht schaden), um dann übergangslos auf ihr eigentliches Anliegen zu kommen.
Sie fragt, ob ich den roten Opel bemerkt habe, der seit ein paar Tagen in unserer Nachbarschaft auf- und abfährt.
Nein, sage ich.
Er ist an der Seite ziemlich zerkratzt, fährt sie fort, zuerst wollte ich das Ganze nicht überdramatisieren, aber als ich gestern gesehen habe, wie ein Mann ausgestiegen ist, das Haus gegenüber unter die Lupe genommen hat und anschließend in Ihren Garten eingedrungen ist, um durch die Fenster hineinzuspähen, habe ich es doch mit der Angst bekommen.
Sie beschreibt den Fahrer des Wagens mit der Genauigkeit eines Steckbriefes.
SCHWEIGEN.
Das darf ja wohl nicht wahr sein, sage ich.
Meine Nachbarin vermutet, dass es sich bei Lauterbach (wem sonst) um das Mitglied einer Einbrecherbande handelt, die es auf unser Viertel abgesehen hat. Barbara Umlauf sieht mich fragend an und will wissen, was ich zu tun gedenke.
Ich sichere ihr zu, heute noch zur Polizei zu gehen.
Dem Kerl wird das Handwerk gelegt, sage ich.
Wir wünschen uns gegenseitig einen schönen Tag.
Es geht doch nichts über gute Nachbarschaft.

Im Verlauf des Nachmittags spreche ich mit Frau Anwart. Sie bestätigt mich in meinem Vorhaben. Sicher: Ich hätte auf Ausweispapieren bzw. Versicherungskarte bestehen sollen, aber es lag ein Notfall vor, ganz zu schweigen davon, dass es so etwas wie ärztliche Behandlungspflicht gibt.
Aus medizinischer/professioneller Sicht habe ich nichts falsch gemacht.

7.

Mittagspause. Lauterbachs Wohnung sieht anders aus, als ich gedacht habe. Sauber, aufgeräumt, aber (natürlich) komplett geschmacklos: Einbauküche aus den frühen 70er Jahren, ein viel zu großer Tisch, Stühle und ein (bis auf einzelne DVD-Hüllen und ein goldgerahmtes Foto von Maria) leeres Regal aus Kiefernholz. Davor eine überdimensionierte, braune Kunstledercouch, ein Beistelltisch aus weißlackiertem Korb, ein fliederfarbiger (!) runder Teppich, zwei weiße Stehlampen etc. – offenbar alles von IKEA. Das Badezimmer ist braun gefliest, vor der Toilette liegt eine dunkelrote Frotteematte, am Boden ein Plastikbehältnis mit feuchten Toilettentüchern, die mit Kamille und Aloe Vera parfümiert sind.
WEITER.
Lauterbach scheint sich kleidungstechnisch an seine Inneneinrichtung angepasst zu haben: Er trägt ein fliederfarbenes Hemd und eine bräunliche (extrem enge) Lederhose, dazu einen sinnlosen weißen Gürtel. Er ist auf die für ihn typische Weise anbiedernd/schmierig/unterwürfig, obwohl die anhaltende Angst um Maria ihm zunehmend nervöse Züge verleiht.
Doktor, sagt er (noch während ich in der Eingangstür stehe und die Wohnung mit Blicken abscanne), was haben Sie im Gepäck? Zur Abwechslung mal gute Neuigkeiten?
Die Couch knarzt, als wir uns setzen.
Lieben Sie Maria, frage ich.
Aus irgendeinem Grund erschrickt Lauterbach aufgrund meiner Frage. Und obwohl er wirkt, als hätte er sie sich noch nie gestellt, bejaht er. Mechanisch, wie ein Pawlowscher Hund, vielleicht aber auch, als hätte ich ihn ertappt.

ER FÜHLT SICH SCHULDIG.
Wenn das so ist, sage ich, müssen Sie zur Polizei gehen. Geben Sie endlich eine Vermisstenanzeige auf. In dieser verfahrenen Situation ist das die einzige Möglichkeit und gleichzeitig Ihre Verpflichtung. Wenn Sie nicht gehen, füge ich hinzu, gehe ich.
SCHWEIGEN.
Wie wollen Sie Maria sonst helfen, frage ich, kein Mensch weiß, wo sie sich aufhält, ob sie in Gefahr ist bzw. ob sie überhaupt noch lebt. Warum, konfrontiere ich ihn, wenden Sie sich nicht an die Polizei? Sind Sie vorbestraft? Hält sich Maria illegal in Deutschland auf? Ist sie minderjährig? Und Sie, will ich wissen, womit finanzieren Sie sich? Drogen? Pornografie? Mädchenhandel?
Keine Antwort. Stattdessen zittert Lauterbach plötzlich, seine Gliedmaßen vibrieren, kleine, elektrische Stöße durchziehen seinen Oberkörper. Er ist ein Primat, ein Soldat, EINE BESTIE, und trotzdem scheint es, als hätte ich die Macht, IHN MIT DER RICHTIGEN STRATEGIE ZU ZERSTÖREN – und zwar restlos. Ich berühre Lauterbach an der rechten Schulter, will sagen, dass nichts so schlimm ist wie es aussieht, aber dieses Schluchzen, diese lautstarke Verzweiflung, die mit unglaublicher Gewalt aus ihm herausbricht, verbietet jede Bagatellisierung. ICH HABE VOR MARIA ONANIERT – und keine noch so brutale Tat Lauterbachs enthebt mich meiner Schuld/Verantwortung. Wir sitzen fest. Gefangen in einer Zwangsgemeinschaft, aus der es kein Entkommen gibt.
WAS MEINE ICH DAMIT?
WAS IST LOS MIT MIR?
Auf eigene Faust nach Maria Melnyk zu suchen, höre ich mich sagen, ist ein komplett sinnloses Unterfangen, nichts als Selbstüberschätzung und Größenwahn. Gehen Sie endlich zur Polizei, sage ich (meine Hose glattstreichend), und zwar jetzt. Tun Sie es für das Mädchen.

WEITER.
Offenbar bin ich in der Zwischenzeit aufgestanden und zur Eingangstür gegangen. Lauterbach sitzt noch immer auf der widerlichen Kunstledercouch. Ich versuche, ihm klarzumachen, dass er nach dem Kapitel »Maria« nicht einfach weitermachen kann wie bisher bzw. dass das Leben an sich unerträglich sein wird, weil er sich für das, was er nicht getan hat, zu Recht verachten wird.
Ich an Ihrer Stelle, sage ich, hätte keine ruhige Minute, wenn ich nicht wüsste, dass ich ALLES, aber auch WIRKLICH ALLES für Maria getan habe.
WAS MEINE ICH DAMIT?
Denken Sie vielleicht, ich weiß das nicht, brüllt Lauterbach plötzlich, ich kann nicht zur Polizei gehen, ich gehe nicht zur Polizei, ich muss die Sache auf meine Weise regeln. Seine Stimme ist brüchig, aber sein Blick eiskalt und abschätzig. Instinktiv weiche ich einen Schritt zurück; nicht aus Angst, sondern weil ich die Tiefe seiner Verachtung für mich nicht ertrage. Um das Maß der Selbsterniedrigung voll zu machen, flehen meine Augen ihn wahrscheinlich an, jetzt, in diesem Augenblick, etwas Anerkennendes über mich als Mann zu sagen, irgendeine Höflichkeit/Freundlichkeit, auf die ich hereinfallen werde, obwohl ich sie von Anfang an als Lüge durchschaue.
THEMENWECHSEL.
Ruhe, beschwichtige ich, bitte Ruhe. Der einzige Grund, warum ich hier einfalle, ist die Hoffnung, dass es für Maria noch nicht zu spät ist. Dass sie lebt. Wir zwei, sage ich (eine Spur zu anbiedernd), wir ziehen am selben Strang.
WEITER.
Während der Verabschiedung ist er wieder den Tränen nah, kraft- und haltlos, ein Bild des Jammers, wie man so sagt, auch wenn kein Mensch weiß, auf welche Vorlage sich dieses geflügelte Wort bezieht (Anm.: überprüfen!). Ich weiß, dass sein

dankbares Lächeln angesichts meines Angebotes, mich in ein paar Tagen wieder zu melden, künstlich/geheuchelt ist.
ER IST GEFÄHRLICH.

Auf dem Weg in die Praxis baue ich fast einen Unfall, weil ich einem Kraftstoff sparenden Citywagen (mit »Baby-on-Board«-Aufkleber auf der Heckscheibe) die Vorfahrt genommen habe. Hupkonzert usw., der sprichwörtliche Lärm um Nichts, im Endeffekt ist ja alles glatt gegangen. Trotzdem habe ich schon den ganzen Vormittag über dieses Gefühl von Schwere im Nacken, widerlich, EINE ART VON MATERIALISIERTEM SCHATTEN. Dazu kommen Unkonzentriertheit, Schweißausbrüche und leichte Asthmaattacken/Erstickungsgefühle.
WAS IST BLOSS LOS MIT MIR?

8.

Der Vernehmungsbeamte schlägt genussvoll/langsam ein Bein über das andere, auf seinem Gesicht ein kalkuliertes Grinsen, in seiner rechten Hand ein billiger Kugelschreiber, mit dem er rhythmisch auf seinen Oberschenkel schlägt.
Wirklich nicht, fragt er.
Nein, entgegne ich. Diese Unterstellungen entbehren jeder Grundlage und sind mir nicht weniger rätselhaft als Ihnen.
Es heißt, sagt er (unter Vermeidung des Konjunktivs), Sie haben sich ihr unsittlich genähert.
ICH WEISS.
Angeblich habe ich Maria Melnyk in meiner Praxis zum Geschlechtsverkehr gezwungen. Zudem hätte ich im Rahmen eines gemeinsamen Abendessens in einem indischen Restaurant die zeitweilige Abwesenheit Lauterbachs ausgenutzt und »seiner Kleinen« wiederholt meine Hand auf den Oberschenkel gelegt, sie mit anzüglichen Gesten (Zungenspiele, demonstratives Reiben meiner Brustwarzen, Befeuchten meines Zeigefingers) belästigt. Es wird sogar behauptet, dass ich Maria Melnyk mit »schweinischen Blicken« und rhythmischen Beckenbewegungen auf meine Erektion hingewiesen hätte.
Leider muss ich Sie damit konfrontieren, sagt der (seltsam amüsierte) Vernehmungsbeamte, mir bleibt keine andere Wahl.
Natürlich, sage ich, das ist Ihr Job.
Angeblich hat Lauterbach diese zu Tatsachen entstellten Behauptungen von Maria Melnyk. Er hat zu Protokoll gegeben, dass sie nach der Notoperation in meiner Praxis »völlig durch den Wind« gewesen sei, »nicht sie selbst«. Schon zum dritten

Mal muss ich mir anhören, dass er mich als »armes Schwein« bezeichnet hat, das von keiner Frau »freiwillig drüber gelassen wird«. Zudem bin ich (seiner Meinung nach) eifersüchtig auf die »intakte Liebesbeziehung«, die er und Maria Melnyk führen.

LIEBESBEZIEHUNG.

Jetzt kann auch ich ein Grinsen nicht unterdrücken.

Er hat sie geschlagen, sage ich. Nicht einmal Frau Melnyk hat das bestritten. Ich habe es zwar schon zu Protokoll gegeben, füge ich an, weise aber noch einmal darauf hin, dass er sie mit ziemlicher Sicherheit außerdem sexuell missbraucht bzw. vergewaltigt hat.

Wer weiß, grinst der Vernehmungsbeamte, ob die Kleine es nicht darauf angelegt hat.

TYPISCH.

Ich wusste, dass ich nicht lange warten muss, bis ihr Herren Chauvinisten, ihr hochverehrten Frauenverachter, Vergewaltiger, Familienväter, Durchschnittsbürger und Massenmörder eure Kostümierung abwerft und euch zu erkennen gebt.

Es ist Dienstag, der 26. August.

16:40 Uhr.

Heute seid ihr als Vernehmungsbeamter verkleidet.

Als Gesetzesvertreter.

Mit anderen Worten, sage ich, jeder Frau ihren Peiniger. Ihren Vergewaltiger. Oder noch einfacher gesagt: Jedes Nein aus dem Mund einer Frau heißt Ja, egal, wie panisch sie das Wort herausschreit.

Der widerliche Vernehmungsbeamte starrt mich an. Sein Mund grinst noch immer, aber sein Gehirn hat verstanden, dass sein Untergriff daneben gegangen ist.

Sehr interessant, sage ich und will wissen, ob Ansichten dieser Art in seiner Abteilung verbreitet seien bzw. inwieweit seine Vorgesetzten Kenntnis davon haben.

JETZT IST DAS GRINSEN WEG.
Aber, stammelt er, nein, nein, lieber Doktor Wertheimer, Sie haben mich falsch verstanden.
Ich glaube nicht, sage ich.
Aber ich bin doch selbst verheiratet, bricht es aus ihm heraus, seit vierzehn Jahren.
Keine beruhigende Vorstellung – vor allem, solange nicht klar ist, ob die Eheschließung freiwillig war. Und seine Frau wirklich Franziska heißt (wie er behauptet). Plausibler scheint mir Mai-Ling. Oder Jekaterina. Irgendein armes Mädchen, das schon aus ökonomischen Gründen nicht Nein zu ihm sagen konnte.
Weil es in seinen Ohren sowieso Ja bedeutet/bedeutet hätte.
WEITER.
Er entschuldigt sich bei mir für seine (aus meiner Sicht) EINDEUTIG MISOGYNE REPLIK, die er als »missverständliche Randbemerkung« bezeichnet. Und während ich diesem selbstgerechten Chauvinisten dabei zuhöre, wie er seine Aussage bagatellisiert, überlege ich, meine Faust in seinen WIDERLICHEN MISSBRAUCHSMUND zu rammen, ihn auf der Stelle zum Schweigen zu bringen und ein komplettes Geständnis von ihm zu erzwingen: Am liebsten würde ich ihn zu einer exakten Auflistung aller von ihm erträumten und/oder begangenen sexuellen Übergriffe und Vergewaltigungen an Maria Melnyk und all den anderen, namenlosen Frauen zwingen. Außerdem juckt es mich in den Fingern, das wahre Ausmaß seiner TÄTERSCHAFT, SEINES SOLDATEN- UND PRIMATENTUMS aus ihm herauszuprügeln; aber um das weitere Gespräch nicht zu erschweren, tue ich nichts. Ich bleibe sitzen und lächle unverbindlich.
WEITER.
Lauterbach will sich an mir rächen, sage ich, weil ich Maria Melnyk als vermisst gemeldet habe.

Nicht nur das, sagt der widerliche Vernehmungsbeamte, Sie haben auch den Verdacht geäußert, dass er für das Verschwinden der Kleinen verantwortlich sein könnte – was auch immer das heißt. In jedem Fall haben Sie das Richtige getan: Lauterbach hätte von sich aus nie Anzeige erstattet.
Nein.
Er wäre bei mir eingebrochen.
WEITER.
Der widerliche Vernehmungsbeamte nickt. Er lässt mich wissen, dass Einbruch zwar nicht zu den Delikten gehört, die in der Kriminalakte »Anton Lauterbach« verzeichnet sind, aber div. Vorstrafen wegen Hehlerei (vor allem Schmuck und Kraftfahrzeuge), Körperverletzung und Drogenmissbrauchs. Zudem wurde 2008 und 2011 wegen Verdachts auf Zuhälterei gegen ihn ermittelt; er musste aber jedes Mal wegen wackliger Beweislage bzw. irgendwelcher gekaufter Alibis wieder auf freien Fuß gesetzt werden.
Und trotzdem bin ich es, der für Maria Melnyks Verschwinden verantwortlich ist, höhne ich, bestimmt war ich es, der seinen blödsinnigen Opel zerkratzt hat. Ich habe den anonymen Brief verfasst und Drogen in seiner Wohnung deponiert.
Ich lache.
Der widerliche Vernehmungsbeamte nicht.
Woher wissen Sie das, fragt er.
Was, frage ich.
Ich glaube nicht, sagt er, dass ich Sie über die Drogenfunde in Lauterbachs Wohnung informiert habe.
Aber Sie werden sich doch erinnern, sage ich (meinen Ärger unterdrückend), dass ich bei ihm war. Und ich bin nicht umsonst Mediziner und Hobbychemiker: Den Geruch von aufgekochtem Heroin erkenne ich auf hundert Meter Entfernung. Ich habe einfach nur eins und eins zusammengezählt. Und das Resultat dieser gedanklichen Addition habe ich Ihrem Kolle-

gen Bernhuber gegenüber auch mitgeteilt. Nicht mehr als eine Hypothese, füge ich noch achselzuckend an, natürlich.
WEITER.
Müsste alles im Protokoll vermerkt sein, sage ich.
Richtig, murmelt der widerliche Vernehmungsbeamte und blättert planlos in einem Stapel mit Unterlagen, um sich einen Anstrich von Professionalität zu geben.
Wo haben Sie die Drogen gefunden, frage ich.
In der Toilette bzw. im Spülkasten, sagt der widerliche Vernehmungsbeamte. Angesichts der Menge besteht keine Gefahr, dass der Staatsanwalt das Verfahren wegen Geringfügigkeit einstellt. Wenn Sie mich fragen, wandert Monsieur Lauterbach direkt von der Untersuchungshaft ins Gefängnis.
UND MARIA MELNYK?
Keine Spur, sagt der widerliche Vernehmungsbeamte. Bei den Behörden existiert keine Person mit diesem Namen, und im »Erotikkino« kennt sie angeblich kein Mensch, kein Wunder, weil niemand da einen Arbeitsvertrag zu haben scheint. Geschweige denn eine Aufenthaltsberechtigung. Maria Melnyk hat definitiv weder Krankenversicherung noch Personalausweis gehabt, möglicherweise war sie minderjährig. Bewohner des Hauses Lindwurmstraße 82a haben die vermisste Person zwar hin und wieder mit besagtem Herrn im Treppenhaus gesehen, aber das war's auch schon. Außer ihrem Namen ist nichts über Maria Melnyk bekannt – und wahrscheinlich stimmt nicht einmal der. Erste Recherchen in Boryspil haben nämlich ergeben, dass außer einer jungen Familie, die gerade erst zugezogen ist, niemand mit diesem Namen dort verzeichnet ist. Schwarze Löcher, wohin man sich wendet. Das passiert immer wieder, schließt er, Menschen verschwinden. Plötzlich sind sie weg. Und die meisten werden nicht mal vermisst.
Sie wird schon wieder auftauchen, sage ich.
Kann sein, grinst der widerliche Vernehmungsbeamte, schließt

seine unvollständige Unterlagensammlung, steht auf und reicht mir die Hand.
ALS ZEITUNGSSCHLAGZEILE.
ODER WASSERLEICHE.

Besonders schöne Rosen, sagt meine Nachbarin und deutet auf den Strauß in meiner Hand. Sie bezeichnet die leuchtende Farbe der Blütenblätter als eine Mischung aus Pink bzw. »kräftigem Rosa« und Lila.
Ihre Geschwätzigkeit geht mir auf die Nerven; fast wünsche ich mir die Zeiten totaler Kontaktlosigkeit zurück. Endloses Gequatsche bei extrem begrenzten Gesprächsthemen: das Wetter, mein beständiger Gewichtsverlust (2,5 Kilo in den letzten zwei Wochen!), Lauterbach und heute – darauf bin ich nicht vorbereitet – Blumen bzw. Blumenfarben. Meine instinktive Weigerung, tiefer zu gehen bzw. persönlicher zu werden, liegt vor allem daran, dass ich nicht kapiere, warum sie mich überhaupt anspricht. Fast habe ich den Eindruck, DASS SIE MIR AUFLAUERT, wenn ich von der Arbeit komme. »Eindruck« trifft es nicht: Es ist eine Zwangsvorstellung, die dazu führt, dass ich auf der Nachhausefahrt (spätestens, wenn ich in unsere Siedlung einbiege) krampfhaft nach Floskeln/Fragen/Bonmots suche, um den Eindruck eines beschäftigten, aber freundlichen Nachbarn zu machen. Auf die Weise entsteht eine Art synthetische, unverbindliche Version meiner Person, die nichts mit mir zu tun hat und wahrscheinlich gerade darum als Gesprächspartner beliebt ist. Für Bruchteile eines Augenblicks besiegt sie die Einsamkeit, obwohl ich natürlich weiß, dass die Realität ein massiver Block ist: unteilbar/unzerstörbar/untragbar.
WEITER.
Der Blick meiner Nachbarin geht an mir vorbei.
NACH OBEN.

Ich folge ihm und sehe, wie eine der Außenjalousien im 1. Stock sich bewegt. Sie ist zwar durch den Kirschbaum, der direkt davor steht, zu weiten Teilen verdeckt, aber wir können beide erkennen, dass die Lamellen kurz hoch und runter gehen.
Einbrecher, wispert meine Nachbarin.
Wir haben denselben Gedanken.
ANTON LAUTERBACH.

Die Haustür ist unversehrt. Auch im Erdgeschoss und auf der Treppe kann ich nichts Ungewöhnliches feststellen. Nichts fehlt, nichts wurde verstellt bzw. zerstört. Und obwohl ich weiß, dass es widersinnig ist, »Hallo!« zu rufen, tue ich es zweimal.
KEINE REAKTION.
Ich greife nach einem schweren, metallischen Schuhanzieher, um gegebenenfalls zuschlagen zu können.
Ich versuche, so leise wie möglich zu gehen, vor allem auf der Treppe, die ächzt und knarrt. Ein Tischler hat mir einmal erklärt, dass solche Geräusche entstehen, weil an den Verbindungsstellen Spiel entsteht. Das Holz arbeitet, hat er gesagt, und darum verschieben sich die Teile minimal gegen- und ineinander und so weiter, und so weiter.
Dummerweise habe ich vergessen, was dagegen zu tun ist. Irgendwas mit Acrylmasse oder Silikon.
WEITER.
Ich öffne die Tür zu meinem früheren Kinderzimmer.
VORSICHTIG.
NICHTS.
Der Gurtzug der Außenjalousie sieht unberührt aus.
Wenn die eine Bettseite nicht zerwühlt wäre, könnte das Zimmer als Ausstellungsfläche durchgehen: die fliederfarbenen Vorhänge, die etwas zu klein geratene Messingskulptur von Shiva (ein überteuertes Mitbringsel von meiner »Kulturreise«

nach Indien), der gerahmte Druck mit Sita, Rama, Hanuman und Lakshmana: Alles wirkt irgendwie jungfräulich.
Ich zähle bis zehn, rufe ich.
Ich gebe mir alle Mühe, gefährlich zu klingen.
ZEHN.
NEUN.
ACHT.
Ich sehe im Flur und im Zweitbadezimmer nach (SIEBEN, SECHS, FÜNF), zurück in meinem Zimmer kontrolliere ich hinter der offenen Zimmertür (VIER), unter dem Bett und im Kleiderschrank (DREI).
KEIN MENSCH.
Erst als ich um das Bett herumgehe, entdecke ich Maria.
ZWEI.
Ein Teil ihres Körpers ist von Kissen verdeckt, ihr Gesicht ist zur Seite gedreht, eines ihrer Augen starrt mich an. Auf dem lichtgrauen, flauschigen Velours der Auslegeware sieht ihre Haut farblos/durchsichtig aus, fast wie Gelatine, in heißem Wasser aufgelöste Blattgelatine.
EINS.
Ihre Lippen sind noch immer bläulich; erst jetzt, in diesem Augenblick, sehe ich, dass die obere blutet. Sie hat sie sich gerade erst aufgeschlagen.
Ich möchte sie küssen.
Ich komme, flüstere ich.
Den Schuhanzieher lehne ich gegen die Wand: Schließlich brauche ich zwei freie Hände, um Maria zurück ins Doppelbett (und unter die fliederfarbene Bettdecke) zu hieven. Keine leichte Aufgabe, vor allem, wenn sie sich wie jetzt, in diesem Augenblick, mit der rechten Hand in die Auslegeware krallt: Bis heute verstehe ich nicht, warum das da unten (am Fußboden) ihr Lieblingsversteck ist.
Maria, flüstere ich.

Zu meiner großen Freude/Überraschung wehrt sie sich nicht, als ich sie in den Arm nehme; sie ist ganz still.
MUCKSMÄUSCHENSTILL.
Sie atmet nicht einmal.
Für einen Moment habe ich Angst, dass sie verschwunden sein könnte.
UNAUFFINDBAR.
Aber dann weiß ich, dass das unmöglich ist.
DIES IST EINE LIEBESGESCHICHTE.

ABSCHNITT VIER

erstellt/protokolliert von: Alexander Wertheimer
Seitenumfang: 18 (S.152-169)
Unterabschnitte: 2
vorangestellter/assoziativer Leitgedanke:
»Du und ich? Warum nicht gleich ›wir‹?«
Quelle: Ingeborg Bachmann (I.B.): »Malina«.
alternativer Leitgedanke:
»To think is to be sick …«
Quelle: Djuna Barnes: »Nightwood«. (Zitat in deutscher Übersetzung? Überprüfen!)

1.

Menschen sind widerlich. Überall schmutzige Fantasien, nichts als vordergründige Hintergedanken. Schlagendes Beispiel: diese MICH FIXIERENDE Verkäuferin mit ihrem getrimmten, ausgemergelten Körper, der nichts anderes als eine geruchsneutrale, abwaschbare Oberfläche ist, hinter der sie sich verschanzt. Das rostfarbene Kostüm, die Nylonstrumpfhose, die High Heels (mit dieser lächerlichen Zierschleife), das exakt gescheitelte, zum Pferdeschwanz gebundene Haar, alle Einzelbestandteile dieser (theoretisch gutaussehenden) Dienstleisterin wirken wie ZITATE VON WEIBLICHKEIT, ein (im fatalsten und wahrsten Sinne) in die Jahre gekommener Ladenhüter erster Güte.

Ich frage mich, was für einen Slip sie trägt.

Was für einen BH.

Mit ziemlicher Sicherheit bekommt sie Rabatt auf die in ihrer Filiale angebotenen Waren: Push-up-Bhs in allen erdenklichen Farben, halbtransparent, transparent, mit zwischen den Körbchen platzierten Verzierungen (»Herzchen«, »Schleifchen«, »Glöckchen«) oder ohne. Unter dem Oberbegriff »Höschen« finden sich sog. Panties, Strings und Slips, die derartig klein und durchsichtig sind, dass sie mehr freilegen als bedecken. Tiefdekolletierte und viel zu kurze Negligés, Unterkleider und »Hemdchen« aus hauchdünnen Materialien. Korsagen, Strumpfbandgürtel, Nachtwäsche und sog. Accessoires, ein Oberbegriff, unter dem (wie ich lerne) Artikel wie gerüschte Strumpfbänder, Polsterteilchen zur gelegentlichen Brustvergrößerung und »Invisible Tape« (zur diskreten Straffung von Dekolleté, Hals und/oder Rückenausschnitt) zusammenge-

fasst und der sich defizitär fühlenden Kundin skrupellos aufgeschwatzt werden.
Das Sortiment ist vulgär, die Fabrikate weitgehend geschmacklos: Zwischen dem Miedergürtel bzw. der Stützkorsage für die ältere Dame und dem Nuttenoutfit für den verwertbaren Frauenkörper ab 12 klafft ein verbindungsloses Loch, das Bände spricht. Zudem sind die Materialien billig und schlecht verarbeitet, wie wenige, prüfende Handgriffe an Nähten und Säumen von »Höschen«, »Hemdchen« und ihren widerlichen Verzierungen bestätigen.
Ich wette, sie trägt Panties mit »verführerischer« Spitze.
Schwarz.
Oder champagnerfarben.
WEITER.
Schon als ich reingekommen bin, hat sie mich ins Visier genommen wie einen Ladendieb.
Einen Triebtäter.
Und auch jetzt, während ich einen herabgesetzten Artikel auf seine Qualität/Haltbarkeit hin untersuche, weicht sie WACHPOSTENARTIG nicht von meiner Seite. Mein Auftritt hier ist ganz offensichtlich ungewöhnlich. Dabei war ich der Meinung, dass viele Männer ihre Frauen/Partnerinnen mit geschenkter Wäsche überraschen. Ich will einfach nicht glauben, dass intelligente Frauen freiwillig dazu bereit sind, DIESEN WIDERLICHEN DRECK zu kaufen.
Sie fragt, ob sie mir behilflich sein könne.
ZUM DRITTEN MAL.
Es geht um meine Schwester, sage ich (ohne sie eines Blickes zu würdigen), ihre Lieblingsfarbe ist Flieder.
Eine Lüge. Ich weiß. Vielleicht ist das der Grund für die Traurigkeit, die plötzlich auf mir lastet. Ich informiere die Verkäuferin darüber, dass Katharina in Landshut ist, in einer Klinik, und ich mich frage, ob es eine gute Idee wäre, ihr schöne Wäsche

zu schenken: Hemden, Unterhosen, einen Morgenmantel vielleicht. Ich erinnere mich nämlich, erzähle ich, dass ich mich als Kind (im Rahmen einer Mandeloperation) plötzlich für meinen Schlafanzug, für meine Hausschuhe und überhaupt alles, was ich tragen musste, geschämt habe. Unsere Mutter war geradezu idiotisch geizig, stöhne ich, sie hat Katharina und mich alles auftragen lassen, so lange, BIS ES BUCHSTÄBLICH AUSEINANDERGEFALLEN IST. Und deshalb könnte das Tragen ansprechender, qualitativ hochwertiger Wäsche eine Befreiung sein – für Katharina, aber auch für mich, quasi die Auflösung eines Familienmusters bzw. die Sprengung dieses menschenunwürdigen Sparsamkeitsauftrages, der uns Kindern das Gefühl gegeben hat, schmutzig zu sein. Als würde die schlechte, minderwertige Unterwäsche auf fatale Weise unserem Charakter entsprechen. Als Kind war das alles zwar nur eine vage, aber trotzdem extrem verunsichernde Ahnung; Psychologie, Pädophilie, Pornografie, Pathologie, das waren alles Fremdwörter, die entweder das gleiche oder gar nichts bedeutet haben. Außerdem kann kein Mensch sich selbst analysieren. Und erst recht nicht, wenn er keine Distanz zu seinen Gefühlen hat – und die hatten wir Kinder natürlich nicht; wir waren naiv. Aber der Impuls, sich vor dem feindlichen Blick der anderen zu verstecken, SICH ZU VERBERGEN, um nicht gedemütigt zu werden bzw. Ekel zu erregen, dieser Impuls, der war schon damals vorhanden. Sie können sich vorstellen, was das mit einem Kind macht.
So etwas, sage ich, übersteht niemand unbeschadet.
SCHWEIGEN.
Die Verkäuferin mustert mich.
Ihre Lippen sind gespitzt.
Fliederfarbige Wäsche finden Sie dort drüben, sagt sie und weist auf ein asymmetrisches Regal auf der gegenüberliegenden Seite des Geschäftes.

HÖSCHEN.
UND HEMDCHEN.
Die Verkäuferin ist sich ziemlich sicher, dass unter der neuen (noch nicht ausgepackten) Lieferung auch ein fliederfarbiger Seidenkimono ist.
Aus ihrem Mund klingt »Flieder« wie etwas Minderwertiges.
Etwas Anstößiges.
Ich gehe nachsehen, sagt sie. Sie deutet auf das asymmetrische Regal und bittet mich, schon mal einen Blick auf die »dort ausgestellte Ware« zu werfen. Sie ist sicher, dass auch für meinen Geschmack etwas dabei ist.
FÜR MEINEN GESCHMACK.
WAS MEINT SIE DAMIT?
Danke, sage ich, nein.
Ich genieße den verwirrten Blick, den sie mir zuwirft. Für einen Moment bin ich überzeugt, dass sie Angst vor mir hat.
WEITER.
Katharina auch nur einen einzigen Artikel aus diesem Geschäft zu schenken, sage ich, wäre ein Akt der Verachtung. Ein Übergriff.
Ich gehe einen Schritt auf die Verkäuferin zu.
Das hat nichts damit zu tun, dass ich ihr Bruder bin, sage ich, auch ein Ehemann, der seiner Frau mit dem Kauf dieser sog. Unterwäsche zu verstehen gibt, DASS ER IHR JEDE X-BELIEBIGE KINDERPROSTITUIERTE VORZIEHT, liefert damit den definitiven Beweis für seine Abartigkeit.
NICHT DENKEN.
WEITER.
Satzbruchstücke wie »Sodom und Gomorrha«, »Kehr um!« usw. geistern mir durch den Kopf. Eine Sekunde lang juckt es mich sogar, ein »Fürchte dich nicht!« hinauszuschmettern, aber dann weiß ich nicht, ob ich damit mein Gegenüber oder mich meine, und weil ich nicht religiös bin, entschließe ich

mich, nichts zu sagen. Ich strafe die Verkäuferin mit einem verachtenden Blick und verlasse das Geschäft.
DURCHATMEN.
Auf der Straße: Frauen mit Kinderwägen, Paare in Cityautos, Einfamilienhäuser, Spielplätze, Passanten, Handygespräche, EINE VON FRAGEZEICHEN ZERSÄGTE WIRKLICHKEIT, der ich nichts, aber auch absolut nichts entgegenzusetzen habe.
WO IST MEIN AUTO?
MEINE SCHWESTER.
MEINE HAUT.

Karstadt macht's möglich: schlichte, einfache, aber solide verarbeitete Baumwollunterwäsche, und das Ganze auch noch halbwegs bezahlbar. Und in Flieder. Unterhosen heißen selbstverständlich auch hier nicht Unterhosen, sondern »Jazz Pants« bzw. »Hipster«, aber sie sind gut und funktional geschnitten. Morgenmantel, Hausschuhe, Unterhemden (»Hemdchen«, leider auch hier ...): tragbare Kleidung, die keine (un-)missverständlichen Signale aussendet. Und weil alles ohne Spitzen und diesen ganzen Verzierungsschwachsinn ist, kann es auch gekocht werden. Das ist praktisch und für die Wäsche unbedenklich, hat die sehr freundliche ältere Dame an der Kasse gesagt. Auf jeden Fall ist es hygienisch: Staphylokokken, Enterokokken etc. sterben bei 80 Grad; und bei Monatsblutungen reichen 60 Grad vermutlich auch nicht wirklich. Obwohl Marias Periode höchstens als Schmierblutung bezeichnet werden kann.

KURIOS: Im aktuellen Pschyrembel (Psychiatrie/Klinische Psychologie/Psychotherapie) entdecke ich auf S.45 (von »Angsthysterie« bis »Angststörung«) eine Postkarte von Katharina. Die Briefmarke ist schief aufgeklebt, der Stempel verwischt, August letzten Jahres, mehr kann ich nicht erkennen.

Für August ist das Kartenmotiv (»Die heiligen drei Könige vor dem Jesuskind«) allerdings ziemlich abwegig.
Die Handschrift ist unregelmäßig, der Text kurz und ohne Anrede: »Ein Treffen ist keine gute Idee. Schreib nicht zurück. Du bist noch immer eine Gefahr für mich.«

DU BIST NOCH IMMER EINE GEFAHR FÜR MICH.

Suppen, Joghurt, Kartoffelpüree, Pudding, Eiscreme, nichts Festes, Fleisch schon gar nicht. Gestern hat Maria wieder nichts gegessen. Eine halbe Stunde habe ich für diese kalorienlastige Grießflammerie in der Küche gestanden: Zucker abgewogen, Milch gerührt, Sahne geschlagen usw., alles umsonst. Ein, zwei Löffel hat sie gegessen, den Rest musste ich wegschmeißen. Natürlich bin ich kein großer Koch, aber dass die sprichwörtliche Liebe, mit der ich ans Werk gehe, offenbar gar nicht zählt, deprimiert mich.
Am besten fahre ich immer noch mit dem Schweinkram, den ich vom Inder mitbringe, aber jeden Tag Mangolassi und Palak Paneer – das geht nicht. Ich habe jetzt schon Panik, dass dieser Gestank von zerkochtem Spinat, von Knoblauch, Ingwer und Linsen sich auf ewig in Wänden und Möbeln festsetzt.

»Sagen und Fabeln Altindiens« ist eine billige Anthologie kindisch anmutender Geschichten mit geschmacklosen/comichaften Illustrationen, die ich nur deshalb gekauft habe, um Maria (deren schlechter Geschmack berechenbar ist, Stichwort: Handtasche/Humor/Partnerwahl) damit eine Freude zu machen. Und, siehe da: Es gefällt ihr. Ich würde sogar so weit gehen zu behaupten, dass ich damit bei ihr gepunktet habe. Auch der Bildband »Mein heiliges Indien« kommt bei ihr an. Er ist ihr zwar zu schwer, aber seit gestern hat sie den Kniff raus: Sie legt sich seitlich hin und kann so bequem da-

rin blättern. Vor allem die Panoramafotografien scheinen sie zu begeistern, die (mit ziemlicher Gewissheit gestellten/retuschierten) Momente von Alltagsfreude und religiöser Ekstase, Ritual, Farbenrausch, Blumenkettenkitsch et cetera.
WEITER.
Seit ungefähr einer Woche spricht Maria extrem undeutlich, wie ein Betrunkener bzw. Schlaganfallopfer (leise, verwaschen, d/t, g/k, b/p und f/w klingen fast identisch), so dass ich nicht verstehe, was sie sagt/fragt, während sie einen Finger auf eine abfotografierte Wandmalerei legt. Im Zentrum des Kunstwerks steht ein gigantisches Wesen. Geschlecht: männlich, Ausstrahlung: martialisch.
Zum Glück habe ich mir das Buch vorher genau angeschaut.
Das ist Mada, sage ich, der Riese Leidenschaft.
UNSER THEMA.
Maria hat mir/uns unbewusst einen Trumpf zugespielt. Und obwohl ich mit jeder Faser meines Körpers spüre, DASS DER RAUM VOR FOLGERICHTIGKEIT VIBRIERT, reagiere ich so beiläufig/unbeteiligt wie nur irgend möglich auf sie, ich unterdrücke den zärtlichen/in keiner Hinsicht sexuellen Impuls, mich ihr zu nähern, weil ich weiß, dass Maria sich in diesem Moment noch weigert zu begreifen, wie sehr sie mit ihrer Frage ins Schwarze getroffen hat.
DIREKT IN DAS HERZ UNSERER BEZIEHUNG.
Maria fallen die Augen zu.
Wie, murmelt sie.
ERZÄHLUNG.
Indra und Tschiawana streiten darüber, ob die Aswinas wie Götter verehrt werden dürfen. Als Indra, der Gott, darüber in Wut gerät und den Sechszack gegen den blinden Heiligen erhebt, erschafft dieser Mada, den Riesen Leidenschaft. Mada ist von unglaublicher Größe, allein sein Rachen ist derart gigantisch, dass er von der Erde bis zum Himmel reicht. Seine

Zähne sind wie Türme, seine Augen wie die Sonne, seine Arme wie Gebirgsketten. Sein Atem ist heiß wie Lava und stößt in Flammen aus seinem Maul hervor, die Zunge zuckt wie eine ungeheure Schlange. Als der Riese Indra sieht, stürzt er sich mit viehischem Brüllen auf ihn und will ihn verschlingen. Als es schon fast um ihn geschehen ist, lenkt Indra endlich ein. Er gestattet Tschiawana, den Aswinas wie Göttern zu opfern, und beendet damit den Streit. Daraufhin ruft Tschiawana Mada, den Riesen Leidenschaft, sofort zurück und verteilt sein Wesen auf die Bereiche Trinken, Spiel, Hass und Liebe, damit die von ihm ausgehende Gefahr eingedämmt ist. Trotzdem wird die Gewalt des Riesen auch heute noch als furchtbar empfunden.
ENDE.
Die Leidenschaft: ein Riese, sage ich (das Buch behutsam zuschlagend), glaubst du, dass das wahr ist?
Maria ignoriert meinen ermutigenden Blick. Sie murmelt irgendwas, das wie »Warum« oder »Worum« klingt, vielleicht aber auch »Monstrum« heißt.
Wahrscheinlich sogar.

NÄHE/ZWEISAMKEIT = SICHERHEIT? Beruhigung, vielleicht. Geteiltes Leid = halbes Leid? Der Attentäter schießt trotzdem, der Unfall/der Krebs ist nicht weniger tödlich, der Absturz der Boing 747 erst recht nicht.
GEFÜHL IST ECHT.
DIESE IDIOTISCHE SEHNSUCHT DANACH.

Ich bin's nur, flüstere ich, ich.
Die Erhebung unter der Bettdecke bewegt sich nicht; ich kann sehen, dass sie die Beine angewinkelt hat, der Kopf ist in Richtung Brust abgesenkt. Sie hat diese Position ruckartig eingenommen, weil sie mich nicht erwartet hat. Ich muss mir

endlich (verdammt nochmal!) angewöhnen, anzuklopfen, bevor ich die Tür aufmache.
Maria, hauche ich.
Für einen Moment könnte sie etwas sein, DAS KEIN MENSCH IST, etwas Totes, Installatives, ein Bild, das auf eklatante Weise von dem abweicht, das ich im Kopf gehabt habe.
ICH ERINNERE MICH NICHT.
Hab keine Angst, will ich sagen, »Du und Ich« (I.B.), etwas anderes existiert nicht: Lauterbach ist in Untersuchungshaft.
DAS HIER IST FREIHEIT.
Aber ich sage nichts.
Maria braucht ihren Schlaf.

2.

Als ich die Tür zum Zweitbadezimmer öffne, sehe ich Maria. Sie hockt auf dem Badewannenrand, ihr Oberkörper hängt gekrümmt nach vorne, das linke Handgelenk blutet, in der rechten Hand hält sie die Plastikgabel, die ich ihr am Morgen neben das aufgeschnittene Obst gelegt habe.
Die Gabel ist blutverschmiert.
WAS HABE ICH GETAN?
Maria, brülle ich.
Meine Stimme klingt panisch. Ich schreie Fragen, idiotische, überflüssige Fragen (»Was hat du getan?«, »Warum tust du mir das an?«), deren Antworten auf der Hand liegen.
MEIN SCHULDEINGESTÄNDNIS.
MEIN ENDE.
Ich brülle den Namen »Maria«, weil ich plötzlich Angst habe, dass es Katharina ist, die vor mir hockt. Die mir gestohlen bleiben kann. Sich für ein Geburtstagsgeschenk nicht zu bedanken und eine Postkarte ohne persönliche Anrede zu schreiben: DAS IST SADISMUS. Das überschreitet das normale/vertretbare Ausmaß von Neurose. Ich bin sicher, dass sie die Karte in Landshut aufgegeben hat, ist jedenfalls wahrscheinlich, so oft, wie sie da auf der Depressionsstation war. Was wiederum nichts als eine freundliche Umschreibung für eine Psychiatrische Klinik – FÜR DIE GESCHLOSSENE – ist.
DIE KLAPSMÜHLE.
Darum auch das christliche Motiv.
Maria, schreie ich.
Ich schlage ihr mit der flachen Hand links und rechts ins Gesicht, nicht, weil ich wütend bin, sondern weil ich voller Pa-

nik registriere, dass sie kurz davor ist, das Bewusstsein zu verlieren. Ich bin gezwungen, Maria zu schlagen, eine Tatsache, unter der ich mindestens genauso leide wie sie. Wenn nicht sogar mehr: Ich, DER FOLTERER, spüre die Brutalität JEDES EINZELNEN SCHLAGES am eigenen Körper. Jetzt, in diesem Augenblick, ertappe ich mich sogar dabei, um Gnade zu flehen, während ich IMMER UND IMMER WIEDER mit der flachen Hand auf Marias Hinterkopf einschlage.
WEITER.
Die »Theorie«, dass der Aggressor unter seiner eigenen Gewaltausübung leidet, hätte ich aus den Mündern von euch hochverehrten Mördern, Zynikern, Gewalttätern, Vergewaltigern und BESTIEN als kriminell bezeichnet. Als feige. Jetzt spüre ich, dass sie (zumindest partiell) nicht von der Hand zu weisen ist. In bestimmter Hinsicht existiert zwischen Opfer und Täter keine Grenze: Sie bilden eine Einheit. Nur leider halbiert sich das (beiden zugefügte) Leid nicht, wenn es geteilt wird. Es wuchert, es greift über und verrührt alles zwischen Maria und mir zu einem ungenießbaren Gefühlsbrei, den ich trotz anwachsender Übelkeit gezwungen bin, in mich hineinzufressen.
Maria weint.
Ich würge.
Wir sind eins.

Der Verband um Marias Handgelenk hat eine sanft rötliche Färbung angenommen und harmoniert perfekt mit der fliederfarbigen Bettwäsche. Vereinzelte Blutflecken auf »Hemdchen« bzw. »Höschen« wirken wie bewusst gesetzte Akzente eines detailversessenen und bildgewaltigen Künstlers.
Das einzige, was den Gesamteindruck trübt, sind Blessuren, blaue Flecken und Blutergüsse an Marias Oberarmen (sowie unterhalb des linken Auges und an den Wangen), die auch nach vier Tagen noch nicht vollständig abgeheilt sind.

WEITER.
Ich kann meine Augen nicht von Maria lassen. Die Karstadtwäsche war ein guter Kauf, sie betont die Mädchenhaftigkeit meiner Geliebten, die Unverdorbenheit des Kindes und (nicht zu vergessen) DIE FOLGERICHTIGKEIT UNSERES MITEINANDERS. Auch wenn mein Verhalten zum Teil grenzwertig (der anonyme Brief, die Drogen etc.) und missbräuchlich war bzw. ich mich als triebgesteuert und damit prototypisch männlich entlarvt habe und die Erinnerung an die bewusstlose Maria als Objekt meiner (Selbst-)Befriedigung sich als Trauma in mir festgefressen hat: Niemand – nicht einmal Lauterbach – hätte rückblickend die Möglichkeit gehabt, sich anders zu verhalten. Ich kenne weder Marias Namen, noch ihr Alter oder ihre Herkunft mit Bestimmtheit. Und trotzdem sind sie und ich füreinander bestimmt, aneinander gekettet in einer Art schicksalhafter Zwangsehe. Und wie ihr gescheiterter Fluchtversuch im Zweitbadezimmer eindrücklich beweist, gibt es aus dieser Gemeinschaft kein Entkommen.
BIS DASS DER TOD UNS SCHEIDET.

Ihr hochverehrten Herren Richter, ihr Staatsanwälte, Verteidiger, Zuhälter, ihr Vergewaltiger und Frauenhasser, meine Mörder: Ich weiß, dass die Entscheidung, sich mit Maria in meinem Haus zu verkriechen, falsch ist. Bzw. unlogisch. Ich kann die Absurdität meines Verhaltens sehen.
ABER WIE LAUTET DIE ALTERNATIVE?
Flucht? Doppelselbstmord? Therapie bzw. Anstaltseinweisung?
Die immergleiche Biografie immer weiter und weiter leben?
VERGESSEN SIE'S.

Die Testergebnisse für Baldrianpräparate sind unglaublich schlecht. Was die Wirksamkeit angeblich steigert, ist eine Kombination von Baldrian mit Hopfen- bzw. Melissenextrakt.

Oder Passionsblumenkraut. Wäre zumindest eine komplett chemiefreie Wirkstoffkombination. Gleichzeitig bin ich nicht sicher, ob dieser ganze rezeptfreie Schwachsinn überhaupt irgendeine Wirkung hat. Die Verträglichkeit ist laut zwölf Apothekern/Apothekerinnen, die ich auf meiner kleinen Shoppingtour befragt habe, angeblich kein Problem. Ihr einstudiertes Standardblablabla (»positives Kundenfeedback«, »Heilkraft der Natur«, »gefahrlos und sanft«) klingelt mir jetzt noch in den Ohren. Präparate mit Antihistaminika (Doxylaminsuccinat, Dipenhydraminhydrochlorid etc.) haben jede Menge Nebenwirkungen (Schwindelgefühle, Übelkeit, Sehstörungen und Halluzinationen), die Namen der Präparate (»Schlafsterne«, »Vivinox Sleep«, »Halbmond-Tabletten«) erinnern aber eher an Bonbons als an ein wirksames Medikament. Wie auch immer: Gesundheit steht an erster Stelle. MARIAS GESUNDHEIT. Vielleicht bewirken diese sog. Naturpräparate ja wirklich etwas. Nitrazepam muss ich in jedem Fall absetzen, wenn ich nicht täglich das Bettzeug waschen (und den Teppich mit Fleckentferner bearbeiten) will. Wobei ich bis jetzt nicht sicher bin, ob sie das Medikament WIRKLICH nicht mehr verträgt oder sich den Finger in den Hals steckt, sobald ich in der Praxis bin. Und falls das so ist, warum macht sie das? Ist das irgendeine kranke Art, ihr Bedürfnis nach Nähe/Aufmerksamkeit auszudrücken?
ICH KANN NICHT 24 STUNDEN BEI IHR SEIN.
Irgendwas am Prinzip »Liebe« verstehe ich nicht.
Glück macht müde.
Und aggressiv.

Kein lautes Wort. Nichts. Ich nehme mir vor, geduldig zu hören, was Maria zu ihrer Verteidigung zu sagen hat. Wie sie den Vorfall im Zweitbadezimmer erklärt bzw. ob sie überhaupt in der Lage ist, EINEN EINZIGEN VERNÜNFTIGEN GRUND

für ihr autodestruktives/melodramatisches Verhalten anzubieten.
Maria, sage ich.
Ihre Mischung aus Flüstern und betäubtem Sprechen ist schwer verständlich. Ich lächle sanft und signalisiere, DASS WIR ALLE ZEIT DER WELT HABEN, aber eigentlich möchte ich sie an mich reißen und umarmen. Egal, was sie mitzuteilen hat, alles ist gut, alles ist genauso, wie es zu sein hat, mein Engel, will ich sagen, aber ich habe Angst, dass sie wieder mit diesen Tierlauten anfängt, wenn ich sie anfasse, diesen dumpfen, geheulten Tönen, die WIE EIN TEUFEL in ihr lauern, der Abgrund unter einer gesprengten Brücke.
Maria, sage ich.
WARUM HAST DU DAS GETAN?
Unglaublich, wie nah wir uns sind. Wir sind so rettungslos ineinander verstrickt, dass ich ihre Tränen für meine halte; ich spüre förmlich, wie sie über mein fleischiges Gesicht laufen und über das Kinn auf den Bauch tropfen. Geliebte, will ich sagen, ich bin hier. Aber die Traurigkeit im Raum drückt mir die Kehle zu.
WEITER.
Ich will weg, schluchzt Maria.
Bitte, flüstert sie.
Ich weiß, flüstere auch ich.
ABER FLUCHT IST KEINE MÖGLICHKEIT.
FLUCHT IST KEINE LÖSUNG.
Du liebst mich, sage ich, du weißt es nur nicht, weil ich auf den ersten Blick nicht dem entspreche, wonach du gesucht hast. In einem Anfall von fehlgeleiteter, therapeutischer Initiative ermutige ich Maria, zuzugeben, dass ich ihrer Wunschvorstellung von einem Partner nicht gerecht werde.
SCHWEIGEN.
Kein Widerspruch. Nichts. Im Gegenteil spüre ich Marias be-

dingungslose Zustimmung, ein Tatbestand, der dazu führt, dass ich den Faden meiner Argumentation verliere. Und statt Maria und mir vorzulügen, dass unsere Liebe – obwohl alles dagegen spricht – folgerichtig bzw. schicksalhaft ist, unterstelle ich dem blassen, verängstigten Kind, das vor mir liegt, nichts als einen hässlichen/verfressenen/perversen Typen in mir zu sehen.
ICH HABE MIR DIE FRAU MEINES LEBENS AUCH ANDERS VORGESTELLT.
Ich beschuldige Maria (mit keifender Stimme), dass sie mich für einen Freak hält, ein fettes, übergriffiges Schwein, für das sie nichts als Mitleid empfindet.
Maria starrt mich an.
Mitleid, fragt sie ungläubig.
Sie schüttelt den Kopf.
SCHWEIGEN.
Ich kann keine Zeichen von Kränkung in ihrem schönen Gesicht entdecken, obwohl ich sie (am Beispiel ihrer entsetzlichen Handtasche) für komplett geschmacklos erkläre, sie als billig und letztklassig beschimpfe. Ihren hellblauen Lidschatten, das viel zu dick aufgetragene Rouge, das Armkettchen, die Tatsache, dass sie in puncto Kleidung und Kosmetik von jedem syphilitischen Flittchen mühelos in den Schatten gestellt wird, und so weiter, und so weiter, nichts lasse ich aus, um sie zu erniedrigen. Meine Selbstwahrnehmung ordnet mich wechselweise zwischen »Romeo und Julia« und »Szenen einer Ehe« ein, irgendeine von diesen negativen, unbefriedigenden Geschichten (Anm.: weitere Beispiele finden. Tristan/von Straßburg – geeignet? Überprüfen!), in denen die Liebenden sich verlieren oder von Anfang an nicht zueinander passen. Aber eigentlich ist mir klar, dass Liebe nicht das Thema ist, sondern (wieder mal) Gier. Dieser brutale Fresszwang, den ich zu Romantik oder Herzensangelegenheiten verklären möchte. Aber in Wahrheit bin ich einfach nur hungrig.

MARIA DURCHSCHAUT MICH.
Ich kann es in ihren Augen sehen.
Und trotzdem, sage ich, will ich niemanden außer dir.
MARIA.
Sie zuckt zusammen, als ich mich vorbeuge. Instinktiv weiche ich zurück, um ihr zu signalisieren, dass sie jetzt, in diesem Augenblick, außer Gefahr ist. Alles, was ich plane, ist, mit der Handinnenfläche über ihre Wange zu streichen. Aber Marias Körper bleibt in Alarmbereitschaft.
ER IST AUF ÜBERLEBEN PROGRAMMIERT.
DURCHATMEN.
Maria, sage ich.
Meine Stimme überrascht mich. Sie klingt wie die eines anderen Mannes: freundlich, gütig, verständnisvoll. Er entschuldigt sich bei Maria. Er behauptet, dass ihm leid tut, was er gerade zu ihr gesagt hat. Dass er nichts davon gemeint hat. Erst halte ich ihn für einen Heuchler, aber dann wird mir klar, dass die Situation komplexer ist: Dieser Mann weiß nicht, dass er lügt, nur habe ich nicht die geringste Ahnung, ob das für oder gegen ihn spricht.
Der Mann ist fett und hässlich.
ICH MAG IHN NICHT.
Ich frage mich, warum der Körper der jungen Frau, die er Maria nennt, voller Blutergüsse, frischer und notdürftig verheilter Wunden ist. Warum er immer näher an sie heranrückt, das fliederfarbige T-Shirt hochschiebt und seinen Kopf auf ihren nackten Bauch legt, obwohl die junge Frau zittert und nicht in der Lage ist zu hören, worüber er (ihre Arme und Beine streichelnd) mit honigsüßer Stimme doziert. Lauterbach, immer wieder höre ich das Wort »Lauterbach«, bis ich begreife, dass es sich dabei um einen früheren Geliebten von Maria handelt, um einen Mann, der sie geschlagen, missbraucht, vergewaltigt und geschwängert hat. Aus irgendeinem Grund wird jetzt

über Patty Hearst gesprochen und über die SLA. Der Mann ist ganz offenbar sehr gebildet und listet mit seiner betont sanften Grundschullehrerstimme jede Menge Details auf. Stockholm-Syndrom, erklärt der Mann dem Mädchen, so nennt man ein Phänomen in der Psychologie, bei dem das Opfer ein enges, emotionales Verhältnis mit seinem Entführer eingeht, sich in sein System eingliedert und möglicherweise sogar mit ihm zusammenarbeitet. Das kann bis zu einer Liebesbeziehung gehen, und genau das, sagt er, sei Maria mit Lauterbach passiert. Bei allem Verständnis für ihre Situation müsse sie jetzt aber aufhören, den Täter in Schutz zu nehmen, ihn zu verteidigen. In gewisser Hinsicht sei es wahr, dass Lauterbach sie vom tschechischen Strich in Dubí gerettet habe, aber doch nur, um sich hier, in Deutschland, als ihr Zuhälter aufzuspielen. Lauterbach sei ein eitler, gewalttätiger, krimineller und in jeder Hinsicht gefährlicher Typ. Und so gut, wie Maria behaupten würde, sähe er gar nicht aus, sein Kleidungsstil, zum Beispiel, sei regelrecht unvorteilhaft, er verstehe nicht, wie man sich für solche übertrieben gemusterten Oberhemden entscheiden könne. Für derartige Hosen. Und so eine Frisur. Der Mann sagt, dass er gar keine andere Wahl gehabt habe, als Maria aus diesem kranken Umfeld zu entfernen, dieses sog. Zuhause zu zerstören, um ihr einen Neuanfang zu ermöglichen.
Ich habe es für uns getan, sagt er und fährt mit seiner linken Hand über Marias Haar. Er lässt einzelne Strähnen durch seine Finger gleiten und drapiert sie wie Sonnenstrahlen um ihren Kopf.
Aus ihrem Gesicht ist jede Farbe gewichen.
Du musst dich nicht mit dem Erstbesten zufriedengeben, sagt er und öffnet den Reißverschluss seiner Hose. Mit der rechten Hand massiert er sein Geschlecht, das sich schnell versteift, während er mit der linken ein Buch aufschlägt, darin blättert und Maria auf verschiedene comichafte Illustrationen hinweist.

Und obwohl die zunehmend schneller werdende Bewegung seiner Rechten wachsende Erregung signalisiert, erzählt seine Stimme vollkommen unbeirrt im immer gleichen Tonfall von Sita und Rama und von einem »Riesen Leidenschaft« (der offenbar Mada heißt), als würden Kopf und Körper nicht zusammengehören. Nachdem er Marias Unterhose bis zu den Füßen heruntergezogen und lautlos zwei erbsengroße, milchig gelbe Tropfen auf ihrem (wunden bzw. verschorften) Geschlechtsbereich verspritzt hat, wendet er sich plötzlich ab. Mitten im Akt. Wie aus dem Nichts. Und obwohl Marias Augen zugekniffen sind, sieht es aus, als würde er versuchen, ihrem Blick auszuweichen. Immer wieder schüttelt er den Kopf, jetzt, in diesem Augenblick, hat er das Gesicht mit seinen Händen bedeckt. Sein zuckender, nach vorne gebeugter Körper verrät, dass er weint. Aber, egal, wie sehr der Mann bereut, was er getan hat, wie sehr es ihn zerreißt: ICH HABE KEIN MITLEID MIT IHM. Es ist der Anblick von Maria, der mich nicht loslässt. Einem spontanen Impuls folgend, stehe ich auf und stelle mich neben das Bett, leise, damit sie die Augen nicht öffnet. Damit sie nicht erschrickt. Ich nehme ihre Unterhose und wische damit das Sperma, das schon anfängt einzutrocknen, von ihrem Bauch. Dann schüttle ich die Bettwäsche aus und decke den starren Mädchenkörper bis zum Hals zu.
Ich streiche ihr vorsichtig über das Haar.
Keine Angst, flüstere ich.
ICH BESCHÜTZE DICH.

ABSCHNITT FÜNF

erstellt/protokolliert von: Alexander Wertheimer
Seitenumfang: 38 (S.172-209)
Unterabschnitte: 4
vorangestellter/assoziativer Leitgedanke:
»gab es perlen in der tiefe des körpers, korallenriffe?«
Quelle: Verena Stefan: »Häutungen. Autobiografische Aufzeichnungen. Gedichte, Träume, Analysen.«

1.

Ist das wahr, frage ich.
Maria nickt.
Jeden Tag ein bis zwei Tüten Chips, Samosas, M&M's, gestern After Eight, heute Ritter Sport Schokolade (Erdbeer Joghurt) und Kokosmakronen, vom halb durchgebratenen Kotelett hat sie als erstes den Fettrand haben wollen. Marias Essverhalten nimmt immer absurdere Formen an. Aber erst in Kombination mit einer weiteren von diesen bräunlichen Schmierblutungen, die ich beim Waschen ihrer Unterhosen bemerke, fällt es mir wie Schuppen von den Augen.
Wirklich, frage ich.
Wieder nickt Maria. Inflationäre Signale für jemanden wie mich, der seit einer gefühlten Ewigkeit zu diesem ständig abgewendeten Kopf gesprochen hat. Jetzt bin ich mit dieser Fragenflut konfrontiert, mit diesem Redebedürfnis bzw. Halbwissen aus Frauenzeitschriften, die ich meiner Geliebten vor ein paar Tagen mitgebracht habe. Maria will wissen, ob Spannungen im Brustbereich wirklich ein »häufig anzutreffendes Phänomen« sind, und ihr (fordernder und trotzdem widerspenstiger) Ton erinnert mich auf ungute Weise an ihr Gebaren in meiner Praxis im Juni. Im Bannkreis von Lauterbach.
WEITER.
Jetzt will sie wissen, ob sie wirklich zu schwach gebaut sei, um ein Kind auszutragen. Oder ob ich mir »den ganzen Scheiß« damals ausgedacht habe.
Und was mit Kaiserschnitt ist.
Als »angeblicher Arzt« müsste ich so was doch wissen.
Ich bestätige Maria, dass Spannungen im Bereich der Brust

tatsächlich ein verbreitetes Phänomen in der Frühphase von Schwangerschaften sind. Das gleiche gilt natürlich für Übelkeit und lässt mich hoffen, dass dieses ständige Erbrechen nicht unbedingt/ausschließlich auf den täglichen Medikamentencocktail zurückzuführen ist – zumal der Wechsel zu Mitteln auf pflanzlicher Basis keine nennenswerte Verbesserung gebracht hat.
WEITER.
Maria denkt nach. Durch ihre in Falten gelegte Stirn wirkt sie stolz, wie aufgeblasen. Das verängstigte, in die Enge getriebene Wesen hat sich zur Miniaturausgabe einer Dozentin/Staatsanwältin ausgewachsen; zu einer strategisch denkenden Kapazität, die ENTGEGEN JEDER REALISTISCHEN ERWARTUNG plötzlich die Möglichkeit wittert, als Siegerin aus unserem Duell hervorzugehen. Natürlich ist das idiotisch. Aber es wirft mich aus der Bahn. Zumindest kurzfristig bin ich nicht in der Lage, mich über die sog. gute Nachricht zu freuen, weil ich mir vorstelle, wie statt eines Kindes Widerstand in ihr heranwächst, den ich nicht zu fassen kriege, egal, wie tief ich in sie einzudringen versuche. Erst als ich Maria genauer studiere, bin ich wieder in der Lage zu begreifen, dass es nicht um Kampf geht. Oder um Feindschaft. Ich darf einfach nicht den Fehler begehen, die irritierende Abwesenheit von Angst auf Marias Seite mit Stärke gleichzusetzen.
WEITER.
Die Medikamente werden abgesetzt, flüstere ich. Ich gebe mir Mühe, freundlich/sanftmütig zu klingen, damit meine Geliebte sich nicht wieder in sich zurückzieht.
DAMIT SIE VOR DEM VATER IHRES KINDES KEINE ANGST HABEN MUSS.
Baldrian, Hopfen, Melisse und Passionsblumenkraut auch, versichere ich, das wird alles ab sofort durch Vitamine, Aufbaupräparate und frische Säfte ersetzt.

Maria fixiert mich skeptisch.
Sie traut dem Frieden nicht.
Erst als ich mit ihr ins Zweitbadezimmer gehe, sämtliche Medikamente aus dem Hängeschrank hervorkrame, die Hundertschaften von Tabletten aus den Packungen puhle und in die Toilettenschüssel ausleere, fängt sie an zu entspannen.
Sie lacht, als ich sie auffordere, die Spülung selbst zu betätigen. Erst ungläubig, dann erleichtert. Und beim Zerreißen der Verpackungen ausgelassen wie ein Kind.
DURCHATMEN.
Dafür musst du mir jetzt auch etwas versprechen, will ich sagen, aber dann sehe ich, dass Maria weint.
Instinktiv lege ich meine Hand auf ihre, um sie zu trösten. Ich verstehe, dass ihr Tränenausbruch Ausdruck von Freude ist, VON EINEM UNAUSSPRECHLICHEN/ANSTECKENDEN GLÜCK, das die Erinnerung an unsere (eher technischen/klinischen) Versuche von Geschlechtsverkehr vielleicht endlich auslöscht: ihr schmerzentstelltes Gesicht, das Würgen, Nasenbluten, ihre Beinkrämpfe, und so weiter, und so weiter.
Jetzt, in diesem Augenblick, ist all das vielleicht vorbei.
Bist du glücklich, frage ich.
Maria nickt.
Dann zieht sie ihre Hand zurück.
Energisch.

Ultraschalluntersuchungen bzw. Sonographie liegen augenblicklich definitiv außerhalb des Machbaren. Also hat Maria gerade auf drei verschiedene Teststreifen (Pregnafix, PreSense, Viola green) uriniert. Und das Ergebnis ist jedes Mal dasselbe: Positiv. Ganz sicher können wir natürlich trotzdem nicht sein. Obwohl die durchschnittliche Trefferquote bei Früherkennungstests laut Hersteller bzw. Internet bei 95% liegt. Aber als Akademiker und behandelnder Arzt weiß ich, dass

Pharmazeutik zwar als »Wissenschaft« bezeichnet wird, im Grunde aber nichts als Geldmacherei ist.

Abtreibung. Natürlich steht das Thema im Raum. Maria ist traurig, irgendwie getrieben, die ganze Zeit will sie wissen, wie es weitergehen soll.
ICH WEISS ES NICHT.
Ist das Kind von Lauterbach, frage ich.
Rein rechnerisch wäre das möglich.
Ich fordere Maria auf, mir zu antworten.
Als ich auf sie zugehe, weicht sie verschreckt zurück.
Nein, sagt sie.
Es klingt wie ein Flehen.
Also ich.
Sie nickt.
DURCHATMEN.
In dem Fall, sage ich, kommt Abtreibung nicht in Frage.

ALLES, WAS GESCHIEHT, IST FOLGERICHTIG.

Am Abend frage ich Maria (zum dritten Mal), wie sie so sicher sein kann, dass das Kind nicht doch von Lauterbach ist. Und ob sie etwa noch immer zu ihm zurück will, ob sie vollkommen verrückt sei, nicht in der Lage zu sehen, dass er gefährlich/brutal/abstoßend ist und so weiter, und so weiter, bis sie mich mit einem wütenden/hasserfüllten Blick zum Schweigen bringt.
ICH, brüllt sie.
Ihr ganzer Körper zittert.
Entweder sie ist ein Fall für die Pathologie.
Oder eine verdammt gute Strategin.
ICH. ICH. ICH.

Schlafenszeit. Maria schlägt mit den Füßen um sich, als ich sie zudecken will. Ich bin zu verdutzt, um darauf zu reagieren.
SIE HAT KEINE ANGST MEHR VOR MIR.
Sie richtet sich auf. Ihre Bewegungen sind langsam und gedehnt, vor allem als sie ins Hohlkreuz geht und ihren Unterkörper demonstrativ nach vorne schiebt. Ihre linke Hand ist in die Hüfte gestemmt, mit der rechten schlägt sie grinsend auf ihren Bauch, Hochsicherheitstrakt und Allzweckwaffe zugleich.
Sie fixiert mich siegessicher.
Dann verlangt sie nach Schokoladekeksen.
Und Ananas.

WO, IN DIESER STUNDE, IST MEINE SCHWESTER? ICH HABE MEINE SCHWESTER IM GANZEN HAUS NICHT GESEHEN. (I.B.)

Zwei Stunden später im fliederfarbigen Paradies.
Und jetzt, flüstere ich.
Keine Antwort.
Keine Regung.
NICHTS.
Vielleicht schläft sie.

2.

Die Küche, sage ich und mache (mit schlecht verstecktem Stolz) auf den Backofen von Siemens mit integrierter Mikrowelle aufmerksam, der gerade mal vor zwei Jahren eingebaut wurde. Gleich daneben ist der Einbauschrank, den ich vor allem für Putzmittel und Geschirrhandtücher nutze. Töpfe, Geschirr usw. stapeln sich in den Hängeschränken über der Spüle. Jetzt, wo Maria neben mir steht und sich alles skeptisch/neugierig einprägt, fällt mir auf, dass sie für ihre Körpergröße viel zu hoch montiert worden sind.

Keine Sorge, sage ich, das wird geändert. Ich will, dass du dich hier zuhause fühlst.

Super, sagt Maria und verdreht die Augen.

Das Badezimmer.

Der Eingangsbereich.

Das Arbeitszimmer findet Maria »spießig«, den Schreibtisch im speziellen »schrottig«.

Sie vertraut mir nicht. Unser gemeinsames Kind nutzt sie in erster Linie, um sich von mir abzugrenzen. Mich zu demütigen. Sobald ich das Wort »Familie« in den Mund nehme, werde ich verhöhnt. Im Gegensatz zu den Frauen, die ich im Laufe der Jahre in meiner Praxis behandelt bzw. begleitet habe, steht bei Maria zu befürchten, dass sie durch die Schwangerschaft nicht sanfter und schöner, sondern hart, vulgär und aggressiv wird. Sie spricht eigentlich nur mit mir, um mich vor den Kopf zu stoßen. Zu verletzen. Andererseits: Was habe ich erwartet? Einmal schnell die Medikamente absetzen, das reicht natürlich als Wiedergutmachungsversuch nicht aus. Logischerweise betrachtet sie jede Form von Freundlichkeit/Entgegenkommen

meinerseits als Heuchelei. Jeden Annäherungsversuch als Lebensgefahr. Ich muss nicht auf Fachliteratur zurückgreifen, um zu wissen, dass das – bei dem Ausmaß von Gewalt, (körperlichem wie menschlichem) Missbrauch und Sadismus, dem sie in ihrem kurzen (17jährigen?) Leben ausgesetzt war – kein Wunder ist.
Im Gegensatz zu der Tatsache, dass sie überlebt hat.
Maria ist traumatisiert. Und es ist meine Aufgabe, meine Verpflichtung und mein Bedürfnis, ein Vertrauensverhältnis zu ihr aufzubauen. Ihr zu beweisen, dass nicht alle Männer Bestien sind. Dass Nähe/Körperlichkeit (Intimität) ohne Sexualität möglich ist. Und weil ich mir diesbezüglich selber nicht traue (Stichwort: ONANIE), habe ich sie heute gefragt, ob sie sich vorstellen könnte, bis auf weiteres eine platonische Beziehung mit mir zu führen. Solange, bis sie bereit für eine Änderung ist. Egal, wie lange das dauert, habe ich ihr gesagt, wir haben Zeit.
WIR HABEN ALLE ZEIT DER WELT.
Erst als ich diesen blödsinnigen Ausdruck auf ihrem Gesicht bemerke, wird mir klar, dass sie natürlich nicht weiß, was »platonisch« bedeutet. Woher auch: Das Wort hat sie noch nie gehört – von ihren diversen Freiern nicht und von Lauterbach erst recht nicht. Also erkläre ich es ihr.
WERS GLAUBT, WIRD SELIG.
Sie gibt sich alle Mühe, respektlos zu klingen, herablassend. Aber das unglaubliche Ausmaß an Erleichterung, DIESES STRAHLEN VON INNEN HERAUS, das mein Vorschlag bei ihr auslöst, kann sie trotzdem nicht überspielen. Das ist ein K.O.-Schlag, den ich nicht erwartet habe.
Eine Kampfansage.
WEITER.
Das Wohnzimmer.
Sie sagt zwar nichts, aber die Art, wie sie (fast liebevoll) mit

den Fingern über Flachbildfernseher, Blu-Ray- und DVD-Player streicht, lässt keinen Zweifel aufkommen: Sie ist beeindruckt.
»Gandhi«, sagt sie und deutet auf eine DVD.
Darunter »Der Tiger von Eschnapur« und »Das indische Grabmal« mit jeder Menge Bonusmaterial.
Und eine (als Geschenk verpackte) DVD: »Bandit Queen«. Ein indischer, qualitativ wahrscheinlich indiskutabler Spielfilm über Phoolan Devi.
Auf Deutsch heißt das »Königin der Banditen«, erkläre ich Maria, die mir durch das extrem langsame Aufreißen des Papiers offenbar demonstrieren will, dass all das für sie nicht mehr als eine lästige Pflichtübung ist. Eine Gnade, die Madame mir gewährt. Beim (auffällig intensiven) Studieren der schlecht fotografierten Abbildungen von überschminkten/grimassierenden Schauspielern auf dem Cover der DVD gähnt sie und gibt mir zu verstehen, dass nichts auf der Welt uninteressanter bzw. öder für sie sein könnte.
ICH WARTE.
Vielleicht haben wir keine Zukunft.
ABER WIR HABEN ZEIT.

Ich versuche, Maria für ein paar HAUS- & VERHALTENSREGELN zu interessieren, die ich mir überlegt habe. Aufs erste klingen sie wie Beschneidungen, letztlich erweitern sie aber Marias Radius und dienen ihrer Bewegungsfreiheit.
Das Erdgeschoss steht im Prinzip zu deiner Verfügung, sage ich, aber nur in meiner Begleitung. Und natürlich (Regel Nr. 2) müssen die Außenjalousien unten sein, bevor elektrisches Licht, der Fernseher oder irgendein Gerät mit elektronischem Display eingeschaltet bzw. genutzt wird. Und (Regel Nr. 3) wenn ich mal nicht da bin, z.B. in der Praxis oder zum Einkaufen, musst du dich oben aufhalten. Ich sag's ungerne, sage ich,

aber wenn du laut bist oder dich nicht an die Regeln hältst, muss ich dich in deinem Zimmer einschließen.
ICH LIEBE DICH.
Das verstehst du doch, oder, frage ich.
SCHWEIGEN.
Maria, sage ich, ich mache hier einen Versuch.
Na klar, gähnt Maria, blablabla.

Die Essenslieferung ist da: verkochtes Chicken Tikka Masala, Aloo Gobi und pappige Chapati. Der Gestank von Indien greift durch die Plastikverpackung auf meine Wohnung über. Ich unterdrücke instinktiv aufkommende Übelkeit, halte den Atem an und richte die breiigen Massen auf (vorgewärmten) Tellern an. Danach gehe ich in den 1. Stock und schließe die Tür zu unserem Zimmer auf. Ich sehe sofort, dass Maria am Fenster steht. Die Außenjalousie ist zu mindestens zwei Dritteln hochgefahren, und das elektrische Licht brennt.
Ich ziehe Maria vom Fenster weg, stoße sie aufs Bett und schließe die Jalousien. Dabei stelle ich fest, dass Barbara Umlaufs Haus im Dunklen liegt, ihre Garageneinfahrt ist leer. Sie scheint, Gott sei Dank, nicht zu Hause zu sein. Dann gehe ich in Richtung der Eingangstür und lösche das Licht. Eine sinnlose bzw. vollkommen unlogische Aktion, weil übergangslos alles um mich herum schwarz wird. Nichts zu sehen: kein Bett, keine Zimmerdecke, keine Wände, kein Ausgang, keine Maria.
NICHTS.
Ich bin plötzlich nicht mehr sicher, ob Maria wirklich da ist. Ob sie tatsächlich auf dem Bett liegt. Oder ob sie sich in Luft aufgelöst haben wird, sobald ich das Licht wieder anschalte. Ob so eine einfache Lösung möglich ist.
WEITER.
Ich bin selbst überrascht, wie schroff/unduldsam meine Stim-

me klingt, als ich in die Dunkelheit frage, was sie sich dabei gedacht hat.
Nichts, höhnt sie, ich kapier die Frage nicht.
SIE IST NOCH DA.
Maria, sage ich, dir ist hoffentlich klar, dass ich gezwungen bin, dich ab sofort wieder auf Medikamente zu setzen, wenn du so weitermachst.
Willst du das wirklich, frage ich.
Maria schnalzt mit der Zunge.
Ich schalte das Licht wieder an.
Ist deine Entscheidung, sagt sie und taxiert mich voller Verachtung, wenn dir 'n Mongo als Kind lieber ist.
SCHWEIGEN.
Wochenlang habe ich mir gewünscht, dass Maria aufhört mit diesem übertriebenen Siezen. Aber da war mir noch nicht klar, dass »du« aus ihrem Mund wie »Arschloch« klingt. Oder »Schlappschwanz«.
WEITER.
Ich kann auch auf den Knebel zurückgreifen, sage ich, die Entscheidung liegt bei dir.
Das geht mir so was von am Arsch vorbei, lacht Maria, wenn du das machst, brech ich nämlich die beschissene Zimmertür auf, schnapp mir irgendein Messer, 'ne Gartenschere, oder so was, und wenn du endlich wieder in deiner Scheißpraxis bist, bring ich mich um.
Mongo oder mich, droht sie, in jedem Fall bist du besser vorsichtig.

Aber Sie weinen ja, sagt Frau Anwart, ist was passiert?
Ich will das nicht, ich schaff das nicht, sage ich, dann bricht meine Stimme.
SCHWEIGEN.
Ihre Schwester, fragt sie.

MORGEN IST ES EIN JAHR.
Ein paar winselnde/stammelnde Laute meinerseits genügen Frau Anwart, um sich in ihrer Einschätzung meines Zustandes bestätigt zu fühlen. Bevor sie ihren Senf dazu beisteuern kann, bitte ich sie, sämtliche Termine für die kommende Woche abzusagen bzw. die wenigen Patienten mit echten Problemen auf meinen Kollegen Dr. Kolbenheyer zu verweisen, der seine Praxis erst vor kurzem eröffnet hat und garantiert dankbar für ein paar Extratermine ist. Und wenn Ihnen die Patienten mit ihren Fragen lästig fallen, sage ich, dann erfinden Sie irgendeine Krankheit.
Lebensmittelvergiftung, schlage ich vor, schlechtes indisches Essen oder so was.
Frau Anwart klingt besorgt/ungläubig. Sie versichert mich lang und umständlich ihrer »Anteilnahme«, um dann sofort zum üblichen, küchenpsychologischen Blablabla überzugehen, z.B. dass der Verlust eines nahestehenden, eines geliebten Menschen immer traumatisch sei. Auch sie habe unter dem Tod ihres Halbbruders vor mittlerweile elf Jahren »unverhältnismäßig intensiv« gelitten – und das, obwohl sie nicht einmal regelmäßigen Kontakt gehabt hätten, und so weiter, und so weiter. Weil mein stoßartiges Schluchzen ansteigt, während Frau Anwart fragt, ob ich »bezüglich meiner avisierten Auszeit von einer ganzen Woche« wirklich sicher sei, unterbricht sie sich. Dieses Stimmungstief bzw. diese Form von Kontrollverlust hat sie nicht erwartet, vor allem weil ich seit geraumer Zeit einen »so erfreulichen und stabilen Eindruck« auf sie gemacht habe. Erleichtert nehme ich zur Kenntnis, dass sie (entgegen meiner Befürchtung) nicht weiter nachbohrt, sondern ohne Wenn und Aber bereit ist, alles, was in puncto Organisation getan werden muss, am Montagmorgen in die Wege zu leiten.
Sie können sich auf mich verlassen, sagt sie.
Ich danke ihr, verspreche, sie in zwei bis drei Tagen auf den ak-

tuellen Stand zu bringen, und schaffe es gerade noch rechtzeitig, aufzulegen, bevor ich der Versuchung erliege, meine langjährige Angestellte um Hilfe anzuflehen, sie zu bitten, mich in den Arm zu nehmen, alles beichten zu dürfen und mich grün und blau schlagen zu lassen oder irgendetwas anderes VOLLKOMMEN UNREALISTISCHES in der Art.
WAS IST LOS MIT MIR?

DIE TODESSTRAFE IST ABGESCHAFFT: Guillotine, elektrischer Stuhl, Galgen, Giftspritze, alles vor langer Zeit abgeschafft, ihr hochverehrten Herren Mörder, ihr Richter, Staatsanwälte und Ankläger, ihr Rechtsvertreter/Rechtsverdreher, ihr Gutmenschen, Saubermänner, Mädchenhändler und Moralapostel, so weit, so gut.
ABER WIE LANG IST LEBENSLÄNGLICH?

Ich bin wie betäubt. Ich schmecke nicht einmal, wie widerlich das Essen wahrscheinlich ist. Maria stürzt sich gezielt/gierig/gleichzeitig auf Chickenstücke, stinkende Chapati und verklebten Reis. Es wäre untertrieben zu sagen, dass sie beherzt zugreift bzw. einen gesunden Appetit hat; im Grunde genommen frisst sie wie ein Schwein. Trotzdem: »Indien« bewirkt eine Art Lockerung bei ihr, so dass ihre zynische Fassade bröckelt. Vor mir sitzt plötzlich nicht mehr die Androhung eines Muttertieres, sondern ein Mädchen. Ein Mädchen, das wissen will, aus was für Zutaten, Gewürzen und Gemüsesorten sich der grünliche Brei auf ihrem Teller zusammensetzt und wie »das alles eigentlich gemacht« wird. Ein Mädchen, das neugierig (und ohne lästige Kommentare) zuhört, als ich über das langweilige Thema Reis- und Teeanbau spreche, indem ich Informationen einer reißerischen/verlogenen Website der Tourismusbranche zusammenfasse, die ich am Morgen studiert habe. Ein Mädchen, das aus dem Staunen gar nicht mehr herauskommt, als ich ihr erkläre, dass ihr heißgeliebtes Patschuliparfüm (dessen billiger/penetranter Geruch zusätzlich zum indischen Essen meine Nasenschleimhaut provoziert) nach der gleichnamigen Pflanze heißt.

Ehrlich wahr, fragt sie.

Ich gehe über die Tatsache hinweg, dass es mich anwidert, wenn sie mit vollem Mund spricht, und leiere herunter, dass die Patschulipflanze aus der Familie der Lippenblütengewächse stammt, von denen es bis zu 90 Arten gibt. Die Lippenblütengewächse wiederum sind mein Stichwort, um von den Gebirgsketten des Himalaya und der Wüste Thar zu erzählen, sog. Naturparadiese, für die ich mich nicht im geringsten interessiere, die ich aber aufgrund von Reiseprospekten des Veranstalters »Chamäleon« bis ins letzte Detail zu beschreiben in der Lage bin.

WEITER.

Mir ist nicht ganz klar, warum ich plötzlich von der Schönheit indischer Frauen, ihrer honig- bis sirupfarbigen Haut, ihren glänzenden Haaren, geschwungenen Lippen, glücklichen Augen und hingebungsvollen/sanften Körpern erzähle. Ich kann es nur schwer beschreiben: So etwas wie die sprichwörtliche diebische Freude (oder eine Art Trotz) treibt mich dazu, Maria zu provozieren/zu verletzen, und diesen ganzen verlogenen Kitsch, auf den sie in der Regel aggressiv reagiert, vor ihr auszubreiten. Und tatsächlich dauert es nicht lange, bis sie mich unterbricht.

Und ich seh scheiße aus, poltert sie, oder was?

Nein, sage ich, im Gegenteil.

SCHWEIGEN.

Maria will wissen, was ich hier überhaupt noch wolle, »wenn's in Indien so super ist«.

BEI DEN SCHÖNEN FRAUEN MIT DEM UNERGRÜNDLICHEN BLICK.

Dich, lüge ich.
Ich bin blass und blond, murmelt sie (mit abgewendetem Blick), und verdammt anstrengend. »'ne harte Nuss«, hat Toni immer gesagt. Aber nur, wenn er gut drauf war. Und du, flüstert sie, machst mir auch keine Komplimente mehr.
SCHWEIGEN.
Tut mir leid, sagt Maria, ehrlich.
Wo kommt das denn jetzt her, frage ich überrascht.
Was ich vorher gesagt hab, sagt sie, von wegen Mongo, Abtreibung, und dem ganzen Scheiß: Das wollt ich nicht.
Sondern, frage ich.
Ich will das Kind haben, sagt sie.
PERLEN.
KORALLENRIFFE.
Schwörst du das, frage ich.
Vielleicht ist es ja doch von Toni, grinst sie und zeigt ihre spinatverschmierten Zähne, könnte doch sein.

3.

»Bandit Queen« lässt sich nicht abspielen, weder auf dem DVD-Player noch auf meinem PC. Die Reinigungsversuche mit Mikrofasertuch bzw. heißem Wasser und Spülmittel hätte ich mir sparen können – die DVD ist im Arsch.
MARIA FÄRBT AUF MICH AB.
Instinktiv erwarte ich irgendeine Art von Bestrafung bzw. hämischem Kommentar, aber zum Glück ist sie heute relativ ruhig: Sie hockt im Schneidersitz auf der Couch und schaufelt langsam/stoisch Chips aus einer sog. Jumbotüte in sich hinein. Sowieso stellt Nahrungsaufnahme seit dem Aufstehen ihre Hauptbeschäftigung dar: Ganz offensichtlich hat sie diesbezüglich Nachholbedarf – und die Schwangerschaft steuert das ihrige dazu bei. Frankfurter Würstchen, Linsenbällchen, Rührei, Pakora, Marmeladebrote, Treets Schokoklicker, sie frisst wirklich alles. Nur leider hat dieser (immer wieder relativ unästhetische) Vorgang nicht das Geringste mit Genuss/Appetit zu tun: In manchen Momenten wirkt sie wie ein Junkie oder ein Tier, das Wintervorräte hortet, in anderen wie eine Arbeiterin beim mechanischen Ausführen ihrer völlig sinnentleerten (aber zum Überleben notwendigen) Tätigkeit.
Und, frage ich, schmeckt's?
Maria verdreht die Augen. Sie wird nicht müde, mir zu demonstrieren, dass alles eine Zumutung für sie darstellt: die Jumbotüte Chips, meine Frage, die Tatsache, dass ich mir Urlaub genommen habe, um mehr Zeit mit ihr verbringen zu können – Anlass bzw. Ursache für ihren Zustand sind austauschbar. Aber Maria ist eine schlechte Schauspielerin: Es gelingt ihr nicht, ihre Aufregung zu verleugnen. Ich kann ihre

Freude darüber, sich »frei« im Haus bewegen zu können, mit Händen greifen. Ihre schlechte Laune, ihre Biestigkeit, diese Lust, mich zu verletzen, das alles ist einstudiert; keine Ahnung, warum sie sich das zumutet, das ist irgendein Stolz, der nicht kaputtzukriegen ist, irgendeine Scham oder Angst vor Nähe und Intimität, die mich wütend/traurig/hilflos macht, aus ihrer Perspektive aber verständlich bzw. notwendig ist. Ich habe die These (Anm: Quelle? Überprüfen!) Tag und Nacht parat: Solange die durch den Missbrauch verursachte kognitive Verwirrung des Opfers nicht aufgelöst ist, stellt Distanz einen Sicherheitsraum dar, einen Punkt, von dem aus das Opfer seine eigenen Grundbedingungen für Vertrauen und Intimität definieren kann, bis es irgendwann wieder bereit ist, sich der tristen Realität zwischenmenschlicher Sexualität auszusetzen bzw. zu stellen.
ICH KANN ES NICHT MEHR HÖREN
Missbrauch kann und darf keine schlechte Kinderstube rechtfertigen. Keine Charakterlosigkeit/Geschmacklosigkeit. Ich selbst bin (weiß Gott!) nicht frei von Schuld bzw. Fehlern, aber ich ertrage es nicht, meine »folgerichtige« Maria hinter der Realität ihrer Anwesenheit verloren zu haben. Wenn ich ehrlich bin, ertrage ich unser Beisammensein nicht; es sei denn, Maria schläft oder ist bewusstlos.
Und diese Erkenntnis ertrage ich erst recht nicht.
WEITER.
Ich kann dir jede Menge über Phoolan Devi erzählen, sage ich, quasi statt DVD. Und was ich nicht weiß, gucken wir zusammen im Internet nach.
Ich bestimmt nicht, höhnt Maria.
Instinktiv schließe ich die Augen und wende mich ab.
ABER ICH WEISS, DASS MARIA NOCH IMMER DA IST.
Hast du Lust, frage ich.
Maria schüttelt den Kopf. Demonstrativ gelangweilt. Dabei

sitzt sie auf glühenden Kohlen: Ich kann es spüren. Ihr Interesse an Phoolan Devi ist größer als ihre sadistische Lust, mich abblitzen zu lassen. Und ihr abgewendeter Blick letztlich nichts anderes als die unausgesprochene Bitte, ich möge mich nicht täuschen lassen. Erkennen, dass ihr Nein in Wahrheit Ja bedeutet.

WEITER.

Phoolan Devi wird am 10. August, wahrscheinlich 1963, in eine untere Kaste geboren. Mit 11 Jahren wird das Mädchen mit einem gewissen Putti Lal verheiratet, der zu dem Zeitpunkt schon 35 Jahre alt ist, also 24 Jahre älter als Phoolan. Putti Lal ist ein brutaler, gefährlicher Mann, der seine noch nicht einmal geschlechtsreife Kindsbraut entjungfert, körperlich misshandelt und dann relativ bald verstößt. Dadurch gilt Phoolan als rechtlos, wird von diversen Männern vergewaltigt und schließlich in Haft genommen. Sie verbringt drei Tage in Untersuchungshaft, und später – nach dem Gerichtsurteil – 20 Tage im Gefängnis, bevor sie auf Kaution freigelassen wird. In beiden Gefängnissen wird sie von Polizisten/Personal vergewaltigt. Wie nicht anders zu erwarten, werden diese Vergewaltigungen rechtlich nicht verfolgt: Für die Behörden ist das Opfer schuldig. Niemals der Täter.

Verkehrte Welt, sage ich.

Maria frisst ihre Chips.

Weiter, raunt sie.

Nicht einmal ich selbst ertrage meinen betulichen Erzählton, die einfache Sprache, die ich wähle, damit Maria auch ja jedes Wort versteht. Gleichzeitig ahne ich, dass irgendetwas an dieser Geschichte über eine starke/furchtlose Frau, die sich der Männerwelt entgegenstellt, fatal ist. Und ich spüre, wie irgendeine bösartige/provozierende/trotzige Energie Raum in mir greift; so massiv, dass sie jede Vernunft in mir abtötet und mich antreibt weiterzuerzählen.

BIS ZUM BITTEREN ENDE.
Ich leite direkt zum THEMA FLUCHT über, zu dem Punkt, an dem Phoolan Kontakt zu Banditen aufnimmt. Zwar gilt Flucht in das Banditentum neben Selbstmord oder Prostitution als eine Möglichkeit für eine sog. entehrte junge Frau, erkläre ich (das Wort »Flucht« hervorhebend), aber Phoolan ist eine der wenigen, die tatsächlich von der Option Flucht Gebrauch macht. Gleich nach ihrer Flucht jedenfalls heiratet sie den Befehlshaber einer Bande namens Vikram und führt diese mit ihm zusammen an. Es heißt, dass sie in dieser neuen Machtposition Putti Lal, ihren ersten Ehemann, während eines gezielten Raubzuges verprügelt und DAS DRECKSCHWEIN danach zur Abschreckung auf einem Esel durch das Dorf führen lässt, denn NACH IHRER FLUCHT, IN FREIHEIT, betone ich, konnte sie tun und lassen, was sie will, z.B. brutal und sadistisch sein. Oder Vergewaltigern und anderen Männern die Nase bzw. den Penis abschneiden.
Maria lacht ungläubig.
WEITER.
Als Vikram getötet wird, gründet Phoolan ihre eigene Bande. Die Beute ihrer Raubzüge verteilt sie an Arme, Kranke und Mitglieder der untersten Kasten. Sie wird schnell zum Mythos bzw. zur lebenden Legende: eine bewaffnete, vollkommen freie Frau, die vor ihren Angriffen großspurig verkündet, wen sie zu töten bzw. auszurauben beabsichtigt. Schnell macht sie weltweit Schlagzeilen, unter der Bevölkerung nennt man sie »Göttin der Schönheit« oder »die Unverwundbare«. Wo immer sie auftaucht, jubelt man ihr zu. Sie ist ein weiblicher Robin Hood, eine Inkarnation der strafenden, rächenden Durga, aber auch von Kali, die zerstört und wieder erneuert.
Inkarnation, fragt Maria.
Ich schlucke meinen Impuls, die Augen zu verdrehen bzw. Maria MIT ALLER KRAFT ins Gesicht zu schlagen, hinunter und

sehe mit ihr gemeinsam bei Wikipedia nach. Ich lese ihr vor, dass der Begriff »Inkarnation« aus dem Lateinischen (incarnatio) kommt und so viel wie »Fleischwerdung« bedeutet. Im religiösen Bereich ist damit die Fleisch-, also Menschwerdung einer Gottheit gemeint.
Also, Phoolan, die zu Durga wird, erkläre ich mit Engelsgeduld, oder eben Kali.
Logisch, sagt Maria.
WEITER.
Ich überspringe diverse Details von Phoolans Karriere und komme direkt darauf zu sprechen, dass sie es schafft, als Politikerin einen Parlamentssitz zu ergattern – und das, obwohl sie Analphabetin ist. Zuerst rede ich mir ein, dass ich das erwähne, um Maria zu vermitteln, dass es auch für die Unterprivilegierten und Idioten so etwas wie Chancen/Möglichkeiten gibt, aber eigentlich weiß ich, dass meine Erzählung nichts anderes als EINE ABRECHNUNG ist.
EINE SCHON JETZT GESCHEITERTE ABRECHNUNG.
WEITER.
Ich erzähle, dass Phoolan als Politikerin vor allem für Frauenrechte und soziale Gerechtigkeit kämpft. Außerdem wird sie zur Anlaufstelle für unzählige misshandelte und vergewaltigte Inderinnen, denen Staat und Polizei Hilfeleistung bzw. Rechtsbeistand verweigert haben.
Hör mal, sage ich, hier ist ein Zitat, das in der »Chicago Tribune« abgedruckt wurde: »When I'm really free, I'm going to trash these men. But right now the government won't even give me a license for a gun. They know I can use it.«
Ich übersetze das Zitat.
Würdest du schießen, frage ich.
SCHWEIGEN.
Weiter, sagt Maria.
Naja, sage ich und klappe meinen PC zu, 2001 wird sie dann

ermordet. Wahrscheinlich von jemandem, der mit einem von ihr getöteten Vergewaltiger verwandt war. Kann aber auch sein, dass politische Motive der Grund für ihre Ermordung waren.
Und ich, fragt Maria, wie sterbe ich?
Ich schließe die Augen.
FLUCHT IST KEINE MÖGLICHKEIT.
ICH WEISS.
Ich kann Marias Gegenwart fühlen, IHRE EWIGE/STOISCHE ANWESENHEIT. Ich spüre ihre Wut/ihre Verachtung/ihre zersetzende Gegenwart, die mich mitten ins Gesicht trifft, als ich die Augen öffne. Ich habe ihrem Anblick nichts entgegenzusetzen. Noch nie habe ich sie so erlebt: eine gefrorene Aristokratin/Sklavin, hässlich, schön, unzerstörbar, unerträglich und unentbehrlich für jemanden wie mich.
Rück raus mit der Sprache, fordert sie mich auf, los!
Du bist schwanger, sage ich. Ich weiß selbst nicht, worauf ich mit diesem Hinweis hinauswill, aber die Wirkung auf Maria ist massiv. Sie baut sich breitbeinig vor mir auf, ihr fliederfarbiger Morgenmantel ist halb geöffnet und gibt den Blick auf eine weiße Unterhose und ein verwaschen rotes »Hello Kitty«-T-Shirt frei, das sie getragen hat, als ich sie überwältigt und hierher verfrachtet habe. Die Jumbotüte liegt rechts neben ihr, herausgefallene, zum Teil zerbröselte Chips, die ich später aufsammeln werde, bilden unharmonische Muster auf dem Teppichboden.
Maria stemmt ihre Arme in die Hüften, geht ins Hohlkreuz, grinst und präsentiert triumphierend ihren Unterleib. Was hältst du von Toni, fragt sie, wenn's ein Junge wird. Ist ja immerhin der Vater, wär mir jedenfalls recht, wenn er's wär, damit der Kleine kein fettes Schwein werden muss. Und wenn am Ende doch ein Mädchen rauskommt, hab ich an Sita gedacht.
Sie will wissen, ob »Mongo« ein Mädchenname ist oder nicht.

MARIA.

Irgendetwas habe ich verpasst; zumindest verstehe ich nicht, warum Maria plötzlich so gute Laune hat. Was bitte ist an der Vorstellung komisch, dass sie bei der Geburt von »Toni, Sita oder Mongo« sowieso »abkratzt«, weil ich behauptet hätte, dass sie »für den ganzen Scheiß« viel zu schmal gebaut sei. Wenn sie nicht vorher schon an Langeweile gestorben ist. Oder an Licht- und Sauerstoffmangel.

Gut gelaunt will Maria von mir wissen, ab wann ich denn vorhabe, Knebel, Schlafmittel, Zimmerarrest, Schläge usw. wieder einzusetzen. Ab wann sie damit rechnen kann, dass ich meinen »Fettkörper wieder auf sie drauflege«, und ob es mir lieber wäre, dass Sie sich die Kehle durchschneidet oder die Pulsadern aufritzt.

Bitte nicht, flüstere ich.

Bitte nicht, Ihr hochverehrten Herren Richter, Pflichtverteidiger, Tugendwächter, Moralapostel, Gutmenschen, meine Ankläger und Mörder: HEUTE NICHT.

Maria streicht mir über die Wange. Sie versteht überhaupt nicht, was mit ihr los ist, sagt sie (mit gespielter Naivität), das müssen die Hormone sein, das haut alles in mir durcheinander, denn sonst wär ich doch bestimmt glücklich. Ich hab ja alles, wovon Frauen träumen: ein schönes Haus mit Garten, zum Beispiel. Den Garten darf ich zwar nicht betreten, weil mein Mann dagegen ist, aber egal. Mein Mann hat mich nämlich entführt, weil ich vorher mit einem Typ zusammen war, Toni, der gar nicht gut für mich war. Der hat mich nämlich ziemlich derb geschlagen, und wenn jemand so was macht, dann ist das keine Liebe. Sagt mein Mann. Und obwohl mein Mann mich ja quasi gerettet hat, geht's ihm so richtig an den Kragen, wenn die Öffentlichkeit mitkriegt, dass er mich hier gefangen hält. Mir natürlich auch, weil ich keine Aufenthaltsberechtigung und diesen ganzen Scheiß hab, und deshalb würde mein Weg von hier direkt auf den Strich zurückführen. Damit das nicht passiert, bleib ich natürlich hier und mach alles, was mein Mann von mir verlangt: Ich nehm auch in Kauf, dass er mich schlägt und vergewaltigt, das kann man ja auch alles nicht mit vorher vergleichen, weil mein Mann mich nämlich – im Gegensatz zu Toni – liebt. Dass er fett ist, dafür kann er ja nichts. So was kann man keinem vorwerfen, das wär fies. Mein Mann ist zwar widerlich, aber dafür hat er innere Werte und die kommen dann in unserer kleinen Familie richtig gut zur Geltung. Und dass er außerdem noch ein echt häuslicher Typ ist, passt dazu wie die Faust aufs Auge, WEIL WIR NÄMLICH AUF IMMER UND EWIG IN DIESEM BESCHISSENEN HAUS FESTSITZEN.

Ich begreife nicht, woher Marias plötzliche Luzidität kommt. Diese Fähigkeit, analytischem Denken sprachlichen Ausdruck zu verleihen. Für einen Augenblick frage ich mich, ob sie sich während der gesamten Zeit unseres Zusammenlebens verstellt hat. Aber dann wird mir klar, dass ihr (wenn auch sprachlich wie argumentativ stark verbesserungsfähiger) Monolog die Frucht des positiven Einflusses darstellt, den ich auf sie ausgeübt habe.

Maria, will ich sagen, nicht.

Zu meiner eigenen Überraschung kämpfe ich mit den Tränen.

WEITER.

Diese Scheißhormone, lacht Maria, jetzt bin ich schon wieder so mies drauf. Dabei ist doch alles im grünen Bereich; vielleicht nimmt mein Mann Kontakt zur Münchner Unterwelt auf und besorgt mir gefälschte Ausweispapiere, so dass ich plötzlich volljährig bin, die deutsche Staatsbürgerschaft hab usw. Und dann wird geheiratet. Und zwar kirchlich, mit Brautkleid, Trauzeugen, Riesenhochzeitstorte und allem Drum und Dran. Und ab da liebe ich ihn natürlich auch, weil er nämlich so einen Riesenaufwand betreibt, geldmäßig und überhaupt,

dass mir vor Dankbarkeit gar nichts anderes übrigbleibt. Oder wir fliehen von hier, in irgendeiner Nacht- und Nebelaktion, und leben glücklich und zufrieden in irgendeinem von diesen beschissenen Staaten in Asien. In Thailand. Oder, noch besser: in Indien. Da hat mein Mann vor tausend Jahren mal Urlaub gemacht. In der Zeit, als er noch nicht so fett war und nicht bei jedem Schritt wie ein Schwein geschwitzt hat. Super, lacht Maria und klatscht in die Hände, da will ich hin! Wo mir doch das indische Essen so gut schmeckt!
Halt die Fresse, denke ich.
Aber ich sage nichts. Marias gespieltes, grenzdebiles Lachen erstarrt zur Fratze, als unsere Blicke sich treffen. Hass, Sadismus, was auch immer der Motor für ihren Auftritt ist, jetzt bricht es TOTAL ÜBERTRIEBEN aus jeder Pore ihrer bleichen/unreinen Gesichtshaut nach außen.
Da muss ich mich dann ganz schön ranhalten, damit ich neben den ganzen abgemagerten Minderjährigen nicht durch den Rost falle, brüllt Maria, die haben nämlich den Pluspunkt, dass es denen so richtig scheiße geht und die trotzdem alle mit ihren beschissenen Rehaugen anstarren, mit diesem dankbaren und glücklichen Blick. Dagegen kack ich ab, denn ich bin unglücklich und undankbar – ist ja klar, dass ich da auf absehbare Zeit für die Typen gar nicht mehr existiere: als Ehefrau nicht, als Matratze, als Wichsvorlage, als gar nichts. Aber, wütet sie, meinem Mann ist das egal. Der gibt die Hoffnung nicht auf und unterstützt mich in jeder Hinsicht, DER IST ECHT 24 STUNDEN TAG FÜR TAG UNUNTERBROCHEN IMMER FÜR MICH DA. Der lässt mich nicht aus den Augen, der beschäftigt sich mehr mit mir als mit sich selbst, weil er nämlich daran interessiert ist, dass Frau und Mann die gleichen Rechte haben, auch gefühlsmäßig. Er will eine ebenbürtige Partnerin, das sagt er immer wieder. Und die will ich ja auch sein, aber das schaff ich nur, wenn ich auf sein Niveau runtersteige, in ir-

gendeinen von diesen schallisolierten, arschkalten Kellern, wo ich freiwillig nie reingehen würde. Aber er verspricht mir, dass ich da unten veranstalten und sagen kann, worauf auch immer ich gerade Lust hab. Da unten herrscht nämlich Gedankenfreiheit! Und nicht nur das: Rede- und Meinungsfreiheit gibt's auch!
HALT ENDLICH DIE FRESSE!
Ich kann tun und lassen, was ich will, brüllt Maria, das ist die totale Freiheit! Und weil mich da unten kein Schwein hört, hab ich die Erlaubnis, mir die Seele aus dem Leib zu schreien, wenn mein fetter, widerlicher Mann sich wieder auf mich legt oder mich zusammenschlägt: Ich schreie und schreie, und es fühlt sich einfach nur geil an!
HEUTE NICHT.
Heute nicht, sage ich, aber eigentlich schreie ich. Ich schreie wie ein Verrückter, immer wieder die gleichen zwei Wörter, die keinen vollständigen Satz bilden, und auch nach der fünften Wiederholung nicht den geringsten Sinn machen. Zumindest nicht für Maria. Sie weicht instinktiv/verschreckt ein paar Schritte zurück, als ich meinen rechten Fuß erst gegen die Couch und dann gegen den Sessel ramme. Ich packe ihn mit beiden Händen und schaffe es (zu meiner eigenen Überraschung), ihn gegen das ästhetisch fragwürdige Kunststoffregal an der Wand zu schleudern. CDs, DVDs, Bücher und irgendwelche halbgelungenen Dekogegenstände (zwei Vasen, zwei Duftkerzen plus Kerzenständer und die leere Obstschale) fallen zu Boden; das Regal erst, als ich nachtrete. Spätestens jetzt sind alle zerbrechlichen Gegenstände zertrümmert. Ich hebe einzelne Bücher auf, reiße Seiten heraus und trenne WIE EIN BERSERKER die Deckel ab. Als ich (trotz mehrfacher Versuche) an der gebundenen Ausgabe von »Brehms Tierleben« scheitere, schleudere ich den Band in Richtung der Hightech-Ecke, treffe aber nicht. Ich schnappe mir ein Gerät nach dem

anderen und katapultiere sie durch das Zimmer, der Fernseher kommt mir trotz seiner 24 Kilo leicht vor. Irgendetwas verleiht mir Kraft, ein Wissen, von dem ich nicht die geringste Ahnung hatte: die Erkenntnis, dass nichts von dem, was ich mir wünsche, realistisch ist. »Folgerichtig« schon gar nicht. Bzw. noch komplizierter: die Wut darüber, dass das, von dem ich dachte, dass es auf meiner Wunschliste ganz oben stünde, mich anwidert. Dieser Anfall von väterlichem Stolz, dieser komplett infantile Schnelldurchlauf von Kindsgeburt, Heirat bis zu unserer Hochzeitsreise in die Ukraine oder (meinetwegen sogar) nach Indien, dieses Verkleinern meiner Bedürfnisse hinein in die beschränkte Vorstellungswelt von Maria, dieses Hinarbeiten IN RICHTUNG IRGENDEINER ERTRÄGLICHEN FORM VON REALITÄT zeugt von einer erschreckend durchschnittlichen bzw. spießigen Fantasie. Ich bin kein Freak. Nicht einmal ein Monstrum. Vielleicht sehe ich so aus, aber es besteht kein Zweifel daran, dass ich normal bin. Stinknormal. Und die Gewalt, mit der ich jetzt, in diesem Augenblick, auf DVD-Player, Bücher und Sessel eintrete, ist nichts anderes als Scham darüber, dass selbst ein primitiver, ungebildeter und minderjähriger Mensch wie Maria mich durchschaut. Vorbei die Zeiten, in denen sie Angst vor mir hatte. Sie verachtet mich. Ich sehe, wie sie am anderen Ende des Zimmers kniet und Scherben aufsammelt, Scherben, die einmal meine Obstschale waren und mit denen sie mir mühelos die Kehle durchschneiden könnte. Die Pulsadern. Obwohl sie mit der Methode nicht einmal bei sich selbst erfolgreich gewesen ist. Zum Glück besitze ich keine Pistole, die sie mir an die Schläfe, in den Mund, zwischen die Augen oder an irgendeine andere Stelle drücken kann. Ich weiß nicht, welche Vorstellung mir mehr Angst macht: dass sie abfeuern und mich töten oder dass ich überleben könnte: geistig behindert, querschnittsgelähmt oder vielleicht sogar ohne nennenswerte Schäden – man liest (auch

in medizinischen Fachzeitschriften) immer wieder, dass das möglich ist. In dem Fall könnte ich mein Leben weiterleben wie bisher: spazieren gehen, um weiterhin abzunehmen oder mein Körpergewicht wenigstens zu halten. Abends, bei einem Glas Wein, auf meinem Klappstuhl sitzen und Vorgarten und Paradies durcheinanderbringen. Sita Postkarten mit typisch bayerischen Landschafts- oder Architekturmotiven schicken, auf die ich LOGISCHERWEISE keine Antwort erhalten werde. Frau Anwart mit Champagnertrüffeln, Handcremes oder guter Literatur überraschen, weil ich ihre Arbeitskraft überstrapaziert habe bzw. so lange »krankgeschrieben« war. Blutbild und EKG für Herrn Kehraus erstellen. Frau Antonia Hartwig auf Bluthochdruck und Laktoseunverträglichkeit untersuchen und Frau Holländer-Palitzsch »Azathioprin« gegen Eisenmangel verschreiben, bis ich eines Tages VIEL ZU SPÄT endlich an Adipositas oder Herzversagen sterben werde. In diesem Haus. Vielleicht/wahrscheinlich sogar in diesem Raum.
SO TOT WIE MÖGLICH, SO LEBENDIG WIE NÖTIG.
Oder umgekehrt. Keine Ahnung, wer das gesagt hat (Anm.: Überprüfen!). Bzw. was es bedeutet. Und warum es mir durch den Kopf geistert. Ich stehe da und sehe, dass Maria am Boden kniet, Handfeger und Schaufel in der rechten Hand, vor sich ein Haufen von Scherben, zerbrochenen Kerzen, Papierfetzen etc., die sie anfängt zusammenzukehren. Ihre Bewegungen sind vorsichtig, ihr Blick gesenkt, so dass ein verlegener/demütiger Eindruck entsteht.
Sie sieht mich nicht an, als sie fragt, ob es okay ist, alles in den Mülleimer in der Küche zu werfen. Obwohl sie mein Nicken nicht bemerkt haben kann, fühlt Maria sich offenbar bestätigt. Sie häuft so viel auf die Handschaufel wie möglich. Ihre Bewegungen sind gezielt/effektiv, trotzdem schafft sie es, so wenig Lärm wie möglich zu machen und den Frieden, der jetzt, in diesem Augenblick, über allem liegt, nicht zu verscheuchen.

Diese Ruhe, die merkwürdigerweise kein Vorbote von Sturm und Vernichtung zu sein scheint, die auf nichts Zukünftiges verweist, die einfach nur ist.
WEITER.
Einige der technischen Geräte (Blu-Ray- und DVD-Player) scheinen (zumindest oberflächlich) unversehrt zu sein, den ramponierten Fernseher mitsamt dazugehörigen Teilen lagere ich im Eingangsbereich des Hauses zwischen. Das Kunststoffregal stelle ich wieder an seinen Ursprungsort zurück, hole ein Geschirrtuch aus der Küche und wische auf den einzelnen Brettern Staub. Ich spüre, dass Maria in circa einem Meter Entfernung hinter mir kniet, aber ich weiß, dass es falsch wäre, sie anzusehen. Jede überflüssige Bewegung würde die sich zwischen uns ereignende Choreographie zerstören, dieses langsame/andächtige Wiederaufbauwunder, das unsere volle Konzentration erfordert – und darum arbeite ich weiter, stelle Bücher zurück ins Regal, hebe jeden Metallsplitter und Kartoffelchip, jedes Displaystück und Kerzensegment einzeln vom Boden auf, statt zum Staubsauger zu greifen. Das Bücken bzw. Knien fällt mir nicht leicht, aber es hilft, wenn ich mich beim Aufstehen mit einer Hand auf dem Boden bzw. an einer Wand aufstütze. Schweiß tropft über mein Kinn auf den Teppich und bildet kleine Pfützen auf meiner Lebensoberfläche.
LEBENSOBERFLÄCHE.
Keine Ahnung, woher ich das Wort habe.
Mir ist alles egal, ich schäme mich nicht einmal für die nassen Flächen unter meinen Achseln, für meinen rasselnden Atem oder mein Gesicht, von dem ich (aus Erfahrung) weiß, dass es schwitzig und puterrot angelaufen ist. Ich habe keine Kraft, meine Hässlichkeit zu thematisieren. Und obwohl es ein alter Hut ist, wird mir erst jetzt, in diesem Augenblick, klar, dass mein Aussehen nicht das Problem ist. Aber das ist nicht die einzige Erkenntnis, die mich überkommt, während ich den Tep-

pich von letzten Papierfetzen befreie und die Couch aufrichte, um sie wieder an ihren alten Ort zu stellen. Ich werde plötzlich von einer druckreifen Erkenntnis heimgesucht, einem medizinischen Artikel, der in »DLP – Der Neurologe und Psychiater« oder im »Journal für Psychologie« jederzeit abgedruckt werden könnte. Jedenfalls geht es in dem Artikel um mich. Bzw. um meine Krankheit. Meine These ist, dass jede Krankheit – ALSO AUCH MEINE – ein notwendiger/unabänderlicher Ausdruck ihrer Zeit ist: Jede Epoche schafft Krankheiten, die genauso zu ihr gehören wie alles andere (Wissenschaftler, Künstler, Kriege, etc.), das aus ihr hervorgeht. Jede Epoche gebiert von der Pest über Syphilis bis zu Krebs und später AIDS ihre eigene, spezifische Massenpathologie. In diesem Zusammenhang verweise ich beispielhaft auf das Mittelalter, eine Menschheitsepoche, in der man vom Teufel besessen war. Dann gehe ich über zum Zeitalter der Aufklärung, Industrialisierung etc., in dem die Menschen kollektiv depressiv, hysterisch und neurotisch/psychotisch wurden, um dann nach dem 2. Weltkrieg/der Nazizeit massenhaft der Demenz zu verfallen. Der Artikel gipfelt in der These, dass jetzt ICH die Pathologie unserer Zeit verkörpere, das logische/unvermeidliche/notwendige Ergebnis aller vorangegangenen Epochen, ein zeitgeistiges Symptom, das – wie ich hoffe – spätestens 2017 in der 267., neu bearbeiteten Auflage des Pschyrembel verzeichnet sein bzw. für Schlagzeilen sorgen wird.
ICH.
FOLGERICHTIG IN MEINER SYMPTOMATIK.
Nichts außerhalb der Realität existiert.
Keine Liebesgeschichte.
Keine Schwester.
Keine Zukunft.
NICHTS.

Das Zimmer sieht auch ohne Fernseher, Vasen, Kerzen etc. aus wie vorher, die fehlenden Bücher fallen nicht einmal mir auf. Ich stehe in der Küche und betrachte von da aus Maria, während sie einen letzten Stapel mit abgegriffenen/zerlesenen Büchern in das Regal stellt. Ich glaube nicht, dass sie die einzelnen Titel beachtet; ich kann aber selbst auf Entfernung erkennen, dass es sich vor allem um Virginia Woolf, Djuna Barnes und Ingeborg Bachmann handelt – allesamt Bücher, die ich damals gekauft habe, weil Katharina strikt/panisch/aggressiv verweigert hat, mir auch nur ein einziges ihrer Exemplare zu leihen. Nicht einmal über meine Lektüre diskutieren durfte ich mit ihr, egal, wie anregend sie für mich auch war. Immer wieder hat Katharina WIE AM SPIESS/WIE EINE VERRÜCKTE geschrien, wenn ich (deshalb) in ihr Zimmer gekommen bin.
Damals fing das mit den Aufenthalten in Landshut an.
ICH ERINNERE MICH.
Meine Arme hängen herunter, mein Atem geht langsam und regelmäßig. Etwas, das wie ein Protestlaut/eine Verteidigungsrede klingt, wächst in mir heran, aber ich weiß, dass ich nichts zu sagen habe. Ich werde nicht anders können, als den Tatsachen ins Auge zu sehen. Verantwortung für das zu übernehmen, was ich Maria angetan habe.
KATHARINA.
Heute ist ihr Todestag, sage ich, als Maria zwei Passbilder, die aus einem der Bücher herausgefallen sind, fragend in meine Richtung hält.
Zumindest theoretisch.
Kein Mensch weiß, wie lange sie schon in ihrer schlecht geschnittenen Einzimmerwohnung gelegen hat. Zum Glück hat ihre Nachbarin, nachdem Katharina auf Klingeln und keinen ihrer Telefonanrufe reagiert hat, den Hausbesitzer aufgefordert, die Wohnungstür zu öffnen. Falls nicht, hatte sie damit

gedroht, die Behörden einzuschalten. Laut Aussage des Hausbesitzers lag Katharina im Bett, bis auf die Schuhe vollständig angezogen, aber mit aufgetrennten Pulsadern. Und überall Maden/Fliegen/Käfer, diese ganzen spinnenartigen Tiere. Und modrige Luft, der typische Geruch nach Verwesung.
Keine Spur von einem Abschiedsbrief.
Nichts.

Maria sitzt auf der Couch; ich auf dem Fußboden, mit dem Rücken gegen das Regal gelehnt. Wir schweigen. Der Rest des Tages ist stehengeblieben, der Augenblick zerbrechlich und von rätselhafter Schönheit: Jede Bewegung, jeder (noch so versöhnliche) Wortbeitrag würde alles zerstören. Ich erinnere mich, mit Katharina einmal eine ähnliche Situation erlebt zu haben. Aber Maria hat keine Angst. Sie ist nicht einmal wütend. Ihr Blick ist glasig, ihr Körper müde, manchmal laufen Tränen über ihre Wangen. Als ich vorhin anheben wollte, mich bei ihr zu entschuldigen, hat sie genickt. Einfach nur genickt, weil sie schon längst wusste, was ich sagen wollte.

ES TUT MIR LEID.

Jede Aufgabe ist konkret, die Bewegungsabläufe abgestimmt. Maria setzt Wasser auf und schält Kartoffeln, ich schneide Gemüse (Karotten, Zwiebeln, Egerlinge) und Petersilie, dünste alles in einer Pfanne. Währenddessen gare ich die Hühnerbrustfilets, die ich schon am Morgen aufgetaut habe. Als ich in das Esszimmer komme, sehe ich, dass Maria den Tisch deckt. Obwohl alles neu für sie ist, hat sie offenbar keine Mühe gehabt, Besteck und Servietten zu finden.
Wir sprechen nur das Nötigste.
Nach dem Essen ist Maria müde. Sie sagt, dass sie gerne nach oben gehen würde.

FREIWILLIG?
Maria nickt.
Sie trägt ihren leeren Teller in die Küche. Jetzt, in diesem Augenblick, spüre ich, dass sie hinter mir steht und ihre Hand auf meine linke Schulter legt. Als ich – WIE AUF KOMMANDO – zu weinen anfange, zieht sie den Arm zurück.
Bis später, sagt sie.
Die Stille, nachdem Maria die letzte Treppenstufe erreicht, den oberen Flur passiert und die Zimmertür hinter sich geschlossen hat, ist wie Watte.

Ich öffne die Haustür und trage den kaputten Fernseher zu meinem Wagen. Gerade, als ich das Gerät in den Kofferraum verfrachte, sehe ich, wie Barbara Umlauf auf mich zukommt. Sie winkt. Ich schließe den Kofferraum und komme ihr ein paar Schritte entgegen.
Kaputt, fragt sie, wartet dann aber meine Antwort nicht einmal ab. Sie ist aufgeregt/ängstlich, weil sie eine schriftliche Vorladung erhalten hat, um nächste Woche als Zeugin vor Gericht auszusagen bzw. um zu bestätigen, dass der Mann, den sie in meinem Garten beobachtet hat, wirklich Lauterbach ist. Als ich ihr von Lauterbachs Vorstrafen, den Drogenfunden etc. erzähle, wird sie sichtlich nervös. Sie atmet übertrieben laut aus, dann soll ich ihr sagen, worauf sie sich vorzubereiten hat. Weil ich mich doch mit den Vorgängen bei Gericht bestimmt auskenne.
Woher denn, sage ich, nein.
Besonders unangenehm ist meiner Nachbarin die Vorstellung einer Gegenüberstellung bzw., dem Täter direkt ins Gesicht sehen zu müssen.
Wird das überhaupt so gemacht, frage ich. Ich habe nicht die leiseste Ahnung. Richter mit Allongeperücken und Hammer, Geschworene, die sich zur Beratung zurückziehen und dann

zu einem einstimmigen Urteil kommen: Meine instinktive Vorstellung von Gerichtsverfahren hat nicht das Geringste mit Realität zu tun.
Barbara Umlauf lacht.
LANGE.
UND VIEL ZU LAUT.
Ich bin für 11 Uhr bestellt, sage ich.
Sie eine halbe Stunde später. Meine Nachbarin beschließt, dass wir gemeinsam zu dem Termin fahren. Schon weil es die Parkplatzsuche erleichtert, wenn auf einen Wagen verzichtet wird. Und überhaupt. Ich überstehe die Abschlussfloskeln unseres Gesprächs, nicke ihr freundlich/unverbindlich zu und gehe wieder ins Haus.
Die Eingangstür ist noch immer angelehnt.
Maria steht direkt dahinter.

Drogen, fragt sie.
Ich bin nicht mal in der Lage zu nicken. Ich will von ihr wissen, warum sie die Gelegenheit nicht genutzt hat, um Alarm zu schlagen. Oder zu fliehen. Ich rede ohne Punkt und Komma auf sie ein. Ich wünsche mir zu hören, dass sie freiwillig bei mir geblieben ist, obwohl ich weiß, dass sie und ich im Jetzt festsitzen. Jede Veränderung der Situation ist für Maria gleichbedeutend damit, vom Regen in die Traufe zu kommen, vom fliederfarbigen Gefängnis zurück auf den Straßenstrich. Oder sich in die Dunkelziffer längst vergessener Menschen einreihen zu müssen, die dazu verdammt sind, spurlos zu verschwinden. Die in keinem Straßengraben/keiner Kriminalakte, in keiner schlecht geschnittenen Einzimmerwohnung auftauchen, weil sie nicht mal vermisst werden.
AUS IHREM EIGENEN LEBEN ENTFÜHRT.
ALS HÄTTEN SIE NIE EXISTIERT.
Maria sitzt vor mir auf der Couch und durchforstet ihr gelbes

Haar nach gebrochenen Spitzen. Als ich den Ausflug aufs Tapet bringe, sieht sie erstaunt zu mir auf.
Einen Ausflug, fragt sie.
Heute Abend, sage ich.
ZU KATHARINA.

4.

Die Eingangspforte ist zwar abgeschlossen, aber so niedrig, dass selbst mein Körper in Null Komma Nichts auf der anderen Seite ist. Die spärliche Nachtbeleuchtung stellt in puncto Orientierung keine große Hilfe dar, so dass ich Maria zweimal in die falsche Richtung lotse, bis wir endlich vor dem gesuchten Grabstein stehen.
KATHARINA WERTHEIMER 1969 – 2014.
Er ist zugewuchert, halb verschwunden hinter abgeblühter Schafgarbe, Knöterich und irgendwelchen holzigen Halmen. Zwei vertrocknete Pflanzenreste in Plastiktöpfen erinnern an meinen letzten Besuch vor fast einem Jahr. Eigentlich habe ich damit gerechnet, dass Katharinas Nachbarin oder eine der mit ihr befreundeten sog. Feministinnen, die auf der Beerdigung waren, die Grabpflege übernehmen würden.
Aber offensichtlich nicht.
Wieso das, fragt Maria, als ich ihr erzähle, dass keine von ihnen mir damals die Hand geben wollte. Geschweige denn, mit mir geredet hat. Der einzige Mensch, der mir sein Beileid ausgesprochen hat, war der Pfarrer. Und selbst der hat irgendwie säuerlich/verlogen geklungen.
Ich packe das Grablicht, die kleine Hacke und die Schaufel aus. Die Erde ist warm, das Unkraut lässt sich mühelos ausreißen. Weil es auf dem Weg hierher keine Möglichkeit gab, frische Blumen zu kaufen, hat Maria einzelne Töpfe (eine bräunliche Herbstaster und zwei gelbe Chrysanthemen) von weiter entfernt liegenden Gräbern mitgehen lassen, die wir jetzt, in diesem Augenblick, zusammen eingraben.

Ich bin allein, sage ich mit Blick auf das Grab, ALLEIN, ALLEIN, ALLEIN.
EIN VERLOGENES, WIDERLICHES SCHWEIN.
Genauso gut könnte ich Maria adressieren, die neben mir steht und ohne irgendeine erkennbare Regung in meine Richtung sieht, während ich mich daran zu erinnern versuche, was ich weiß. Was meinen Gedächtnislücken nicht zum Opfer gefallen ist. Jetzt, in diesem Augenblick, begreife ich, dass ich darum – GENAU AUS DIESEM GRUND – diesen nächtlichen Ausflug machen musste. Keine überraschende/unvorhersehbare Wende, kein dramatischer Höhepunkt einer spannungsgeladenen Geschichte, aber ein notwendiges (und seit langem überfälliges) Kapitel. Also beschwöre ich Katharina herauf: ihre von blauen Äderchen durchzogene Haut, ihre dünnen Ärmchen, ihr blasses Gesicht, wenn sie schläft, ihr eisblaues Kleid mit Spaghettiträgern, das sie nie wieder getragen hat, nachdem klar war, wie sehr ich es liebe. Ihr Kinderzimmer, ihre Bettwäsche, Geburtstage, Nachmittage, Isarspaziergänge, Doktorspiele, Wutausbrüche, Panikattacken, Briefe und Postkarten (auch die bösartigen aus den späten 80er Jahren), ein Querschnitt durch Katharinas medizinisch-psychiatrische Geschichte und die (zum Teil) widersprüchlichen/absurden, aber immer besorgniserregenden Diagnosen, und so weiter, und so weiter. Den gesamten Speicher rufe ich ab. Alle in diesem Moment verfügbaren Indizien unserer Geschichte, die nicht aus meinem Kopf zu kriegen waren, wie sehr ich mich auch bemüht habe.
Immerhin erweist sich meine Angst, schon wieder in dieses lästige/demütigende Heulen zu verfallen, als komplett unbegründet. Je länger ich rede, desto fester wird meine Stimme; ich habe die Wahrheit – DIE SOG. NACKTEN TATSACHEN – solange von mir ferngehalten, dass das, was ich sage, nicht in der Lage ist, Verbindung zu mir aufzunehmen. Ich stehe vor

dem Grab meiner Schwester und trage Passagen aus den Aufzeichnungen eines anderen Mannes vor. Sein protokolliertes Geständnis, seine pathologischen Liebesbriefe, von denen mir jedes Wort bekannt ist, auch den Schluss habe ich auswendig parat, vor allem den Schluss, das, worauf diese austauschbare Geschichte hinausläuft.
Ich bin erleichtert, endlich am Ende angekommen zu sein.
DER AUGENBLICK IST GLÜCKLICH.
Ich schnappe mir das Unkraut und die vertrockneten Pflanzen in den Plastiktöpfen, um sie in einen der Mülleimer neben der Kapelle zu werfen, die ich auf dem Weg zum Grab am Rande wahrgenommen habe. Nachdem ich Maria den Rücken zugedreht habe und drei oder vier Schritte gegangen bin, höre ich ihre Stimme. Sie sagt, dass sie nicht kapiere, wie man so schwachsinnig sein könne, sich wegen so was umzubringen. Wenn ich mich so angestellt hätte, sagt sie, wär ich schon hundertmal tot.
SCHWEIGEN.
Darum machst du dich fertig? Wegen so 'ner Uraltkiste, fragt sie, das kann ja wohl nicht wahr sein.
Maria sieht mich ungläubig an, dann winkt sie ab und sagt, dass sie genug habe und »ernsthaft kotzen« müsse, wenn sie »dieses Scheißwort Missbrauch« noch einmal höre.
Ich gehe weiter. Nach ungefähr zwanzig Metern Fußweg stehe ich vor einem Mülleimer. Aus irgendeinem Grund werfe ich die Plastiktöpfe aber nicht hinein; ich hole aus und schleudere sie ins Dunkel; ich kann hören, wie sie (nicht allzu weit entfernt) auf den Boden auftreffen. Jetzt, in diesem Augenblick, weiß ich, wie es ohne Maria sein wird. Frei von allem, was weniger als Liebe ist.
Ein oder zwei Minuten später (natürlich habe ich doch noch geheult) gehe ich zu ihr zurück. Sie kniet vor dem Grab und zupft einzelne Blätter der geklauten Herbstaster ab.

WEITER.
Ich zeige mich an, sage ich.
Ich bin bereit, ihr allmächtigen Herren Richter, ihr Staatsanwälte, Ankläger, Rechtsvertreter, ihr Jung- und Vernehmungsbeamten, Moralapostel, Zuhälter, Vergewaltiger und Frauenhasser, meine Mörder.
MORGEN GEHE ICH ZUR POLIZEI.

Streichhölzer hatten wir vergessen. Darum steht das Grablicht, das für Katharina gedacht war, jetzt auf Marias Bettseite und verbreitet sein milchig-trübes Licht.
Polizei, sage ich.
Nein, flüstert Maria.
Ihr Blick ist gleichzeitig stur und zuversichtlich.
Sie schmiegt sich in meinen Arm. Von sich aus. Freiwillig. Genießerisch. Ich kann das, was sich zwischen uns ereignet, nicht fassen. Und doch: Wir haben es geschafft: Der Weg war lang und anstrengend, und wir sind endlich am Ende der Einbahnstraße angelangt. Die Ziellinie ist überquert: kein mögliches Zurück, kein Aufenthaltsort und keine Perspektive in Sicht. Nicht hier. Und nicht für uns. Hier, wohin ich uns gezwungen habe, ist die Luft dünn, die Überlebenschance auf ein Minimum reduziert. Wahrscheinlich ist der Frieden zwischen Maria und mir in Wirklichkeit nicht mehr als ein Waffenstillstand, Zweisamkeit auf Bewährung oder Erschöpfung, die wir fälschlicherweise als Hingabe deuten. Vielleicht haben wir einfach nur noch Kraft für das, was ist. Was weiß ich. Mir ist das (ehrlich gesagt) egal.
JETZT, IN DIESEM AUGENBLICK, SIND WIR VIELLEICHT GLÜCKLICH.
Und selbst, wenn nicht. Die Täuschung fühlt sich echt an. So echt, dass ich mich nicht einmal belügen muss, um darauf hereinzufallen. Für einen Augenblick atme ich Höhenluft.

Aber die Aussicht auf den unvermeidlichen Abstieg ist unübersehbar: der Abstieg zurück in die Mittelmäßigkeit/Geheimnislosigkeit der Realität. Zurück in mein Leben. Meinen Alltag. In diese unerträgliche Verabredung von Lüge und Normalität. Und weil ich weiß, dass mir genau das bevorsteht – TAG FÜR TAG FÜR TAG FÜR TAG – gehe ich morgen, gleich als erstes, zur Polizei. Den Zettel mit Adresse und Öffnungszeiten der nächstgelegenen Dienststelle habe ich auf den Esstisch gelegt. Die Panik, die der Gedanke daran auslöst, verfliegt, als Maria plötzlich den Kopf hebt, mich ansieht und auf die Stirn küsst. Dann schließt sie die Augen. Nach wenigen Minuten schläft sie ein. Ihr Atem geht tief und regelmäßig, ihre Haut ist kalt, das feuchte Haar riecht nach Erde und Herbst.
WAS AUCH IMMER GESCHIEHT – ES IST FOLGERICHTIG.
Ich heule noch ein bisschen.
Dann schlafe ich ein.

Als ich aufwache, ist Maria nicht mehr da.

ABSCHNITT SECHS

erstellt/protokolliert von: Alexander Wertheimer
Seitenumfang: 10 (S.212-221)
Unterabschnitte: 1
vorangestellter/assoziativer Leitgedanke:
»Die Zeit ist überhaupt nicht mehr, denn es könnte gestern gewesen sein, lange her gewesen sein, es kann wieder sein, immerzu sein, es wird einiges nie gewesen sein.«
Quelle: Ingeborg Bachmann (I.B.): »Malina«.
alternativer Leitgedanke:
»A man is whole only when he takes into account his shadow.«
Quelle: Djuna Barnes: »Nightwood«. (Zitat in deutscher Übersetzung? Überprüfen!)

1.

Keine Ahnung, warum ich die defekte »Bandit Queen«-DVD nicht schon vor vier Tagen aussortiert habe. Wie die anderen Sachen. Jetzt liegt sie im Trittmülleimer in der Küche auf zerknülltem Schokoladenpapier, irgendwelchen leeren Chips- und Haribotüten, ein paar vertrockneten und einem noch feuchten Teebeutel. Seit fünf Tagen quäle ich mich mit diesem widerlich schmeckenden Gebräu aus Kalmuswurzel, Kamillenblüten, Schafgarbe, Melissenblättern und Krauseminze, von dessen angeblich »krampflösender und wohltuender Wirkung« auf den Magen (blablabla) ich nicht das Geringste spüre. Wenn ich diese Übelkeit loswerden will, hilft wahrscheinlich sowieso nur eins: Maaloxan. Ich bin relativ sicher, dass ich noch eine Packung in der Praxis habe.

Sascha Junghans ist kein bisschen überrascht, als ich ihm sage, dass ich über Veränderungen im 1. Stock nachdenke. Selbst ihm (dem Homosexuellen) ist meine Wahl »eine Spur zu süßlich« gewesen. Das Zimmer »eine Spur zu Bollywood«. Obwohl er mir das meiste davon aufgeschwatzt hat. Ich sehe über sein Verhalten hinweg und verabrede mich mit ihm für nächsten Montag, 16:00 Uhr. Erste spontane Ideen (geseifter Parkettboden, schwarze Lampenschirme, Bettwäsche und Teppich in fein abgestuften Grautönen) lehne ich ab. Man muss das Kind ja nicht gleich mit dem Bad ausschütten.

Fast drei Kilo zugenommen.
Die Strafe für zehn Tage ohne Sport. Ab morgen wird wieder konzentriert gegangen – und zwar mindestens eine halbe Stunde, entweder vor oder nach der Praxis.

Bewegung ist das einzige, was hilft.
AKTIVITÄT.

Wir müssen einmal kurz am Kleidercontainer halten, sage ich (so beiläufig wie möglich), nachdem Barbara Umlauf auf der Beifahrerseite eingestiegen ist. Sie trägt einen roten, schlauchigen Rock und einen unvorteilhaft enganliegenden Mohairpulli in einer undefinierbaren Unfarbe irgendwo zwischen Formaldehyd und Weißweinessig. Leider zeichnen sich nicht nur ihre BH-Träger darunter ab, sondern auch die Fettpolster im Bereich von Bauch und Hüfte. Die taubenblaue Handtasche und der farblich darauf abgestimmte Mantel, den sie über ihrem Arm drapiert hat, bestätigen mich in meinem Eindruck. Neben mir sitzt eine unangemessen herausgeputzte Frau auf dem Weg in eine Bar oder ein Musicaltheater, nicht aber zu einem Gerichtstermin.
Ausgemistet, fragt sie.
JA.
Der Kleidersack liegt seit vier Tagen im Kofferraum, aber aus irgendeinem Grund habe ich es nicht fertiggebracht, ihn zu entsorgen. Erste Anzeichen von Alzheimer, sage ich und lache, um zu signalisieren, dass es sich bei meiner Bemerkung nicht um eine ärztliche Diagnose, sondern um einen Witz handelt. Ich wäre froh über einen kleinen Schuss Gedächtnisverlust, aber diese Gnade wird mir nicht zuteil.
WEITER.
Barbara will wissen, ob Kreuzworträtsel, Sudoku, Gedichte auswendig lernen usw. wirklich geeignet sind, um einer Demenzerkrankung entgegenzuwirken, aber ich kann die Frage nicht beantworten. Das Wichtigste ist, viel Wasser zu trinken, sagt sie, liest man zumindest in all den Ratgebern zu dem Thema. Aber jede Viertelstunde auf Toilette zu rennen, erhöht die Lebensqualität auch nicht wirklich.

Nein, sage ich.
Wir lachen.
WEITER.
Was ist das, fragt Barbara, ein Hemd? Sie klingt fast ein bisschen pikiert. Ich folge ihrem Blick und sehe, dass der Müllsack, den ich mit einem alten Schnürsenkel zugebunden habe, auf einer Seite aufgerissen ist.
Bettwäsche, sage ich, ich glaube nicht, dass ich der Typ für fliederfarbige Kleidung bin.
Wie auf einen heimlichen Befehl hin lachen wir. Instinktiv/erleichtert. Aber auch peinlich berührt. Weil uns beiden klar ist, dass diese unausgesprochene Übereinkunft dazu dient, den Sicherheitsabstand zwischen uns zu wahren. Sie ermöglicht meiner Nachbarin, die Sätze, die in ihrem Hinterkopf darauf lauern, ausgesprochen zu werden, nicht zu wissen.
WEITER.
Ist Ihnen nicht gut, fragt Barbara (besorgt), als ich mich schwer atmend am Rotkreuzcontainer abstütze, nachdem ich den Kleidersack umständlich darin versenkt habe.
Nicht näherkommen, denke ich, nicht anfassen.
Aber es droht keine Gefahr. Keine Bewegung. Meine Nachbarin hat gesehen, dass mein Kopf verneint, und bleibt im Auto sitzen. Ihr Gesicht drückt Anteilnahme/Mitgefühl aus, weil sie sich ihre Erleichterung darüber, dass ich ihr Hilfsangebot abgelehnt habe, nicht eingestehen kann.
WEITER.
Der Föhn macht mir dieser Tage ganz schön zu schaffen, sage ich und wechsle auf die Abbiegerspur, vor allem kreislauf- und kopfschmerztechnisch.
AUSSERDEM SCHLAFE ICH SCHLECHT.
Kenn ich, nickt Barbara. Ich höre, dass sie sich fragt, ob das Wetter in früheren Jahrhunderten auch schon einen so massiven Einfluss auf den Organismus gehabt hat – oder ob das

ein Ausdruck für die Entfremdung des heutigen Großstadtmenschen ist, der keinen Bezug mehr zur Natur hat. Jede Form von Wetterwechsel fährt uns in die Knochen, von der Sonne kriegen wir Hautkrebs und vom Föhn Kopfschmerzen, Schlafstörungen und Depressionen.

MENSCHEN SIND IMMER DEPRESSIV GEWESEN.

Ja, sagt Barbara, aber das Wort ist neu.

WEITER.

Wir einigen uns darauf, dieses Jahr einen sehr warmen Spätherbst/November zu haben, wahrscheinlich den wärmsten seit mindestens zehn Jahren, wodurch sich die Wirkung des Föhns mit Sicherheit potenziert. Offenbar soll die Temperatur bis zum Wochenende aber sinken, drei, eventuell sogar bis zu vier Grad. Und dazu vereinzelte Regenfälle, sagt Barbara, Gott sei Dank, diese schwüle Hitze und diese Trockenheit, das ist selbst für so unverwüstliche Gewächse wie Chrysanthemen Gift.

Barbara erinnert mich daran, dass es letztes Jahr um diese Zeit schon geschneit hat – ein weiteres Indiz dafür, dass Jahreszeiten und Wettergesetze nur noch in der Erinnerung existieren. Die Eisheiligen, Hundstage, Altweibersommer, Siebenschläfer usw., alles vorbei, alles Vergangenheit.

Die kalte Sophie macht alles hie, zitiert Barbara.

ES WIRD EINIGES NIE GEWESEN SEIN. (I.B.)

Ja, sage ich, mindestens zum fünften Mal. Anfänglich habe ich das Wort als eine Art mechanischer Gesprächsverweigerung eingesetzt, aber jetzt, in diesem Augenblick, wird mir klar, wie gerne ich es sage bzw. dass ich gar nicht erwarten kann, bis ich mein Stichwort wieder zum Besten geben darf, mein »Ja«, mit dem ich die Stille austreibe, dieses aggressive Nichts, das alles an sich reißt.

JA.

Meine Nachbarin sieht mich an. Freundlich. Dankbar, was

weiß ich. In jedem Fall ist meine Gegenwart von entscheidender Wichtigkeit für sie. Und das nicht, weil sie Angst vor dem Gerichtstermin hat oder an meiner Person/meiner Meinung/meiner Hilfe interessiert ist.
NEIN.
Mein »Ja« bestätigt ihr, dass sie kein Selbstgespräch führt.
DASS SIE NICHT ALLEIN IST.
BZW. VERRÜCKT.

Vielen Dank nochmal, sagt Barbara auf dem Rückweg, allein wäre ich vor Nervosität gestorben.
Betrachten Sie's als Wiedergutmachung für meinen absurden Auftritt damals im Garten, sage ich und zitiere meinen Versuch, Barbara zu einem Kino- oder Theaterbesuch bzw. Wochenendausflug an den Ammer- oder Starnbergersee zu überreden. Besonders gut gefällt ihr die von mir gewählte Schlafzimmerstimme, die keinen Zweifel daran lässt, dass ich ein hoffnungsloser Fall bin. Jemand, vor dem sie (im Besonderen) sich besser in Acht nimmt.
EIN WIEDERHOLUNGSTÄTER.
Dieses Wochenende nicht, lacht Barbara und winkt ab, aber nächstes, vielleicht.

Soll ich Sie nicht doch nach Hause fahren, frage ich.
Kommt nicht in Frage, sagt Barbara (mit gespielter Resolutheit), Sie müssen in die Praxis.
Sie steigt aus. Von dieser Kreuzung aus kann sie entweder ein Taxi oder die S-Bahn nehmen. Oder die Straßenbahn und nach drei Stationen in einen Bus umsteigen, was – je nach Verkehrsdichte und Tageszeit – möglicherweise sogar die geschickteste/beste Lösung ist. Um zu Fuß zu gehen, ist die Strecke aber eindeutig zu weit. Darin sind wir uns auf Anhieb einig, während ich Barbaras Enthusiasmus in Bezug auf Elektrofahrräder

nicht teilen kann. Etwas, das unter so idiotischen Namen wie »E-Bike« bzw. »Pedelec« vertrieben wird, nehme ich schon aus Prinzip nicht ernst.
WEITER.
Ich sehe Barbara hinterher, bis außer einem roten, formlosen Fleck nichts mehr übrig ist. Meine Augen brennen. Aber erst, als sie in dem Gewimmel gelbhaariger Frauen und frühreifer Teenager verschwunden ist, gelingt es mir zu blinzeln.
Ich frage mich, ob die Tatsache, dass ich jetzt, in diesem Augenblick, keine Erektion habe, ein Indiz für Normalität, Impotenz oder irgendeine Perversion ist.
WAS IST BLOSS LOS MIT MIR?

Auf dem Weg vom Parkplatz in die Praxis erregen zwei Frauen mein Missfallen, sog. white trash, vielleicht auch Prostituierte, das ist auf den ersten Blick schwierig zu sagen. Sie lehnen an einer Absperrung und rauchen. Ihre Bewegungen sind affektiert, die Gesichter stümperhaft geschminkt, die tief dekolletierten Billigshirts legen jeweils eine nackte (mit Rose bzw. chinesischen Schriftzeichen tätowierte) Schulter frei und sind so lang, dass ihre sog. Hotpants fast vollständig darunter verschwinden. Die hektisch gefleckten, offensichtlich als sexy beabsichtigten Beine machen schon jetzt den Eindruck, anfällig für Zellulite zu sein; die blondierten, dünnen Haare müssten dringend gewaschen und ihre geschmacklosen High Heels geputzt werden; die leuchtend lackierten Fingernägel sind vermutlich künstlich/geklebt.
Als ich unmittelbar an ihnen vorbeigehe, sehe ich, dass es Kinder sind.
15- ODER 16-JÄHRIGE MÄDCHEN.
Die Armreifen des Mädchens mit der auftätowierten Rose klirren, als es seine Zigarette wegschnippt.
Sie trifft mich direkt im Gesicht.

Ich lächle beschwichtigend.
Nichts passiert, sage ich.
WEITER.
Ich zwinge mich, mein Schritttempo nicht zu erhöhen, obwohl ich das dreckige Lachen der beiden nur schwer aushalte. Kurz bevor ich außer Hörweite bin, ruft eines der Mädchen mir etwas nach, das wahrscheinlich »Fettes Schwein« heißt. »Fettes Schwein«, vielleicht aber auch »Feiges Schwein«.
Ich bin mir nicht sicher.

Frau Anwart hat die konische Vase auf ihrem Schreibtisch mit frischen, farblosen Nelken gefüllt. Daneben stehen sehr exklusiv aussehende Duftstäbchen, die laut Etikett nach Bambus und somit »belebend« und »trendig« riechen. Die Holzschale neben den Illustrierten ist mit zuckerfreien Bonbons und Cashewnüssen (in kleinen Portionstüten) gefüllt. Und obwohl meine Sprechstundenhilfe kein Wort darüber verliert, weiß ich, dass sie all diese Veränderungen mir zu Ehren vorgenommen hat.
Vielen Dank für die Handcreme, sagt sie (sich beschäftigt gebend), und für das Buch.
Sie freut sich tatsächlich. Von Nelly Arcan hat sie noch nie gehört, findet aber, dass der Covertext »recht spannend« klingt. Und die Tatsache, dass die Creme für trockene und gestresste Altershaut ist und vorbeugend gegen Pigmentflecken angewendet werden kann, betrachtet sie nicht als Affront.
Nächstes Mal eine Konzertkarte.
Oder zwei.

14:00 Uhr: Verena Hödlmoser (Schilddrüse), 14:15 Uhr: Evamaria Sonnabend (Grippeimpfung), 14:30 Uhr: Stefan Kastenhuber (Cholesterin), 14:45 Uhr: Marius Muckenthaler (Blutbild), 15:00 Uhr: Natalie Schwager (Verstopfung), 15:15

Uhr: Carola Maria Warmuth (Erstbesuch), 15:30 Uhr Thomas Karlberger (Fäden ziehen nach Schulter-OP).

15:45 Uhr: Johanna Krainz. Vorwand für ihren Termin: Schilddrüsenüberfunktion. Sie fragt, ob ich mich noch an die Salzkammergutfahrt erinnere, die sie sich von ihrem Mann zum 25. Hochzeitstag gewünscht hat.
Ja, sage ich.
Jetzt will ihr Mann plötzlich nichts mehr davon wissen. Er hat sich »irgendwas Exotisches« in den Kopf gesetzt. Mexiko hab ich ihm noch ausreden können, sagt Frau Krainz, aber jetzt will er unbedingt nach Nepal. Und Indien. Taj Mahal, Kaschmir, Ladakh, Mumbai, ich hör überhaupt nichts anderes mehr. Und sobald ich ihn auf die Krankheiten anspreche, die man sich da einfangen kann, lacht er mich aus. Er meint, das gehört alles dazu. Zum Abenteuer.
SCHWEIGEN.
Aber da gibt es doch Malaria, Gelbfieber, Cholera, Typhus, fragt Frau Krainz, das bilde ich mir doch nicht ein, Herr Doktor, das ist doch eine Tatsache.
Wenn Sie lieber an einem Zeckenstich sterben wollen, sage ich, müssen Sie schon hierbleiben.
SCHWEIGEN.
Ich verschreibe Frau Krainz Methizol SD 5 und frage, ob sie ev. einen Tipp für einen Wochenendausflug habe.
Rothenburg ob der Tauber, schlägt sie vor.
ZUM BEISPIEL.
Da war ich schon so oft, sage ich.
Wir waren neulich im Freilichtmuseum Glentleiten, erzählt sie, gleich beim Kochelsee. Da erfahren Sie alles über bäuerliches Leben vor der Industriellen Revolution: Häuser, Gebrauchsgegenstände und so weiter, also wie man damals in Oberbayern gelebt und gearbeitet hat. Uns hat es gut gefallen, fügt Frau

Krainz (fast entschuldigend) an, aber ich weiß natürlich nicht, ob das was für Sie wäre.
SCHWEIGEN.
Warum nicht, sage ich.

Wenn ich Sie recht verstehe, Herr Doktor, sagt Frau Anwart (mir die Krankenakte von Frau Krainz abnehmend), wandert dieser Lauterbach also ins Gefängnis.
HERR DOKTOR.
Ich erzähle meiner Sprechstundenhilfe, dass Lauterbach sich vor Gericht nur immer weiter in Schuld verstrickt hat. Zwar kann ihm außer Drogenbesitz und ein paar kleineren Delikten wie Hehlerei, Körperverletzung usw. momentan nichts nachgewiesen werden, aber sein Vorstrafenregister und die Tatsache, dass Maria Melnyk verschwunden ist, sprechen eindeutig gegen ihn. Wie auch immer, sage ich, der Hauptbelastungszeuge bin ich.
Sie tun das Richtige, sagt Frau Anwart.
TROTZDEM FÜHLE ICH MICH SCHULDIG.
Das ist normal, sagt Frau Anwart.
Was, frage ich.
Ihr Zustand, sagt sie und erklärt mir, dass all das in letzter Zeit doch ein bisschen zu viel war: meine Schwester und diese Kinderprostituierte.
Aber, sage ich.
Ich bin sicher, dass er die auf dem Gewissen hat, sagt Frau Anwart, diese Melnyk.
EIN RICHTIGES MONSTRUM.
Nein.
Kein Monstrum.
Aber, sagt Frau Anwart.
Er ist ein Mann, sage ich.
WIE ICH.

Frau Anwart bleibt viel zu lange vor dem geöffneten Aktenschrank stehen. Und obwohl ich sie nicht ansehe, weiß ich, dass sie mich verstanden hat. Jeden Satz, den sie nicht ausspricht, habe ich genau in dieser Form erwartet. Diese Mischung aus Wut, Erschöpfung und Übelkeit. Das nervöse Atmen. Die zerdehnte Sprache bzw. übertriebenen Pausen zwischen den Wörtern, als sie schließlich doch etwas sagt.
Es kann schon sein, höre ich, dass die Grenzlinie, die das Gesetz zu ziehen verpflichtet ist, eine künstliche ist. Aber irgendwo muss sie gezogen werden.
SCHWEIGEN.
Hat nicht jeder eine zweite Chance verdient, frage ich.
Frau Anwart fixiert mich.
Nein, sagt sie, das hat er nicht.

Umschlag: & CO graphikdesign www.und-co.at
Satz: AD
Druck: Theiss

MIX
Papier aus verantwortungsvollen Quellen
FSC® C012536

ISBN 978-3-85420-975-1

www.droschl.com
Literaturverlag Droschl Stenggstraße 33 A-8043 Graz